만년 만에 귀환한 플레이어

나비겟곡 퓨전 판타지 장편소설

WISHBOOKS FUSION FANTASY STORY

만 년 만에 귀환한 플레이어 12

나비계곡 퓨전 판타지 장편소설

초판 1쇄 찍은 날 | 2020년 06월 23일
초판 1쇄 펴낸 날 | 2020년 06월 30일

지은이 | 나비계곡
펴낸이 | 권태완 우천제

기획 | 위시북스
편집책임 | 한준만
편집 | 위시북스

펴낸곳 | (주)케이더블유북스
등록번호 | 제25100-2015-43호
등록일자 | 2015. 5. 4
KFN | 제2-40호

주소 | 서울시 구로구 디지털로31길 38-9, 401호
전화 | 070-8892-7937 팩스 | 02-866-4627
E-mail | fantasy@kwbooks.co.kr

ISBN 979-11-293-5724-3 04810
        979-11-293-3914-0 (set)

만년 만에 귀환한 플레이어

나비계곡 퓨전 판타지 장편소설

WISHBOOKS FUSION FANTASY STORY

12

Wish
Books

만년 만에 귀환한 플레이어

CONTENTS

· 1장 ·
함정 카드

"대답 좀 해주시겠어요, 이 씨발 새끼들아?"

"뭐, 뭐라고?"

바온과 함께 술을 마시고 있던 사내가 어처구니없다는 듯 강우를 바라보았다.

"이 미친 새끼가!"

바닥에 널브러진 술병을 들고 팔을 높게 들었다. 마력을 담아 희미한 푸른빛으로 빛나는 술병이 강우를 내려찍었다.

턱.

"어?"

그러나, 가볍게 손을 잡은 강우는 손목을 비틀어 술병을 떨어뜨린 후 팔을 뒤로 젖히며 사내의 몸을 집어 던졌다.

"커헉!!"

쿠다탕! 뒤로 날아간 사내의 몸이 술집 벽을 박살 내며 틀어박혔다.

"이런 씨발!"

"뭐야 이 새끼?"

건너편에 앉은 두 사내가 무기를 들어 올렸다. 날카로운 가시가 박힌 메이스와 쇠사슬이 달린 철구(鐵鉤).

그들이 성난 표정으로 자리에서 일어나 무기를 휘두르기도 전에, 강우는 바닥에 떨어졌던 술병을 들어 집어 던졌다.

콰득!

"아아아악!!"

메이스를 든 사내의 무릎이 박살 났다.

"개새끼가!"

사람 머리통만 한 철구가 머리를 노린다. 쇠사슬을 잡고 잡아당겼다.

"어? 어어?"

근육질 거한의 몸이 어마어마한 힘에 앞으로 끌려왔다. 뒤통수를 잡고 깨진 술잔의 파편이 가득한 바닥으로 머리를 짓눌렀다.

"뭐, 뭐야 씨발. 야, 야 저, 저저저 미친 새끼 설마!"

주변에서 경악성이 터졌다. 요란한 비명 소리가 귓가를 울린다.

강우의 입가가 서서히 올라갔다.

익숙한 감각이다. 반가운 감각이다. 지옥에서 떠난 이후, 오랜만에 느껴보는 정취(情趣). 가슴이 뛰었다. 피가 끓어오른다.

"아으, 아으으아!"

바닥에 머리를 짓눌린 사내가 비명을 터뜨렸다. 바들바들 애처롭게 떨며 눈앞에 가득한 술잔 파편을 응시했다.

"마, 말할게!! 뭐든지 말할 테니까!!"

절박한 외침을 토해냈다.

"괜찮아."

강우는 낄낄 웃었다.

"어차피 너 말고 물어볼 새끼들 널렸거든."

"아……."

콰드드드득!

"아아아아아아아아악!!!"

날카로운 유리 파편이 있는 바닥에, 그대로 사내의 머리를 밀어버린다. 유리 파편 위에 머리가 쓸리며 광대와 안구, 콧등과 입안으로 유리 파편이 들어갔다. 피 묻은 대걸레로 바닥을 밀어낸 듯 선명한 핏자국이 바닥에 새겨졌다.

"아, 아아."

바온과 술을 마시고 있던 마지막 사내. 아까 전 가디언즈 소속이라면 이곳은 천국이라고 낄낄거렸던 사내를 향해 천천히 걸어갔다.

묘한 악취가 코를 간질였다. 사내의 사타구니 사이를 내려보니 축축하게 젖어 있다.

"꺄, 꺄아아아악!"

"미, 미친 씨발!"

홍미진진한 눈으로 그를 구경하며 조롱과 야유를 쏟아내던 주변 가디언즈 소속 플레이어들이 다급히 몸을 일으켰다. 그들은 몸을 돌려 술집 밖으로 빠져나가려고 했다.

"발록, 김시훈."

나지막이 입을 열었다.

쿠웅!

발록이 술집의 문을 거칠게 닫으며, 무덤덤한 눈으로 플레이어들을 노려보았다.

"왕이 허락하기 전까진, 나갈 수 없다."

"뭐? 이 새끼는 또 뭐……."

강우를 향해 추파를 던졌던 여인이 표정을 일그러뜨렸다.

그녀는 허리춤에서 작은 나이프를 꺼내어 휘둘렀다. 하지만 발록의 몸에 나이프가 닿기도 전에-.

땡그랑!

"꺄아악!"

여인의 입에서 고통스러운 비명이 터져 나왔다. 갑자기 옆에서 나타난 손 하나가 나이프를 쥔 그녀의 손을 잡아 비튼 것이다.

"어떤 씨발 새……."

거친 욕설을 쏟아내던 그녀의 얼굴이 딱딱하게 굳었다. 그녀의 손을 잡아 비튼 청년이 눈부시게 잘생겼기 때문이 아니었다.

"어, 어어?"

공포에 질린 신음이 그녀의 입에서 흘러나왔다.

"거, 검룡?"

검룡 김시훈. 그레이스 맥커빈의 뒤를 이은 가디언즈의 이인자이자 인지도만 놓고 보면 세계적으로 가장 유명한 플레이어. 그가 야차처럼 일그러진 표정으로 그녀를 노려보고 있었다.

"호, 혹시 뭔가 오해가 있는……."

여인이 어색한 미소를 지으며 말을 이으려는 순간, 김시훈의 주먹이 그녀의 배를 거칠게 후려쳤다.

커흑, 토사물을 토해내며 여인의 몸이 뒤로 튕겨져 나갔다.

"모두 자리에 앉으십쇼."

김시훈은 차갑게 내려앉은 목소리로 말했다. 술집 밖으로 도망치려던 플레이어들이 흠칫 몸을 떨었다.

실제 악마교와의 전쟁이나 남미 지역 수복 작전에 참여해 본 플레이어도 있는 지금, 김시훈이 얼마나 경이로운 무력을 지니고 있는지 모르는 사람은 없었다.

검룡이 등장하자 전쟁터를 방불케 할 정도로 소란스러웠던 술집의 분위기가 차갑게 식었다.

"자, 그럼."

강우는 바지에 오줌을 지린 채 덜덜 떨고 있는 사내 앞에 다가갔다. 상황은 대충 정리됐다. 이젠 애초에 이 상황이 일어난 이유에 대해 들어야 할 시간.

'대충 예상은 가지만.'

그래도 직접 저들의 입으로 듣는 것이 확실할 것이다.

"몇 가지 물어볼 게 있는데……."

"마, 말하겠습니다!"

아까 전까지만 해도 낄낄 웃으며 그를 조롱하던 사내의 태도가 180도 뒤바뀌었다.

강우는 어깨를 으쓱거리며 말을 이었다.

"너희 진짜 가디언즈 소속 맞지?"

"……."

"말하기 싫으면 나야 상관 없……."

"마, 맞습니다! 가디언즈 소속입니다!"

사내가 다급히 답했다.

강우는 쯧, 혀를 찼다.

"언제부터 이런 짓을 해왔지?"

"……예?"

"원주민들 상대로 언제부터 개짓거리하고 다녔냐고."

"그, 그건……."

사내가 시선을 피했다. 변명조차 매끄럽게 나오지 않는 것을 보니 굳이 생각할 필요도 없었다.

'처음부터였군.'

발렌시아라는 도시가 만들어진 이후, 남미 지역 수복 작전이 성공적으로 끝나자마자 계속 이런 상황이었다는 것.

'악마교가 와해되니 바로 이 모양인가.'

악마교 본단과 있었던 전쟁이 끝나고 수개월. 인류는 격변의 날 이후 유례없었던 평화의 시대를 살고 있었다. 강력한 적도 없고, 평균 레벨은 폭발적으로 올랐다. 가디언즈는 무소불위의 권력을 가지게 된 것이다.

'그리고.'

고인 물은 썩는다.

여기 술집에 모인 인간들이 특별히 악하거나 잔인한 것이 아니다. 강력한 권력은 욕망의 해방을 의미한다. 머릿속으로 생각해 오던 일을, 꿈속으로만 상상해 오던 일을 실제 '할 수 있게' 되는 것이다.

정치가들이 왜 그렇게 쉽게 부패하겠는가. 천성이 쓰레기 같은 놈이라는 건 졸렬한 변명이다. 그들은 악(惡)해진 것이 아니다, 타락하고 변질된 것도 아니다.

그저. 할 수 없던 것을, 할 수 있게 된 것뿐이다.

"쯧."

강우는 혀를 찼다.

'예상했어야 했는데.'

가디언즈에 소속된 모두가 정말로 세계의 평화와 인류의 안전을 위해서 움직일 거란 기대는 애초에 하지도 않았다.

욕망은 그딴 것으로 움직이지 않는다. 이타(利他)적인 이들이 칭송받는 이유는, 대부분의 사람이 그렇지 않기 때문이다. 그래서 가디언즈에 소속된 플레이어에게는 각종 생명 수당과 막대한 월급, 그리고 권력을 쥐여줬다. 그렇게 하지 않으면 인간은 움직이지 않는다.

'미리 손을 써야 했어.'

이건 자신의 실수가 맞다. 그들이 권력을 쥔 채 마음껏 휘두를 수 없도록, 제도적으로 강력한 규정을 만들어야 했다.

하지만 하지 않았다. 시간이 없었다는 것은 변명이다. 귀찮고 복잡하기에 외면하고 있었다. 마땅히 해야 할 일을, 뒤로 미뤄두고 있었다.

"죄, 죄송합니다!"

바들바들 떨던 사내가 머리를 낮게 조아렸다.

"바온이 제 상관이라 잘못된 일인 줄 알면서 아무것도 못했……."

"아니, 사실 너희들이 한 일 자체는 별로 신경 안 써."

"……예?"

무슨 소리를 하냐는 듯, 사내가 그를 올려다보았다.

강우는 담담히 말을 이었다.

"너희가 뭔 짓을 했는지는 신경 안 쓴다고."

자신은 정의의 사도도 아니고, 영웅도 아니다. 오지랖을 떨며 모든 약자를 구하겠다는 개소리를 씨불일 생각도 없다.

"힘없는 여자를 추행하건, 두들겨 패건, 자빠뜨리건-"

무슨 상관이란 말인가. 자신과 아무런 관계도 없는 인간이 얼마나 고통스러운 일을 겪건, 비참하고 괴로운 삶을 보내건 알 바 아니다. 관심조차 없다.

"문제는 말이야."

강우의 눈이 깊게 가라앉았다.

그는 천천히 손을 뻗어 사내의 목을 움켜쥐었다.

"너희가 가디언즈 소속이라는 거야."

가디언즈는 다가올 외계(外界)의 침입에 대비해, 강우 자신이 몸집을 키우게 만든 조직이다. 비유하자면 사냥개. 적의 발목을 물어뜯고 시간을 끄는 사이, 화살을 맞추기 쉽게 도와주는 역할이다.

"그런데."

그 개가 병들었다. 곪아 터진 상처가 내부에서부터 천천히 개를 병들게 만들고 있다.

목줄을 풀어줬던 자신의 잘못이 크지만.

"가만히 내버려 둘 수는 없어서 말이야."

더 이상 늦기 전에, 썩은 고름을 쥐어짜 내야 한다.

"그, 그게 무슨……."

"발록."

강우는 몸을 일으켰다.

입구를 막고 있던 발록이 깊게 허리를 숙였다.

"명령하십시오."

"다 죽여."

"예."

망설임 없이, 발록이 답했다.

그는 목에 쥔 펜던트에 손을 뻗었다. 그러자 검은빛이 한차례 일렁거리더니.

"뭐, 뭐야 저건?"

"아, 악마?"

거구의 악마가 모습을 드러냈다.

"쓰으으읍."

파괴의 군주는 깊게 숨을 들이쉬었다. 그의 양팔에 검은 갑주가 만들어졌다.

강우는 손가락을 튕겼다. 침묵의 권능. 술집 밖으로 빠져나가는 모든 소리를 차단했다.

"크아아아아아아아아아!!!"

데몬 로어(Demon Roar). 광포한 굉음이 플레이어들의 고막을 때렸다.

발록이 몸을 움직였다.

곧이어.

"아아아악!"

"사, 살려줘!!"

지옥도(地獄道)가 펼쳐졌다.

발록이 한차례 주먹을 휘두를 때마다 가디언즈 제복을 입은 플레이어의 머리통이 터져 나갔다.

"아, 아아."

반쯤 찢어진 옷을 부여잡은 채, 바들바들 떨고 있던 남미계 여인의 두 눈이 부릅떠졌다.

강우는 그녀에게 다가가 재킷을 벗어 둘러주었다.

"자고 일어나면, 다 잊을 겁니다."

여인의 이마에 손을 올렸다. 곧 눈이 흐리멍덩해지더니, 이내 그녀는 깊은 잠에 빠져들었다.

"혀, 형님."

김시훈이 다가왔다.

아무리 그래도 강우가 다 죽이라는 명령을 할 것을 생각 못했는지 김시훈의 몸은 가늘게 떨리고 있었다.

"아무리 그래도 이건……."

"시훈아."

담담하게 말했다.

"이미 썩은 상처는, 완전히 도려내지 않으면 점점 더 커질 뿐이야."

김시훈이 굳게 입을 다물었다. 그는 뭔가 하고 싶은 말이 많다는 표정으로 입술을 짓씹었다.

강우는 짧은 한숨을 내쉬며 말을 이었다.

"처음 발렌시아에 왔을 때 말이야."

"……예."

"뭔가 위화감을 느꼈어."

"……위화감이요?"

고개를 끄덕였다.

"거리에 사람이 분명 많았는데."

흑인도, 백인도, 동양인도 많았는데.

"너희가 구출했다는 남미계 원주민들이 하나도 없더라고."

"……."

"그리고."

강우는 품속에서 스마트폰을 꺼냈다.

"아까 이쪽 치안을 담당하는 가디언즈 부서에 전화했어. 술집에서 사고가 났으니 출동해 달라고."

"그런 아까 가만히 계신 게……."

"10분 동안 아무 연락도 없더라고."

김시훈의 두 눈이 부릅떠졌다. 치안을 담당해야 하는 가디언즈가 움직이지 않는다. 그 의미는.

"설마 발렌시아에 있는 모든 가디언즈가……."

"발렌시아만이 아닐지도 모르지."

강우는 천천히 걸음을 옮겼다.

"자, 잠깐만요! 그러면 새무얼 님은 이 사실을 알면서도……."

김시훈의 표정이 새파랗게 질렸다. 최악의 상황, 이라는 생각이 그의 머릿속을 스쳤다.

"말했잖아."

강우는 쓸쓸한 미소를 입에 머금었다.

"썩은 상처는 점점 커진다고."

커진 정도가 아니다. 썩고 악취 나는 고름은, 이미 발렌시아 전역을 뒤덮었다.

"가자."

강우는 술집의 문을 열고 나섰다.

서늘한 밤공기에 섞인 피 냄새가 코를 간질였다. 반짝이는 홍등가의 빛 너머, 높게 솟은 빌딩이 보였다.

발렌시아 시청(市廳). 새뮤얼 헤이든이 있는 장소였다.

"제길, 제기랄……!"

젤을 발라 올백으로 넘긴 머리, 단정하게 관리한 콧수염을 지닌 사내의 입에서 어울리지 않는 거친 욕설이 흘러나왔다.

새뮤얼은 넘긴 머리칼을 헝클어뜨리며 통신용 수정 구슬을 움켜쥐었다.

"대체 왜 이런 일이……."

김시훈이 온다는 말을 듣고 그가 지나는 모든 루트에 미리 병력을 배치해 원주민들을 통제했다. 리무진은 밖의 풍경을 확인할 수 없도록 화려한 장식으로 창문을 가렸고, 빈민가나 유흥가 쪽에서 가장 떨어진 장소로 이동 루트를 짰다.

방송국 직원부터 시작해 근무를 서는 경호원들까지 모두 그가 매수한 인간들로 채워져 있었고 계획은 예정대로 진행되는 것처럼 보였다. 그런데.

"그 미친년들이!"

예상하지 못했던 거라면 방송국에 몰려든 여자들. 연예인을 보러온 팬이라고 생각해 출입을 허가했는데 갑자기 무슨 광신도 집단처럼 돌변해 경호원들을 때려눕히더니 결국 김시훈을 도망치도록 만들어 버렸다.

뭐, 좋다. 거기까지는 예상치 못했던 변수라며 웃어넘길 수 있었다.

문제는 김시훈과 오강우가 도망친 이후.

"왜, 대체 왜……."

연락이 끊어졌다는 점이다.

제대로 대가리가 박힌 인간들이라면 당연히 이쪽에 연락을 하고 다시 합류할 장소를 잡는 게 옳다. 시청에서 열리는 사교 파티에 대해서도 설명을 마친 상태였으니 연락이 안 되더라도 시청 쪽으로 와야 했다.

하지만, 오지 않는다. 아무리 시청 주변에서 기다려도 코빼기도 보이지 않았다. 전혀 예상치 못했던 변수.

대체 왜 이 사태를 예상하지 못했냐고 조롱할 수 있겠지만, 상식적으로 생각해 보라. 공들여 초대한 귀빈이 갑자기 예정된 일정을 제끼고 다른 곳으로 튈 확률을 누가 생각한단 말인가. 비유하자면 외국 유명 연예인을 불렀는데 갑자기 이후 일정을 싸그리 취소하고 잠수 타는 것과 마찬가지인 상황.

B급 로맨스 영화도 아니고 무슨 대가리에 총 맞은 듯한 돌발 행동을 그 성격 좋고 성실하기로 소문난 김시훈이 하리라고는 상상조차 하지 못했다.

'그 미친 새끼.'

사실 예상치 못했던 것은 김시훈의 행동이 아니다.

오강우. 티리온인가 티란데인가 영웅신의 사도라는 그 인간의 행동이었다.

신의 사도라고 하지만 전장에서 활약상은 김시훈의 발끝에도 못 미치는 허당. 김시훈이 진짜 친형처럼 따른다는 얘기를 듣고 함께 초대한 그 인간이 모든 계획을 박살 내버렸다.

'설마 빈민가 쪽으로 간 건 아니겠지.'

초조한 표정으로 콧수염을 빙빙 돌렸다.

빈민가로 갔다면 말 그대로 최악. 그곳은 자기도 통제할 수 없는, 아니, 통제 자체를 의도적으로 포기한 무법 지대였다.

발렌시아의 민낯을 적나라하게 보여주는 장소에 김시훈이 도착한다면.

'끝이야.'

그 성격에 가만히 있을 리가 없다. 자신이 발렌시아에 만들려고 했던 '낙원'은 김시훈의 검 앞에 갈가리 찢겨 나갈 것이다.

"크읏……."

새뮤얼은 두 눈을 질끈 감았다.

그때, 손에 쥐고 있던 통신용 구슬이 낮게 울렸다.

다급히 눈을 뜨고 두 손으로 바스러져라 구슬을 잡았다.

[여~ 어떻게 돼가고 있어?]

느물거리는, 태평하기 짝이 없는 목소리가 흘러나왔다.

"최, 최악입니다. 김시훈은 연락을 받지 않고 있고 어디로 갔는지도 확인되지 않습니다. 최악의 경우 빈민가의 모습을 봤을 가능성도……."

[하하하. 결국 그렇게 됐네.]

"……예?"

수정 구슬에서 흘러나오는 가벼운 웃음소리에, 새뮤얼은 두 눈을 부릅떴다.

결국 그렇게 됐네, 라니. 마치 이렇게 될 것을 예상하기라도 한 듯한 말투이지 않은가.

"그, 그게 대체 무슨 소리입니까!!"

쿵 소리가 나도록 테이블을 내려치며 외쳤다.

[그렇게 화내지 마. 그냥 최악의 경우 이런 전개가 되지 않을까~ 뭐 그런 생각을 했던 것뿐이니까.]

수정 구슬에서 흘러나오는 목소리에 웃음기가 서렸다.

[그래……. 이렇게 됐다면… 그 방법이 좋겠군.]

무언가를 생각하는 듯 중얼거린다.

새뮤얼은 초조한 표정으로 입술을 짓씹었다.

"어, 어떻게. 이제 어떻게 해야 합니까? 이렇게 되면 계획도……."

[아아, 걱정하지 마.]

통신용 수정 구슬에서 흘러나오는 목소리는 여전히 태평했다.

새뮤얼의 표정에 살짝 안도가 서렸다. 저 정도로 태평하다면 무언가 방책이 있다는 의미이리라.

[다 방법이 있으니까.]

'역시.'

새뮤얼의 눈이 반짝였다.

[그러니까…….]

목소리가 이어졌다.

하지만 말이 이어질수록 새뮤얼의 표정이 점차 일그러졌다.

그리고는 이내 어처구니없다는 듯 주먹을 움켜쥐었다.

"그게… 통할 거라고 생각하는 겁니까?"

[영웅이란 놈들은 단순한 법이지.]

"아니, 아무리 그래도 이건……!"

[괜찮은 방법 아냐?]

웃음기 섞인 목소리에 새뮤얼의 표정이 한 번 더 일그러졌다.

"설사 그 방법이 통한다 해도 계획은……."

[지금 계획이 중요한 게 아닐 텐데? 집에 불이 났는데 지갑 챙길 여유가 있나?]

"……."

[솔직해지자고. 걱정하는 건 계획에 대한 게 아니잖아?]

낄낄거리는 웃음소리. 새뮤얼은 굳게 입을 다물었다.

그의 말대로였다. 낙원 계획이 실패한 건 아쉬운 일이지만, 어차피 이번 일만 잘 넘어간다면 언제든 다시 도전할 수 있었다. 문제는…….

[괜찮아. 한국 성형 기술 얘기 못 들었어? 이번 일만 잘 해결하면 얼굴 한번 싹 갈고 새 출발 하면 되잖아.]

"그건……."

[하하하. 나만 믿어. 부모도 널 못 알아보게 만들어줄 테니까.]

새뮤얼은 굳게 입을 다물고 금고에서 붉은 버튼이 달린 작은 리모컨을 꺼냈다.

"……믿겠습니다."

[걱정하지 마. 김시훈 성격 알잖아? 무조건 통한다니까.]

태평한 그 목소리에 새뮤얼은 고개를 끄덕였다. 그리고 머릿속에 떠오르는 불길한 예감을 지우듯, 손에 쥔 리모컨을 굳게 붙잡았다.

"대체 어딜 가셨다가 오신 겁니까!"

새뮤얼이 버럭 소리를 질렀다.

그의 사무실에는 방송국을 나와 갑작스럽게 모습을 감췄던 세 청년이 앉아 있었다.

"하아. 파티야 그렇다 쳐도 갑자기 이렇게 가버리시면 제 입장이 어떻게 됩니까? 연락이라도 주셨어야죠."

새뮤얼이 깊은 한숨을 내쉬며 김시훈을 책망했다. 하지만 김시훈은 굳게 입을 다문 채, 날카로운 눈으로 새뮤얼을 쏘아보았다.

그러더니 이내 주먹을 움켜쥐며 말문을 텄다.

"새뮤얼 님."

"아… 예. 무슨 일이십니까?"

새뮤얼이 고개를 갸웃거리며 물었다.

"오늘 발렌시아의 빈민가의 모습을 봤습니다."

새뮤얼의 몸이 흠칫 떨렸다.

씨발, 낮은 욕지거리가 무의식중에 흘러나왔다.

똥 마려운 개처럼 어쩔 줄 모르던 새뮤얼은 이내 꿀꺽 침을 삼키며 말을 이었다.

"후우. 겨, 결국 보셨군요. 안 그래도 그 문제에 대해서 김시훈 님에게 얘기할 생각이었습니다."

"얘기할 생각이었다고요?"

"예. 지금 발렌시아에 거주 중인 플레이어에 관한 문제입니다. 그들은 남미 지역 수복 작전을 통해 자기들이 원주민을 구했다는 우월감에 젖어 여러 문젯거리를 일으키고 다닙니다."

"……"

"저도 제가 할 수 있는 한 최선을 다해 그들을 통제하려고 했지만… 역부족이었습니다."

새뮤얼이 깊게 머리를 숙였다.

"처음부터 이랬던 것은 아닙니다. 저희도 아직 누가 플레이어를 선동하고 다니는지 신원은 확인 못 했습니다만… 극단적 인종 차별주의 집단이 최근 들어 플레이어들을 선동하고 다닌 이후 이런 일이 일어났습니다."

"그러니까… 처음에는 그러지 않았다는 거네요?"

김시훈이 움켜쥔 주먹이 파르르 떨렸다. 새뮤얼은 그것을 눈치채지 못했는지 눈을 반짝이며 고개를 끄덕였다.

"예, 물론입니다."

"그래서, 새뮤얼 님은 어떤 대처를 하고 계셨죠?"

"가디언즈 소속 플레이어를 위주로 경찰처럼 대처할 수 있는 부대를 편성했습니다. 하지만… 이게 신고 자체가 안 들어오는 경우가 많아서요. 저희가 순찰을 돌 때에는 귀신처럼 숨어 다녀서 대처하기가 무척 어렵습니다."

김시훈은 두 눈을 질끈 감았다. 그리고 천천히 떠진 눈에 스산한 살기가 감돌기 시작했다.

그가 사나운 짐승처럼 이를 드러냈다.

"그것참 이상하네요."

"……예?"

"저희가 신고를 했을 때는 그 치안 부대라는 놈들은 연락도 받지 않았거든요."

새뮤얼의 두 눈이 부릅떠졌다.

'시, 신고를 했다고?'

그는 김시훈이 얼마나 강한지 안다. 거기에 있는 플레이어가 수백이 달려들어도 쓸어버릴 수 있는 강자가 대체 왜 치안 부대 따위에 신고를 한단 말인가?

'제, 제기랄.'

새뮤얼의 등을 타고 식은땀이 흘렀다.

"그리고 그들에게 언제부터 원주민들에게 패악을 끼치기 시작했는지에 대해서도 들었죠. 최근? 처음부터 쭉 이어져 오던 일이 최근 들어 갑자기 생긴 일이라는 말씀입니까?"

새뮤얼은 두 눈을 질끈 감았다. 결국 우려했던 상황이, 최악의 상황이 펼쳐지고 말았다.

'다른 방법이 없어.'

그는 품속의 리모컨을 꽉 쥐었다.

"더 이상 변명하실 게 없다면……."

허공에 새하얀 빛무리가 모여들었다.

김시훈은 자리에 일어나 손을 뻗었다. 성검 루드비히. 찬란히 빛나는 광휘의 검이 그의 손에 쥐어졌다.

"자, 잠깐!!"

새뮤얼이 다급히 손을 뻗었다.

"우, 움직이지 마!"

"하. 이제야 본색을……."

"거, 거기서 움직이면 이걸 누르겠다!!"

김시훈이 그건 또 무슨 개소리냐는 표정으로 새뮤얼을 바라보았다.

새뮤얼은 거친 숨을 내쉬며 손에 쥔 리모콘을 그들 앞에 흔들었다.

"이거 보이지? 남미 전역에 설치한 게이트 제어 장치의 폭발 버튼이다."

"뭐, 뭐라고?"

김시훈의 두 눈이 부릅떠졌다.

게이트 제어 장치. 간단하게 말하면 몬스터가 게이트 밖으로 나오지 않도록 입구에 마법적인 방벽을 세워두는 장치였다.

물론 100% 막는 것은 불가능하지만, 그래도 몬스터가 밖으로 나오려고 할 때 시간을 벌어 대처할 수 있는 시간을 버는 것 정도는 가능했다.

그런 제어 장치가 동시에 폭발한다면. 기껏 게이트 안으로 몰아넣었던 몬스터들이 밖으로 튀어나올 것이 분명했다.

"이 미친 새끼가!!"

김시훈이 사납게 소리쳤다.

"그걸 누르면 무슨 일이 일어나는지 알고서 하는 소리냐!!"

남미 지역이 복구된 지는 오래 지나지 않았다.

제어 장치가 박살 나는 순간 남미 지역 수복 작전이 물거품으로 돌아가는 것은 물론, 아직 완전히 이주하지 못한 원주민들이 몬스터에 의해 대거 학살될 것은 불 보듯 뻔한 일. 적게는 수백, 많게는 수천이 희생될 것이요, 수천억은 우스울 정도의 금액이 허공으로 증발할 것이다.

게다가 다시 남미 지역을 수복하기 위해 드는 인력까지 생각하면 가디언즈가 이룩해 온 인류의 발전을 몇 걸음이나 퇴보시키는 짓이었다.

"하."

새뮤얼의 입가가 비틀어 올라갔다.

김시훈이 사납게 소리치면서도 자신에게 달려들지 못하고 있는 모습이 보였다.

'통했어!'

이런 협박이 진짜 통할지 확신할 수 없었는데, 김시훈의 반응을 보고는 확실해졌다.

"하, 하하하."

절로 웃음이 흘러나왔다.

새뮤얼은 광기에 찬 눈빛으로 이를 드러냈다.

'영웅이란 놈들은 단순한 법이지.'

아까 전 들었던 목소리가 머릿속에 떠올랐다.

그 말대로, 김시훈의 반응은 단순하기 짝이 없었다.

'뒈져봐야 고작 미개한 원주민 놈들만 죽을 텐데!'

환희가 차올랐다. 최악의 상황을 뒤집을 수 있다는 희망이 차올랐다.

'물론 이로써 국제적인 범죄자가 되겠지만.'

어차피 약속대로 성형 수술을 받고 새 출발을 하면 되는 것 아닌가.

"자, 이제 어떻게 할 생각이지 검룡 양반? 응? 불쌍한 원주민들이 뒤지든 말든 날 벨 텐가?"

"크읏!"

김시훈은 입술을 짓씹었다.

손에 쥔 검이 그 어느 때보다 무겁게 느껴졌다. 이 검을 휘두르는 순간, 수천 명의 죄 없는 사람이 죽는다.

검을 쥔 손이 덜덜덜 떨렸다. 생명의 무게가 그의 어깨를 무겁게 짓눌렀다.

"푸흡, 푸하하하하! 씨발 이게 진짜 통하다니!! 진짜 피곤한 삶을 사는 놈들이구만!!"

새뮤얼의 웃음소리가 방 안에 퍼졌다.

"응? 거기 멀뚱히 서 있지 말고 뭐라도 해보지 그래?"

새뮤얼은 그렇게 말하면서 점점 거리를 벌렸다. 기습적인 공격에 리모콘을 놓치는 불상사를 피하기 위해서였다.

"자, 내 요구 사항을 말하겠다. 일단 무기를 내려놔. 그리고 지금 당장 헬리콥터를 준비시켜. 아, 삼천만 달러어치의 현금도 준비해라."

승기가 자신에게 기운 것을 직감한 새뮤얼은 예정에 없던 돈까지 요구했다.

'감히 내 계획을 망가뜨린 값은 받아야지.'

삼천만 달러면 평생 놀고먹을 수 있는 금액이다.

"이, 이 쓰레기 자식……!"

김시훈은 가늘게 몸을 떨며 새뮤얼을 노려보았다. 분노가 머리끝까지 차올랐다. 하지만.

"뭐 하고 있어? 앙? 무기를 내려놓으라고 이 자식아!!"

"……제길."

땡그랑.

김시훈은 두 눈을 질끈 감으며 손에 쥔 성검을 떨어뜨렸다. 수천 명의 목숨을 제 손에 쥐고 있는 이상, 다른 방법이 없었다.

"……하."

의자에 앉아 새뮤얼과 김시훈을 바라보고 있던 강우는 헛웃음을 흘렸다.

'재밌는 짓을 하네.'

강우는 귀엽다는 듯 피식 웃었다.

그의 시선이 새뮤얼을 향했다. 아니, 정확히는 새뮤얼 앞의 테이블을 향했다.

'역시.'

자신이 생각하고 있던 물건을 찾았다.

절로 웃음이 흘러나왔다.

'아주 지랄을 해라, 지랄을.'

강우는 혀를 차며 고개를 저었다.

[발록.]

[예, 마왕님.]

그리고 권능을 사용해 발록의 머릿속에 직접 소리를 흘려 넣었다.

마갑(魔鉀)이라는 발록의 특이 체질 때문에 예전에는 불가능한 일이었지만, 마기 제어력이 과거 전성기보다 강해진 지금 소리 정도는 어렵지 않게 흘려 보낼 수 있었다.

[리리스에게 전해.]

[말씀하십시오.]

[지금 바로…….]

강우가 명령을 전달하자 발록이 고개를 작게 끄덕였다.

'자, 그럼.'

강우는 천천히 몸을 일으켰다. 이제 이 병신 같은 연극을 끝낼 시간이었다.

"거기 너! 움직이지 말라고 했……."

"눌러."

"……뭐?"

저벅, 저벅.

천천히 걸음을 옮긴 강우가 입가를 비틀어 올리며 말했다.

"누르라고."

그리고 사납게 이를 드러냈다.

"네, 네놈 이걸 누르면 무슨 일이 일어나는지……."

"뭐, 게이트가 죄다 터지고 몬스터가 쏟아지겠지. 기껏 몬스터가 사라졌다고 안심하고 있던 원주민들이 대거 학살당할 테고."

"그, 그래! 이걸 누르면 수천 명이……."

"어쩌라고 새끼야. 그게 나랑 뭔 상관이야."

"뭐, 뭐라고?"

낄낄.

"걔들이 뒤지든 말든 내가 뭔 상관이냐고."

"여, 영웅이란 놈이 그런 미친 소릴……!"

"씨발, 지랄을 해라 지랄을."

상관도 없고, 연관도 없고, 의미도 없는 인간 따위.

"그냥 죽여. 내가 죽이냐? 네가 죽이는 거 가지고 씨발 양심이 있네, 없네. 개지랄이네. 누가 보면 내가 가해잔 줄 알겠어, 아주?"

"……."

"뭐 해?"

새뮤얼에게 다가간 강우가 그의 손을 잡았다.

그러고는 리모콘의 버튼에 손가락을 가져다 댄 후, 사납게 웃었다.

"누르라니까, 이 씹새끼야."

"이, 이 미친 새끼!"

새뮤얼의 표정이 창백하게 질렸다.

사납게 웃고 있는 그의 모습에서, 자신의 손가락에 힘을 주며 짓누르려 하는 행동에서 진심을 읽을 수 있었다.

지금 눈앞에 미친놈은, 진짜 수천 명이 죽어도 눈 하나 깜빡할 놈이 아니라는 것을.

'이놈이 검룡이 따르는 형이라고?'

이해할 수 없었다.

검룡의 성격은 남미 지역 수복 작전에 직접 참여했던 자신이 잘 알고 있었다.

한없이 착하며, 정의롭다. 곤경에 처한 이를 저버리지 않으며 사람을 구하기 위해 최선을 다해 움직인다.

말 그대로 영웅. 소설이나 만화 속에 흔히 등장하는 전형적인 주인공 그 자체였다.

그런데 그런 검룡 주변에 왜 이런 미친놈이 있단 말인가.

"안 눌러?"

"읏……."

낮은 목소리가 들렸다.

새뮤얼의 몸이 덜덜 떨렸다. 오강우란 인간의 눈, 마치 무저갱(無低坑)을 들여다보는 듯한 검은 눈이 자신을 향한다. 설명할 수 없는 공포가 전신을 잠식한다.

'이걸 누르면.'

자신은 죽는다. 비참하고, 끔찍하게.

하지만 누르지 않는다고 해도 마찬가지였다. 이제 와서 포기한다고 해도 이미 저지른 죄를 회피할 순 없었다.

'망했어.'

낭떠러지의 끝에 내몰렸다. 계획은 실패했고, 돌이키기는 한창 늦었다.

입술을 짓씹었다.

'어차피 죽는다면-'

독한 기운이 그의 눈에 서렸다. 이래 죽으나 저래 죽으나 마찬가지.

눈을 질끈 감았다.

"아, 안 돼!!"

김시훈이 다급히 발을 박찼다. 그의 손이 새뮤얼이 쥔 리모컨을 향했다.

'그래.'

새뮤얼은 비릿한 미소를 입가에 머금었다.

그래도, 당해주는 놈이 있어서 다행이라는 생각이 들었다. 목숨을 포기하면서까지 한 마지막 일에, 아무도 신경 쓰지 않는다면 그보다 더 비참한 건 없었을 테니까.

'다 뒤져라.'

새뮤얼은 망설임 없이 버튼을 눌렀다. 곧 이어질 대폭발과 참사를 머릿속에 그리며.

"……응?"

새뮤얼의 두 눈이 부릅떠졌다.

"뭐, 뭐야."

아무 일도 일어나지 않는다.

발렌시아 근처에 플레이어의 레벨 업과 마석 수급을 위해 게이트가 몇 개 있었다. 등급이 높지 않은 게이트라고는 하나 제어 장치가 화려하게 폭발하는 모습 정도는 보여야 했다.

그런데. 아무 일도, 일어나지 않았다.

파지지지지직!!!

"아아아아아악!!!"

아니, 일이 일어나기는 했다. 다만 새뮤얼이 생각하던 일과는 전혀 다른 방향으로.

붉은 버튼을 누르자 강력한 전류가 그의 손을 타고 전신을 휩쓸었다.

곧 새뮤얼의 몸에서 매캐한 연기가 피어올랐다.

그는 미친 듯이 사지를 떨더니, 이내 그 자리에 쓰러져 의식을 잃었다.

"······어?"

새뮤얼을 향해 달려오던 김시훈의 몸이 굳었다. 상황을 이해하지 못했는지 황망하게 손을 앞으로 내뻗은 상태.

"무, 무슨 일이······."

김시훈은 얼떨떨한 표정으로 바닥에 쓰러진 새뮤얼에게 다가갔다. 그리고 그의 목에 검지와 중지를 가져다 대었다.

'맥박이······.'

뛰지 않는다. 새뮤얼은 리모컨에서 쏟아진 강력한 전력에 그대로 즉사했다.

새뮤얼 헤이든이 어떤 인간이었던, 그는 한 도시의 시장을 차지할 만한 강자였다. 그런 그를 죽일 수 있는 전력이라면.

'처음부터.'

새뮤얼이 버튼을 누를 것을 상정하고 만든 장치라는 것.

머릿속이 복잡해졌다.

'뭐지.'

뭐가 어떻게 되어가고 있는지 이해할 수 없었다.

김시훈의 시선이 강우를 향했다.

강우는 바닥에 쓰러진 새뮤얼의 시체를 내려다보며 싱겁다는 듯 웃었다.

"······이런 식으로 나오겠다, 이건가."

살인멸구(殺人滅口)라고 했나. 죽은 놈은 말이 없으니 어쩌면 가장 적절한 대처라고 할 수 있었다.

"쯧."

강우는 다시 몸을 돌려 새뮤얼의 사무실 안에 있는 소파로 향했다.

발록이 눈을 감은 채 정신을 집중하고 있는 것이 보였다. 정신을 집중하고 있는 그의 입술이 조금씩 달싹거렸다.

"홋차."

강우는 자리에 앉았다.

김시훈이 얼떨떨한 표정으로 다가왔다.

"혀, 형님 이게 무슨······."

"이번 남미 지역에 사용한 게이트 제어 장치를 만든 게 누군지 알아?"

"아, 아뇨."

김시훈이 고개를 저었다.

"카드가라고 가디언즈랑 계약한 마법사야. 머리는 좀 모자랄지 모르겠지만, 실력은 확실하지."

"아, 예. 들어본 적 있습니다."

"그런데 폭탄 테러에 대처도 안 했을 것 같아?"

"아……."

김시훈의 표정이 밝아졌다.

"그, 그렇군요! 역시 형님입니다!"

그는 활짝 미소를 지으며 고개를 끄덕였다.

"형님이 그렇게 단호하게 나오신 이유가 있었군요! 하하! 제가 그런 줄도 모르고 형님을 오해했네요."

김시훈은 연신 고개를 끄덕이며 웃었다. 안도했는지 눈에는 찔끔 눈물이 고여 있었다.

새뮤얼의 폭탄 테러를 막았다는 안도감도 있었겠지만, 강우가 수천 명의 사람을 아무렇지도 않게 버리는 냉혈한이 아니었다는 데서 오는 안도감이 더 컸으리라.

"정말… 정말 다행입니다."

김시훈의 눈가에 눈물이 고였다.

강우는 그런 그의 김시훈의 모습을 바라보며 쯧, 혀를 찼다.

'사실.'

폭탄 테러에 대한 대처 따위는 한 적 없었다. 그냥 되는 대로 말한 것뿐이다. 리모컨의 버튼을 눌렀는데도 제어 장치가 폭발하지 않은 것은 그도 예상하지 못했던 일이었다.

하물며 새뮤얼이 죽을 줄이야. 완전히 예상외였다. 알았다면 재빠르게 재생의 권능을 사용해 즉사하지 못하도록 막았을 것이다.

'이걸 좋다고 해야 하나, 아깝다고 해야 하나.'

김시훈에게 적당한 변명을 둘러댈 수 있다는 점에선 좋았다. 김시훈은 아직 그의 본 모습을 받아들일 준비가 돼 있지 않으니까. 하지만.

'차라리 터지길 바랐는데 말이지.'

안도에 차 눈물을 흘리고 있는 김시훈을 바라보았다.

김시훈은 천성이 착하다. 정의롭고, 상냥하다. 이제까지 전투를 겪어오며 적에게는 거침없이 검을 휘두를 정도로는 만들어놨으나.

'아직 힘없는 일반인에 대해서는 기를 쓰고 지키려고 한단 말이지.'

적어도 자신의 기준에선, 마음에 들지 않다.

구천지옥에서보다 강해진 자신조차 손에 쥔 것을 지키는 것만으로도 벅찬데, 아무런 연관도 없는 사람까지 지키기 위해 발버둥 친다니. 병신 같은 짓도 정도가 있다.

이번 일로 어느 정도는 자극을 받길 바라는 마음도 있었다. 필요 없는 것을 가차 없이 버릴 용기를, 얻기를 바랐다.

'뭐, 그래도.'

이거야말로 김시훈이란 인간이리라.

그의 본질이요, 본성이다. 그것을 부정할 생각도, 무리해서 바꿀 생각도 없다.

그는 선하다. 김시훈이 살아온 처절했던 삶을 생각하면 그럼에도 그가 선할 수 있다는 것은 조롱의 대상이 아닌 존경과 존중의 대상이 되어야 한다.

'너는 그대로 살아라.'

그렇게 살아도 괜찮도록 자신이 만들어주겠다.

"그나저나 이해할 수 없네요. 새뮤얼은 대체 왜 그런 자신감을 가지고……."

"통할 거라고 생각했나 보지. 제어 장치에 폭탄 테러 방비가 있는 건 일부로 숨겨졌거든."

"아, 만약 그 사실을 알고 있었더라면……."

"그걸 우회하는 방법을 사용할 테니까."

거짓말이다. 제어 장치에는 폭탄 테러를 방비하는 기능 따위는 없다.

"그렇군요."

김시훈은 이해했다는 듯 고개를 끄덕였다.

"그렇다면 그… 갑자기 새뮤얼이 죽은 것도……."

"내가 죽인 거야. 마음에 안 들어서."

거짓말이다. 새뮤얼을 죽인 건 그 리모컨 안에 숨겨진 함정 장치였다.

"하하하. 형님도 가차 없으시네요."

"수천 명의 사람을 죽이려고 했던 쓰레기 자식을 가만히 내버려 둘 수는 없잖아."

거짓말이다. 자신과 관계없는 사람이라면 수천 명을 죽이건 말건 무슨 상관인가.

"후우, 그래도 아무 일 없이 끝나서 다행입니다."

"그래."

"저는 그럼 바로 발렌시아의 일을 그레이스 씨에게 보고하러 가겠습니다. 원주민들을 학대한 놈들을 싸그리 잡아들여서 패악질에 대한 대가를 치르게 해주겠습니다."

김시훈이 스산한 목소리로 말했다.

그 목소리에 담긴 살기를 느끼며 강우는 피식 웃었다.

"그래, 난 새뮤얼의 집무실에 이 일과 연루된 자가 또 있는지 조사하고 갈 테니까 먼저 수호의 전당으로 가서 상황을 보고해 줘."

"예, 형님."

김시훈이 고개를 끄덕였다. 몸을 일으킨 그의 눈빛에 강렬한 의지가 빛났다.

'새끼들 고생 좀 하겠네.'

김시훈의 모습을 보니 발렌시아에 있었던 가디언즈는 좋은 꼴을 보지 못할 것 같았다.

강우는 옆자리에 고개를 돌리며 물었다.

"발록 너는?"

"저도 리리스와 합류하러 가겠습니다. 거의 다 도착했다고 하더군요."

"그래, 그럼 먼저 가."

발록과 김시훈이 밖으로 나갔다.

방 안에는 검게 탄 새뮤얼의 시체와 적막만이 남았다.

"자, 그럼 시작하기 전에."

강우는 새뮤얼의 사무실 선반을 바라봤다. 고급스러운 양주가 가득 쌓여 있는 것이 보였다.

'좋아, 분위기 좀 간지나게 잡아보자.'

맥주와 소주 외에는 마셔본 적 없는 싸구려 입맛이지만, 역시 이런 분위기에는 양주가 제격이다.

대충 아무 양주나 꺼내 온 강우는 술잔에 졸졸 양주를 따랐다. 비싼 양주인지 향이 확 올라왔다.

"좋아."

다리를 꼬고 앉아, 있는 힘껏 분위기를 잡으며 술잔을 기울였다. 그리고.

"존나 써, 씨발!"

푸흡. 입안에 머금은 양주를 뿜어냈다.

"푸흡, 푸하하하하!!"

어두운 방 안. 고급스러운 의자에 앉은 사내가 폭소를 터뜨렸다.

그는 의자 등받이에 몸을 기대며 낄낄 웃었다.

"아, 설마 이 정도로 잘될 줄이야."

여유에 찬 태평한 목소리가 흘러나왔다.

사내는 통신용 수정 구슬에 찍힌 영상을 바라보았다. 이 영상이야말로 이번 계획의 목적이자, 값진 결과물이었다.

-누르라니까, 이 씹새끼야.

"캬하! 명대사야, 명대사!!"

손뼉을 치며 웃었다.

그는 비릿한 미소를 입가에 머금었다. 모든 것이 그의 계획대로, 아니, 계획했던 것 이상으로 이뤄졌다.

"설마 저렇게 나올 줄은 몰랐는데 말이야."

솔직히 새뮤얼이 탈출하도록 멍청하게 내버려 둘까 봐 조마조마했었다.

'뭐, 그건 그것대로 써먹을 만했겠지만.'

가디언즈 내부에 테러범이 있다는 사실만으로 가디언즈를 크게 흔들 수 있었다. 애초에 이번 계획의 가장 큰 목적은 '가디언즈의 무능력을 증명하는' 거였으니까.

'이번 일로 무능력을 증명하지는 못하겠지만.'

수천 명의 사람이 죽어도 상관없다는 말을 육성으로 내뱉었으니, 무능력한 것보다 오히려 임팩트가 강하다.

'이 영상이 이제 퍼지면.'

가디언즈는 대중에게 완전히 버림받게 될 것이다. 인류의 수호자라는 역겨운 타이틀을 유지할 수 없게 될 것이다.

"푸하하하하하!!"

사내는 배를 움켜쥐고 웃었다. 오강우라는 멍청한 놈이 나서준 덕분에 일이 훨씬 수월하게 풀렸다.

"이제 미국 쪽에 성공했다고 연락만 하면 되겠구만."

사내는 낄낄 웃으며 영상 데이터를 USB에 옮겨 담았다.

그때였다.

-존나 써, 씨발!

"응?"

영상을 통해 양주를 뿜어대고 있는 강우의 모습이 보였다.

"쯧쯧, 저게 얼마나 비싼 술인데."

사내는 혀를 찼다.

"하긴, 고아 출신이라는데 뭐 술맛을 알겠나."

조사해 뒀던 오강우의 기록을 떠올리며 어깨를 으쓱였다.

"뭐, 그래도 이것도 쓸 만하겠네. 죽은 테러범이 가지고 있던 술을 처마시는 놈이라니. 사람들이 알면 아주 좋아하겠어."

다시 의자를 끌어 영상에 집중했다. 영상 속 강우가 한숨을 내쉬었다. 그리고.

-씨발, 멋 부리려다가 개쪽만 당했잖아.

테이블 위에 은밀히 설치해 둔 카메라가 있는 방향을 향해 정확히 고개를 돌렸다.

"……어?"

-야 이거 편집 안 되냐? 다시 한번 시도해 볼게. 이번에는 진짜 잘할 수 있어.

"뭐, 뭐야."

영상으로 보이는 방 안에는 분명 아무도 없었다.

"누, 누구한테 말하는 거야."

사내의 피부에 오싹한 소름이 돋았다.

그때 이쪽을 바라보는 강우의 입가가 비틀어 올라갔다. 이루어 설명할 수 없는 섬뜩한 감각이 사내의 등골을 타고 전신에 퍼졌다.

'뭐야.'

무언가가 잘못되어 가고 있다.

-야, 듣고 있어? 여기 뭐 통신 구슬 없냐. 아, 여기 있네.

우우우웅.

사내의 테이블 위에 올려진 통신용 수정 구슬이 진동했다. 새뮤얼과 대화할 때 사용한 통신 구슬이었다.

"어, 어?"

자기도 모르게, 통신 구슬에 손을 올렸다.

[왜? 다 네 생각대로 되는 줄 알았어?]

통신 구슬을 통해 강우의 목소리가 흘러나왔다.

사내의 표정이 딱딱하게 굳었다.

[이게 내 전문 분야인데 내가 당하겠냐, 이 빡대가리 새끼야.]

"뭐, 뭐야, 씨발."

사내의 몸이 덜덜덜 떨리기 시작했다.

그때. 무언가 끈적거리는 점액질이 움직이는 소리가, 그의 뒤에서 들려왔다.

찔꺼억.

"뭐, 뭐야. 대, 대체 무슨……."

정체를 알 수 없는 소리. 점액질로 이루어진 무언가가 움직이는 소리를 듣자 피부에 소름이 돋았다.

무언가 있다, 라는 생각이 머릿속을 스쳐 지나갔다.

"누, 누구냣!"

다급히 무기를 찾는다. 테이블 위에 올려놓았던 지팡이를 움켜쥐었다. 지팡이 끝이 푸른색으로 빛나며 새하얀 서리가 맺히기 시작했다.

"흐응."

어두운 방 너머, 여인의 교태로운 목소리가 흘러나왔다.

사내는 꿀꺽 침을 삼켰다. 항거할 수 없는 색기에 사타구니가 반응했다.

여인의 목소리가 이어졌다.

"제이슨 헤멧. 미국 출신 월드 랭커 중 하나로 예전에 김시훈 씨에게 결투를 신청했다가 꼴사납게 패배한 놈이었네요."

"크읏!"

지팡이를 든 사내, 제이슨의 표정이 일그러졌다.

검룡 김시훈과의 결투. 전 세계로 방송된 그 결투에서 패배한 이후 자신은 온갖 조롱의 대상이 되었다. 지금이야 검룡하면 얼마나 말도 안 되게 강한지 대부분의 사람이 알고 있었지만, 당시에는 검룡에 대해 그렇게 많이 알려져 있지 않았기 때문.

이루어 말할 수 없는 치욕을 겪으며, 복수하겠다는 일념으로 가디언즈에 가입했다. 그리고… 드디어 기회를 잡았는데.

"대, 대체 어떻게."

자신이 계획을 눈치챘단 말인가.

아니, 단순히 눈치를 챈 것만이 아니다. 마치 함정을 파놓고 그 속에 몸을 숨긴 포식자처럼, 은밀히 숨어 그를 기다리고 있었다. 사냥감이 방심하는 그 순간을.

[간단하잖아.]

통신 구슬을 통해, 강우의 목소리가 흘러나왔다.

[발렌시아는 미국의 전폭적인 지원을 받아 만들었어.]

담담한 목소리로 말을 이었다.

[그런데 지금 이 정도로 치안이 망가진 상태라는 게 뭔가 이상하지 않아?]

미국의 입장에서 발렌시아는, 멕시코와 콜롬비아 등 격변의 날 이후 망해 버린 국가의 영토를 꿀꺽 집어삼킬 수 있는 중요한 거점이다. 그런데 건설에 도움만 주고 이렇게 망가지도록 내버려 둔다고?

[치안이 안 좋은 게 아니지.]

안 좋아지도록 방치한 것이다. 다른 목적을 위해서.

[예를 들어 권력이 지나칠 정도로 강해진 가디언즈를 견제하기 위해서라든가. 뭐, 이유야 얼마든지 있겠지. 그레이스 맥커빈

이 미국인 출신이라고 해도 통제할 수 없는 사람이란 걸 깨달은 이상 가디언즈가 지나치게 커지는 건 막고 싶었을 테니까.]

함정을 파놓고 기다렸다. 욕망을 마음껏 해방할 수 있는 공간을 조성하고, 그 무슨 짓을 해도 처벌받지 않는 원주민이라는 먹잇감을 무방비하게 도시에 풀어놨다.

아마 일을 부추기기 위해 몇몇 플레이어들을 시켜 바람잡이의 역할도 맡게 했을 것이다.

"어, 어디서 그런 근거 없는 헛소리를……."

[원래 이해할 수 없는 대부분의 일은 말이야, 이렇게 됐을 때 어떤 새끼 배가 가장 부른지를 생각하면 이해할 수 있게 되는 법이거든.]

새뮤얼 헤이든이 지니고 있던 폭발 장치는 가짜였다. 즉, 그도 다른 누군가에게 속았다는 의미. 그렇다면 그 다른 누군가는 왜 가짜 폭발 장치로 협박하도록 속였을까?

'애초에 목적이.'

테러가 아닌, '테러가 일어났다는 증거' 그 자체였다면 앞뒤가 맞았다.

거기서 가장 큰 이득을 얻을 집단을 추려보면, 아니, 애초에 이 도시를 만드는 데 누가 가장 큰 투자를 했는지 생각하면 답은 하나였다.

[뭐, 가디언즈의 잘못이 없다는 얘기는 아니야.]

그들이 가디언즈에 소속된 플레이어에게 부패와 타락을 강요하지는 않았을 것이다.

하지만 굳이 강제하지 않더라도, 부추기는 것만으로 인간은 너무도 쉽게 부패한다. 할 수 없었던 것을 할 수 있게 되었을 때, 밑바닥은 의외로 가깝다.

[이건 내가 잘못한 게 맞아. 훌륭한 사냥개를 키우려면 철저하게 교육시켰어야 했는데 말이야.]

쯧, 혀를 차는 소리가 흘러나왔다.

제이슨은 굳게 입을 다물고 초조한 표정으로 입술을 짓씹었다.

"어, 어차피 영상은 내 손 안에 있다. 이게 퍼지면⋯⋯."

긴장에 찬 숨을 토해내며 쥐어짜듯 말했다.

하지만.

찔꺼억.

그 말이 끝나기도 전에, 깜빡 잊고 있던 소리가 더욱 커졌다.

제이슨의 표정이 새파랗게 질리며 다급히 몸을 돌렸다.

"프로즌 노바!"

제이슨이 손에 쥔 지팡이에서 강력한 서릿바람이 휘몰아쳤다. 지팡이 끝에 달린 푸른 보석을 중심으로 날카로운 얼음 결정이 떠올랐다.

"호호호."

여인의 야릇한 웃음소리가 방 안에 울려 퍼지고, 끈적거리는 액체가 움직이는 소리가 점점 더 커졌다.

"뭐, 뭐야."

제이슨의 표정이 파랗게 질렸다.

목소리만 듣고 눈부신 미녀가 나타날 거라 예상했지만 정작 방 너머에서 모습을 드러낸 것은 끔찍하게 생긴 녹색 촉수였다.

"읍!"

제이슨은 코를 찌르는 악취에 입을 막았다. 셀 수 없이 많은 몬스터들을 상대했던 그였지만, 뭔가 지금 눈앞에 보이는 녹색 촉수는 기이할 정도로 역겹게 느껴졌다.

방구석에서 흐물거리며 나타난 녹색 촉수가 하나로 뭉치기 시작했다.

"비록 제가 전투 능력 자체는 떨어지지만."

18개의 붉은 눈이 제이슨을 향했다. 뱀처럼 긴 혓바닥이 입술을 핥았다.

"고작 월드 랭커 하나쯤을 상대하지 못할 거라 생각하시는 건 아니겠죠?"

리리스의 몸에서 흘러나온 녹색 촉수가 사납게 꿈틀거렸다.

"고작 월드 랭커, 라고?"

제이슨은 입술을 짓씹었다.

김시훈에게 처참히 패배한 이후, 무수히 들었던 조롱들이 머릿속을 스쳤다.

"이 빌어먹을 괴물 년이……!"

후우우웅!

섬뜩한 서릿바람이 몰아쳤다. 수 미터 크기로 몸을 키운 얼음 창이 리리스를 향해 쏘아졌다.

카드드득!

녹색 촉수와 얼음 창이 허공에 얽혔다.

"이익!"

제이슨은 있는 힘껏 마력을 쏟아부었다. 바닥에서, 벽에서, 천장에서 얼음 송곳이 튀어나와 촉수 괴물에게 쏘아졌다.

"괴물 년이라니, 참 실례되는 인간이군요."

18개의 눈이 가늘어졌다.

언제나 아름답다 칭송받아 왔던 그녀에게, 괴물이라니. 너무도 이질적인 표현이다.

리리스는 짙은 노기(怒氣)를 띠며 손을 뻗었다. 그러자 머리카락이 길게 늘어나며 녹색 촉수가 길게 뻗어 나갔다.

퓨숙!

촉수의 끝에서 노란 고름이 퍼져 나오며 장막처럼 뿜어졌다.

사방에서 쏟아지던 얼음 송곳이 고름에 닿자마자 연기를 피워 올리며 증발했다.

"우욱!!"

제이슨이 입을 틀어막았다.

무시무시한 악취가 방 안을 가득 채웠다.

"우웨에에에엑!!"

참지 못한 제이슨이 바닥에 쓰러져 속을 게워냈다.

리리스가 눈을 동그랗게 뜨며 고개를 갸웃거렸다.

"어머, 미향(迷香)의 효과가 너무 강했나요?"

보통의 악마라면 맡기만 해도 성욕을 주체하지 못하는 극한의 미향이 인간에게는 다른 방식으로 적용되는 것 같았다.

"어쨌든."

마법사가 캐스팅조차 포기한 채 구토를 쏟아내고 있다면 그 뒤는 볼 것도 없었다.

리리스는 짙은 미소를 입가에 띠며 제이슨을 향해 걸어갔다.

"크윽!"

제이슨은 품속에서 또 다른 통신 구슬을 꺼냈다. 그러고는 다급히 마력을 불어 넣은 후 소리쳤다.

"습격! 습격이다! 지금 당장 연구실로 튀어와!!"

그가 거주하는 건물에는 미국 쪽에서 붙여둔 플레이어들이 외부의 습격에 즉각 대응할 수 있도록 24시간 대기하고 있었다. 어떻게 그들의 눈을 피해 자신의 연구실까지 침입했는지는 몰라도, 그들이 가세한다면 최소한 도망칠 시간 정도는 벌수 있을 터.

-치지지지직.

하지만 그런 기대를 배신하듯, 통신 구슬에서는 망가진 라디오에서나 들릴 법한 노이즈가 흘러나왔다.

그리고. 노이즈에 섞여 끔찍한 비명 소리가 들려왔다.

-아아아악!!

-뭐, 뭐야 이 괴물은!!

-사, 살려…….

우드득.

뼈가 어긋나는 소리. 살점과 근육이 찢겨 나가는 섬뜩한 소리.

-리리스.

그때 들어본 적 없는, 낮게 깔린 목소리가 통신 구슬을 통해 흘러나왔다.

맹수와도 같은 사나운 기운이 느껴지는 목소리가 이어졌다.

-이쪽은 다 정리가 끝났다.

"호호. 알았어."

리리스라고 불린 촉수 괴물이 고개를 끄덕였다. 그러자 괴물의 입가가 비틀어 올라갔다. 귀까지 찢어진 입술이 더없이 섬뜩하게 느껴졌다.

"이쪽도 곧, 끝날 거야."

리리스의 눈에서 붉은빛이 흘러나왔다. 그러자 그녀의 주력이라고 할 수 있는, 정신 계열 마법이 발동했다.

"아, 으."

붉은빛을 정면으로 받은 제이슨의 두 눈이 부릅떠졌다. 숨이 제대로 쉬어지지 않는 듯 목을 움켜쥐었다.

본능적인 공포가, 전신을 지배했다.

"아, 아아아!!"

땡그랑.

손에 쥔 지팡이가 바닥에 떨어졌다. 바지 사이가 축축하게 젖었다.

"오, 오지 마!!"

"호호호."

촉수 괴물이 천천히 걸어온다. 찔꺽 소리를 내며 투명한 점액질이 바닥에 자국을 남겼다.

리리스가 손을 뻗었다. 제이슨의 뺨을 타고 녹색 촉수가 그의 몸을 휘감기 시작했다.

"히, 히익!"

"걱정하지 마세요. 죽이지는 않을 테니까."

기다란 혓바닥이 입술을 핥았다.

"당신에게는 물어볼 게 많거든요."

"커헉! 컥! 끼잇!"

촉수에 휘감긴 제이슨의 몸이 발작을 일으키듯 튀어 올랐다. 사지를 파르르 떨더니 눈을 뒤집어 까며 그대로 기절했다.

"하아. 참 너무 예쁜 것도 죄라니까."

리리스가 고개를 저으며 한숨을 내쉬었다.

자신의 본 모습을 드러내면 이래서 안 좋았다. 보자마자 눈을 까뒤집으며 기절할 정도니 심문을 하기도 힘든 것이 사실.

연구실에 설치된 영상 속에서 강우가 어딘가 걱정스러운 표정으로 이쪽을 바라보는 것이 보였다.

리리스는 그 의도를 어렵지 않게 눈치채곤 방긋 웃었다.

"걱정하지 마세요. 무슨 일이 있더라도 제 마음속에는 마왕님밖에 없으니까요."

[아니… 그게 아니라.]

"후훗, 그러니까 질투하실 필요 없어요."

리리스는 황홀하다는 듯 연구실의 영상을 쓰다듬었다.

[씨발!]

강우가 머리를 쥐어뜯으며 괴로워하는 모습이 보였다.

"그럼 이자를 심문해서 이번 일에 연루된 인간이 누구누구였는지 알아낼게요."

[……그래, 부탁해.]

영상이 끊어졌다.

리리스는 두 뺨에 손을 올리며 발을 동동 굴렀다.

"하아, 정말 귀여우시다니까."

질투하는 강우의 모습이 어쩌나 사랑스러운지 참기가 힘들었다. 마음 같아서는 콱 먹어버리고 싶을 정도.

"뭐… 전에 여행 가서 잔뜩 맛보긴 했으니."

당분간은 참을 만하다.

"그러면……."

활짝 미소를 지은 리리스가 기절한 채 쓰러져 있는 제이슨의 뺨을 툭툭 건드렸다.

"자자, 이제 그만 자고 일어나렴."

마치 어머니가 자식을 깨우듯, 상냥한 목소리로 그를 불렀다.

"으으."

제이슨은 천천히 눈을 떴다.

그리고.

"끼아아아아아아악!!!"

악몽이 시작됐다.

서울 63빌딩. 이제는 다른 빌딩들에 밀려 최고라는 타이틀은 내준지 오래된 그 빌딩의 옥상에, 푸른색 균열이 나타났다.

쩌저적!

허공이 찢어지듯 균열이 점차 벌어졌다.

"하아, 하아."

열망(熱望)에 찬 숨소리가 흘러나왔다.

균열 속에서 나온 존재는 다급히 고개를 두리번거리더니, 이내 코를 벌렁거리며 입가를 비틀었다.

"아, 아아! 드디어! 드디어!"

온몸을 비틀며 신음을 흘리던 그 존재가 날개를 펼쳐 하늘로 날아올랐다.

검은 깃털이, 63빌딩 옥상에서 흩뿌려졌다.

우우웅.

앞으로 내민 중지에서 검은빛이 일렁거린다.

강우는 희미한 진동이 느껴지는 검은 반지를 내려다보았다.

'전부터 이 모양이네.'

마신이 되는 길의 상위 퀘스트, '혼돈(混沌)'의 조건을 하나 달성한 이후부터 마해의 열쇠가 변화되기 시작됐다.

슬슬 지옥 무구의 소화가 끝날 때가 온 것인지 아니면 다른 이유가 있어서인지는 알 수 없지만, 수개월 간 반응이 없던 마해의 열쇠가 조금씩 반응을 보인 것.

'뭐, 좋은 일이지.'

아무리 무기가 필요 없다고 하지만 동시의 사용할 수 있는 권능 숫자의 부담을 줄여주는 초월 등급 무구를 활용하지 못한다는 것은 아까웠다.

'이거의 정체도… 궁금하고.'

강우는 마해의 열쇠를 빤히 내려다보았다.

어떤 형태로든 변할 수 있는 편리한 무기. 제한적이지만 권능의 조합으로 만들어진 무기의 힘을 재현할 수 있는 무기. 그리고.

'지옥 무구를 먹는, 무기.'

대공의 힘을 상징하는 지옥 무구. 일곱 개가 모이면 그 힘을 수박 겉핥기식으로 운용하는 것만으로 차원 간의 균열을 찢고, 시공을 비틀 수 있는 초월적인 무기.

"……대체 뭐가 되려나."

어쩌면 마신이 되는 길 퀘스트 이상으로, 마해의 열쇠가 지옥 무구를 먹어치울 수 있다는 사실에 중요한 비밀이 숨겨져 있을 수도 있었다. 포식의 권능으로도 먹을 수 없는 것이 바로 지옥 무구 안에 담긴 마기였으니까.

"뭐, 어쨌든."

지금 당장 할 수 있는 일은 없었다. 결과가 나오기를 기다릴 뿐.

강우는 희미한 검은빛을 뿌리는 마해의 열쇠에서 신경을 끈채 테이블 위에 커피 잔을 들어 올렸다.

그때였다.

똑똑.

"임자?"

노크 소리에 고개를 돌려 방문을 여니 방긋 웃고 있는 리리스가 보였다.

리리스는 가볍게 고개를 숙이며 방 안으로 들어왔다.

"무슨 일이야?"

"제이슨을 심문해 얻은 정보를 보고드리려고 왔어요."

리리스가 몇 장의 서류를 내밀었다.

그곳에는 발렌시아 일에 연루된 각국의 정치가나 재벌가의 이름이 적혀 있었다. 대부분이 미국인이었지만, 그중에는 다른 나라의 권력자도 심심치 않게 찾을 수 있었다.

"많기도 하네."

"가디언즈가 승승장구를 하는 것을 보고 배 아파하는 사람들이 많은 모양이네요."

"확실히 한 집단이 가지기엔 지나치게 큰 힘이긴 하지."

국가도 아닌 단순한 플레이어의 집단이 어지간한 국가 이상의 권력을 쥐고 세계를 흔들고 있으니 이를 가는 것도 당연했다.

"하지만."

강우는 서류를 넘기며 말을 이었다.

"앞으로의 일을 대비하기 위해선 이 정도 권력은 있어야 돼."

아니, 점점 더 심해질 것이 뻔한 외계(外界)의 침입을 막기 위해선 지금 이상의 권력을 지니고 있어야 한다.

"호호."

리리스가 짙게 웃더니 공손하게 허리를 숙이며 입을 열었다.

"걱정하지 마세요. 온 세계가 마왕님의 앞에 머리를 조아리도록 만들겠습니다."

"그렇게 귀찮은 일 하고 싶지도, 할 생각도 없어."

강우는 헛소리하지 말라는 듯 고개를 저었다.

귀찮은 일은 딱 질색이다. 온 세계가 머리를 조아리는 것은 자신이 아닌, 가디언즈가 되어야 할 것이다.

정확히는, 김시훈이 되어야 한다.

물론 김시훈을 바지 사장으로 내세웠다고 해서 뒤에서 탱자탱자 놀 수는 없었지만.

'어째 점점 꿈에서 멀어지는 기분인데.'

오늘만 하더라도 일어나자마자 각종 서류에 치이고 있었다.

돈 많은 백수의 삶이 점점 멀어지는 듯한 감각에 강우는 한숨을 내쉬었다. 마음 같아서는 임자와 함께 하루 종일 빈둥거리며 놀고 싶다.

"발렌시아 상황은 어때?"

"김시훈 씨가 천랑부대를 이끌고 도시 전체를 들쑤시고 있어요. 원주민들을 건드린 가디언즈 소속 플레이어를 대거 잡아들였고, 한 달 후에 재판을 할 계획이에요."

"증거를 확보하기가 힘들 텐데."

발렌시아는 아직 CCTV 등의 방범 장치가 제대로 마련되어 있지 않았다. 재판까지 가게 된다면 증거 불충분으로 빠져나가는 인원이 속출할 것이다. 남들이 뭐라 하건 자기는 잘못 없다고 철판 까는 것 정도야 일도 아니니까.

"호호. 피해자의 눈물이야말로 증거죠."

리리스가 짙게 웃었다. 증거를 만들어서라도 어떻게든 승소하겠다는 의미.

강우는 쓰게 웃으며 고개를 끄덕였다.

"그럼 이번에 얻은 리스트도 시훈이 쪽으로 넘겨."

현재 가디언즈의 표면적인 수장은 그레이스와 김시훈. 그중 김시훈의 인지도와 영향력을 키우기 위해서는 김시훈이 직접 그들을 처단할 필요가 있다.

'좀 시원하게 쓸어버려도 괜찮도록 언론도 주물러 주고.'

그들에게 김시훈에 대한 공포를 새겨주어 다시는 나대지 못하도록 만들어야 한다. 기껏 제거한 썩은 상처가 다시 재발하지 않도록.

'이걸로 한동안 또 바쁘겠군.'

김시훈이 이번 일과 연루된 권력자들의 뚝배기를 깨러 다니는 동안 자신은 따로 해야 할 일이 있었다.

'규칙을 만들어야지.'

이제껏 방치하고 있었던 가디언즈의 일을 처리해야 했다.

마음 같아서는 과거 지옥 시절처럼 잔혹하고 강력한 규율을 만들고 싶었지만 지금 이곳이 지옥이 아닌 이상 그렇게 잔혹한 규율을 만들 수 없었다.

'이건 다른 사람의 도움을 좀 바라야겠군.'

김시훈을 통해 처음 이 사건을 들은 가이아는 자신의 안일함을 자책하며 혼자서 규율을 만들겠다고 했다.

하지만 고작해야 열 명이 간신히 넘는 집단을 이끌던 여인이 거대 집단의 규율에 대해 잘 알 리가 없다.

강우 또한 지옥의 규율에 익숙해진 탓에 적당한 선을 정하기가 힘든 상황. 다른 사람의 도움이 절실한 상황이었다.

'천무진 씨랑 차연주에게 부탁하면 되겠지.'

가디언즈에 비하면 두 사람이 이끄는 집단이 많이 꿀리는 것은 사실이지만, 그래도 이제까지 집단을 이끌어온 노하우라는 것이 있을 것이다. 도움을 바라기에는 그 둘이 가장 제격이다.

"그리고… 한 가지 더 보고드릴 게 있어요."

"응? 이거 말고도?"

강우는 고개를 갸웃거리며 물었다.

"예. 이번에… 서울 도심에서 마기의 흔적이 발견되었습니다."

"……뭐?"

강우는 가늘게 눈을 떴다.

"흔적 자체는 굉장히 희미하지만… 광범위하게 퍼진 것으로 봐서는 도시 전체를 돌아다니고 있는 모양이에요."

"음."

팔짱을 끼었다.

서울 도심에 나타난 마기의 흔적. 악마교가 완전히 와해된 지금 그런 흔적이 일어날 만한 일은 많지 않았다.

"게이트에서 마물 하나가 빠져나온 것 같네."

"예, 저도 그렇게 생각해요."

예언의 악마에 의해 가이아 시스템의 수호가 망가지기 시작하면서 구천지옥의 존재가 게이트로 넘어오는 경우가 빈번히 일어났다. 헬 하운드와 같은 마물은 이제 '변종 몬스터'로 분류돼서 마석이 없는 몬스터, 라는 식으로 플레이어 사이에 퍼졌을 정도.

아마도 그런 마물 중 하나가 게이트 밖으로 빠져나왔을 가능성이 크다.

'게이트 밖으로 마물이 빠져나온 건 이제 흔한 일이지만.'

예전에도 이런 보고는 몇 번이나 받은 경험이 있었다. 아마 리리스도 그냥 마기의 흔적만 발견됐다면 이렇게 따로 보고하지는 않았을 것이다.

'돌아다니는 장소가 문제네.'

서울 도심 내부에 마물이 돌아다니는 것은 많은 피해자가 생길 위험성이 있었다.

서울은 김시훈이 사는 도시. 수호의 전당이 위치한 워싱턴 다음으로 가디언즈에서 신경 쓰는 도시였다. 상관없는 사람이 몇 명이 죽어간다고 해도 상관없으나 지금 타이밍에 서울에서 소란이 일어나는 것은 좋지 않았다.

"일단 처리해 두는 게 좋겠어."

"후훗. 그럼 제가 따로 처리해 둘게요."

"부탁할게."

김시훈은 발렌시아에 있고, 자신은 가이아, 차연주 등과 함께 적절한 규칙을 의논해야 했다.

지금 상황에선 리리스가 움직이는 것이 가장 효율적이었다. 리리스라면 탐색 능력도 뛰어나니 어렵지 않게 마물을 처리할 수 있을 것이 분명했다.

"네, 저만 믿어주세요."

리리스는 방긋 웃으며 답했다. 그러고는 마치 에키드나처럼 주먹을 움켜쥐며 콧바람을 뿜었다.

강우는 쓰게 웃었다.

'이래서 마냥 미워하기 힘들다니까.'

도저히 익숙해지지 않는 끔찍한 외모 때문에 어느 정도 거리를 두고 싶은 것은 사실이지만, 그럼에도 리리스를 미워할 수 없는 이유는 이러한 모습 때문이리라.

"후훗. 이번 일도 잘 해결하면 또 함께 여행을 가주시나요?"

강우의 표정이 딱딱하게 굳었다.

과도한 업무를 줬던 보상으로 함께 떠났던 여행. 일본 유명 온천에서 보냈던 시간이 머릿속에 떠올랐다.

"우욱."

입을 막았다. 안색이 창백하게 질렸다.

"괜찮으신가요, 강우 님?"

리리스가 걱정스럽다는 듯 그의 등을 쓰다듬었다. 분명 쿠로사키 유리에의 모습을 하고 있건만, 손을 타고 전해지는 감촉이 어딘가 끈적하게 느껴졌다.

"괘, 괜찮아. 그보다 여행은 좀 뒤로 미루자. 해야 할 일도 아직 많이 남았고, 설아하고 약속도 있으니까."

"……그런가요."

리리스가 쓸쓸한 표정으로 고개를 끄덕였다. 한설아의 이름이 나오자 그녀의 표정이 눈에 띄게 어둡게 변했다.

끼익.

"저기……."

그때, 방문을 열고 한설아가 빼꼼 고개를 내밀었다. 그녀의 손에는 먹음직스러운 과일들이 가득 담긴 쟁반이 들려 있었다.

"회의 중이셨죠? 과일 좀 드시고 하세요."

"아, 고마워 임자."

어둠 속에서 한 줄기 빛을 발견한 듯, 강우가 활짝 웃으며 한설아에게 다가가 쟁반을 받아 들었다.

리리스는 그런 강우의 모습을 바라보며 얼굴을 찡그렸다. 가슴에 손을 올리자 욱신, 아릿한 통증이 가슴을 스쳤다.

'나에게는……'

눈가에 희미한 눈물이 고였다.

'저런 웃음, 지어주신 적 없는데.'

처음 느껴보는 감정이 가슴을 태웠다.

리리스는 고개를 붕붕 저었다.

'무슨 생각을 하는 거람.'

어차피 본처는 자신이 아닌가. 강우와 했던 사랑의 맹세가 아직도 머릿속에 선명히 남아 있었다.

'혹시.'

그때의 맹세를 잊은 것은 아닐까, 하는 희미한 걱정이 끓어올랐다.

리리스는 입술을 짓씹으며 고개를 저었다.

'그럴 리가 없어.'

저번 여행 때도 자신의 화려한 촉수 테크닉에 사랑스러운 비명을 지르지 않았던가. 왕이 자신을 사랑하지 않는다는 것은 지나친 억측이다.

'그래도.'

리리스가 입술을 삐쭉 내밀었다. 조금은, 자신에게 더 관심을 가져줬으면 하는 욕심이 생겼다.

"저는 그러면 먼저 가볼게요."

"왜? 과일 마저 먹고 가."

"호호호. 어서 마물을 처치해야 강우 님에게 상을 받지 않겠어요?"

리리스는 가볍게 손을 흔들며 방 밖으로 나왔다.

탁.

문을 닫았다.

"하아."

짧은 한숨이 흘러나왔다.

머릿속이 복잡했다.

'이럴 때가 아니지.'

강우의 사랑을 받기 위해서만 서두른 것이 아니다.

서울에 나타난 마기의 흔적은 고작 며칠 만에 어마어마한 속도로 범위를 넓혔다. 이대로 간다면 언제 사건이 터져도 이상하지 않다.

'마치… 뭔가를 찾고 있는 것 같은데.'

리리스는 가늘게 눈을 뜨며 발걸음을 옮겼다. 그리고.

"……뭐라고?"

강우는 사납게 표정을 일그러뜨리며 물었다.

그의 앞에 무릎 꿇은 발록이 입을 달싹거리더니, 이내 입술을 깨물며 고개를 푹 숙였다.

"리리스가… 사라졌습니다."

"그러니까 그게 무슨 개소리냐고."

강우의 입에서 낮은 목소리가 흘러나왔다.

며칠간 차연주, 가이아, 천무진과 모여 밤을 새며 가디언즈의 내부 규율을 만들었다. 그런데 오자마자 뜬금없이 리리스가 사라졌다니, 자연스럽게 욕설이 흘러나올 수밖에 없었다.

무릎 꿇은 발록이 깊게 머리를 숙였다.

"전에 마왕님께서 리리스에게 서울에 나타난 마기의 흔적을 찾아 제거하라고 하시지 않으셨습니까? 그때 마기의 흔적을 추적하러 간 이후… 연락이 끊어졌습니다."

"……잠깐 기다려."

강우는 리리스가 지니고 있는 통신용 수정 구슬에 연락을 걸었다.

발록의 말대로, 리리스는 연락을 받지 않았다.

'그렇다면.'

가늘게 눈을 뜬 채, 정신을 집중했다.

리리스는 그의 권속. 김시훈처럼 종속의 권능으로 묶인 사이는 아니지만 영혼 단계에서 이어져 있는 것은 사실이다.

눈을 감고 자신의 영혼의 흔적을 찾았다.

주시자의 권능까지 사용했지만, 아무것도 느껴지는 것은 없었다.

강우는 입술을 깨물었다.

'리리스가 마물에게 당했다고?'

정황상 생각하면 그게 맞다. 마물이 할키온처럼 고대 마물급의 존재였고, 리리스가 상대하지 못하고 패배했을 가능성.

"리리스는……."

발록이 말끝을 흐렸다. 그도 지금 이 상황이 혼란스러운지 눈빛이 떨리고 있었다.

"죽은, 겁니까?"

"아니."

단호히 고개를 저었다.

"죽었다면 리리스에게 섞인 내 영혼이 돌아와야 해."

리리스가 어디 있는지는 알 수 없었지만, 적어도 영혼의 연결이 끊어진 감각은 없다.

"살아 있어."

강우는 주먹을 움켜쥐며 말했다.

발록의 입에서 안도의 한숨이 흘러나왔다.

리리스가 살아 있다. 하지만 어떤 연락도, 위치도 확인할 수 있다.

'그 말은.'

강우의 눈이 가늘어졌다.

이렇게 된 이상 두 가지 가능성밖에 없다.

'하나는 리리스 쪽에서 의도적으로 연락을 끊었을 가능성.'

머릿속에 떠오른 생각에 고개를 저었다.

리리스가 의도적으로 연락을 끊었을 가능성은 드물었다. 아니, 없다고 확신할 수 있었다.

'또 하나는.'

믿고 싶지 않았지만, 지금 상황에서 가장 가능성이 큰 가정은 하나밖에 없다.

"리리스가… 납치된 것 같다."

강우가 낮은 목소리로 입을 열자 무거운 침묵이 내려앉았다.

발록의 표정이 거칠게 일그러졌다.

그는 리리스를 안다. 가진바 무력은 자신의 몇 단계 아래지만, 그녀는 여러 환혹 마법으로 잠입과 탈출에 특화되어 있었다.

색욕의 대공 아스모데우스의 구애를 피해 도망 다녔을 정도로 용의주도한 그녀가 위급 신호조차 보내지 못하고 당했다는 것이 쉽게 믿어지지 않았다.

"대체 이게 무슨……"

발록이 혼란스러운 표정으로 이마를 짚었다.

강우는 지그시 눈을 감았다. 굳게 움켜쥔 주먹이 파르르 떨리기 시작했다. 손등과 이마에 굵은 힘줄이 돋아났다.

쿠구구궁.

건물 전체가 지진이 난 듯 진동했다.

혼란에 빠져 있던 발록이 퍼뜩 정신을 차리더니 강우의 어깨에 손을 올렸다.

"마왕님!"

진동은 멈추지 않았다.

쨍그랑!

테이블에 올려진 커피 잔이 바닥에 떨어져 깨지며 방바닥에 커피와 유리 파편이 퍼졌다.

"강우 씨?"

"강우, 무슨 일 있어?"

유리잔이 깨지는 소리에 한설아와 에키드나가 방문을 열고 들어왔다. 둘 사이에 할키온도 고개를 빼꼼 내민 채 강우를 바라보고 있었다.

"헙."

"가, 강우 님?"

숨이 막힐 듯 농밀한 마기. 전신을 압박하는 거대한 힘에 에키드나와 한설아의 안색이 파랗게 질렸다.

할키온이 다급히 앞으로 나서 손을 뻗었다. 새하얀 머리칼이 강렬한 마기의 압박에 휘날렸지만 강우에게서 뿜어지는 마기를 필사적으로 막아냈다.

발록이 강우의 어깨에 올린 손을 흔들었다.

"정신 차리십쇼, 마왕님!!"

"아."

발록의 필사적인 외침에 강우는 정신을 차렸다.

그는 초토화가 된 방 안의 모습을 바라보더니, 이내 깊게 가라앉은 목소리로 입을 열었다.

"리리스를 납치했을 정도면 최소한 대공급 이상이야."

리리스가 의도적으로 잡힌 게 아닌 이상, 대공급이 아니라면 그녀를 납치하는 것은 불가능하다.

"고대 마물일 가능성도 낮아."

리리스가 죽은 게 아니라면, 지금 그녀를 추적할 수 없는 이유는 한 가지밖에 없다.

'다른 누군가가 마법으로 추적을 방해하고 있어.'

고대 마물은 압도적인 육체 스펙을 바탕으로 싸우는 존재. 아무리 지능이 있다고 하지만 마법을 사용할 수 있을 정도는 아니다. 대부분이 할키온처럼 괴물 같은 육체 스펙으로 적을 찍어 누른다.

"그렇다면 대공이 개입했을 가능성도……."

"충분히 있어."

아직 모든 대공의 존재가 밝혀진 것은 아니다.

지금까지 나타난 대공은 넷. 그중 셋을 죽였으니 아직 나타나지 않은 대공까지 합치면 넷이나 남아 있다.

"그중 레비아탄은 제외. 놈은 마법을 못 쓴다."

"얼마 전에 라파엘에게 들은 악의 성좌, 라는 존재도 있지 않습니까?"

"가능성은 낮아. 설사 봉인이 풀려 놈들이 지구에 왔다고 해도 리리스를 납치할 이유가 없어."

"그럼 일단 대공이라는 전제하에 조사를 시작해야겠군요."

발록이 고개를 끄덕였다.

"김시훈도 불러."

"김시훈은 지금 미국 쪽에……."

"불러."

단호한 목소리에 발록은 끄응, 침음을 삼키더니 이내 고개를 끄덕였다.

깊은 한숨이 흘러나왔다. 강우의 이런 모습을 지옥에서 몇 번 본 기억이 있었다.

'한번 이 상태가 되시면.'

말이 통하지 않는다. 그 무엇으로도 왕을 막을 수 없었다. 이길 가능성이 제로에 가까웠던 천 년 전쟁을 일으켰을 당시에도 저런 모습이었으니까.

"그럼."

강우는 자리에서 일어선 후 말했다.

"움직이자."

강우는 몸을 돌렸다. 이쪽을 바라보는 할키온과 에키드나, 한설아의 시선을 느꼈지만 신경 쓰지 않았다. 아니, 신경 쓸 여유가 없었다.

'감히.'

화가 난 것은 아니었다.

리리스가 납치됐다고 해도, 언제든 죽을 수도 있는 위기에 처했다고 해도 분노가 치밀어 오를 일은 없다. 지금 느끼는 감정은 분노라기보단 짜증에 가까울 것이다.

'내 걸 건드려?'

그녀는 자신의 것이다. 충실한 부하이자, 유능한 부하다.

리리스가 지닌 정보력은 자신이 따라갈 수 없는 수준. 사용 가치만 놓고 본다면 김시훈보다 오히려 위다.

'그런데.'

자신이 손에 쥔 것을, 그를 위해 온몸을 바쳐 일해야 할 부하를 누군가 빼앗아갔다.

단순히 그녀를 납치한 것이 문제가 아니다. 이것을 자신을 향한 도발이자, 선포였다.

"제길."

거친 욕설이 흘러나왔다. 다시 한번 말하지만, 리리스가 납치된 것은 아무런 상관이 없다. 어차피 그녀 또한 김시훈처럼 사용하기 편리한, 배신할 걱정이 없는 '패'에 불과했다.

"씨발."

으드득. 이가 갈렸다.

어째서인지 밝게 미소 짓는 리리스의 모습이 머릿속에서 지워지지 않는다. 평소라면 트라우마에 가까운 그 모습이, 흘러나온 고름에서 뿜어지는 악취가, 끔찍한 촉수로 뒤덮인 그 외모가.

"씨발, 씨발, 씨발!!"

이해할 수 없을 정도로. 참을 수 없을 정도로 보고 싶다.

"강우, 무슨 일이야?"

사정을 듣지 못했던 에키드나가 강우에게 다가갔다.

옷자락을 잡으려던 그녀는 흠칫 몸을 떨었다.

"강우……?"

생각에 잠긴 채, 허공을 응시하는 그의 눈을 바라보았다.

검은자위에 금빛 눈동자, 가로로 찢어진 동공. 이제까지 그녀가 알던 강우가 맞는지 의심스러울 정도로, 광폭한 살기가 줄기줄기 뿜어져 나왔다.

"아, 으."

에키드나의 몸이 벌벌 떨렸다.

한설아가 그녀의 어깨를 잡고 가볍게 끌어안더니 조용히 뒤로 물러났다. 지금 강우를 건드리면 안 된다는 것을 본능적으로 깨달았기 때문.

달칵.

강우가 방문을 열고 나갔다.

그제야 방 안의 분위기가 풀렸다.

"후아."

할키온이 참았던 숨을 토해냈다.

한설아가 발록에게 다가갔다.

"저… 발록 씨. 대체 무슨 일이에요? 리리스 씨가 납치… 됐다고 들은 것 같은데요."

"말 그대로다. 리리스가 서울에서 나타난 마기의 흔적을 쫓는 도중 연락이 끊겼다. 지금 누가, 어떤 목적으로 납치했는지 전혀 모르는 상황이다."

"그, 그런……."

한설아의 표정이 창백하게 질렸다.

리리스처럼 아름다운 여인이 납치됐다는 것. 그것은 단순히 몸을 구속당하고 있다는 것 이상의 상상을 불러일으켰다.

"나도 그게 걱정이다."

발록이 그녀의 표정을 읽었는지, 진지한 목소리로 말했다.

"왕께서는 굳이 언급을 피하신 것 같지만… 리리스는 지나치게 아름다워. 솔직히, 네가 상상하는 일도 충분히 염두에 두어야 할 것 같다."

한설아는 끔찍한 상상에 눈을 질끈 감았다.

"저도 리리스 씨를 찾는 걸 도울게요!"

마기의 흔적을 추적하는 방법도, 어딜 어떻게 찾아야 하는지도 몰랐지만 조금이라도 그녀에게 도움이 되고 싶었다.

'리리스 씨.'

그녀 덕분에 강우와 이어질 수 있었다. 용기를 내서 고백할 수 있었다. 그것 외에도 자신이 모르는 강우의 모습에 대해서도, 그가 무엇을 좋아하는지에 대해서도 함께 얘기를 나누며 상당히 친해졌다. 리리스가 끔찍한 일을 당하게 둘 수는 없었다.

"고맙군."

발록이 쓰게 웃으며 고개를 끄덕였다. 크게 도움이 되지 않을 것을 알지만, 그럼에도 지금은 그 작은 도움이라도 절실했다.

그때였다.

"아."

한설아가 무언가 떠올랐다는 듯 탄성을 내질렀다.

"무슨 일인가."

"그, 그러고 보니 오늘 아침에 현관 앞에 수신인이 적히지 않은 박스가 놓여 있었어요."

"뭐라고?"

"잘못 배달 온 물건인 것 같아서 경비실에 맡겼는데…….자, 잠시만요!"

한설아가 다급히 방문을 열고 나섰다.

중간에 강우와 마주친 그녀는 어디 가지 말고 여기 있으라고 말한 뒤 경비실에 맡겨둔 박스를 들고 왔다.

"이건……."

강우는 그 박스를 바라보며 가늘게 눈을 떴다.

리리스와 연락이 두절되자마자 온 수신인 불명의 박스. 우연이라고 하기엔 너무 공교로웠다.

부욱!

다급히 박스를 찢어보니, 안에는 검은색 수정 구슬이 들어있었다.

"통신용 수정 구슬……."

마석을 가공해 만든 수정 구슬로 딱히 전기가 필요 없다는 장점 때문에 일상생활에도 자주 쓰이는 수정 구슬이었다.

강우는 수정 구슬을 들어 올렸다.

"후우."

긴장에 찬 숨이 토해졌다.

"잠시… 다들 나가 있어."

그녀가 어떤 상황인지 예상할 수 없었다. 만약 상상할 수 있는 최악의 상황이라면, 자신 혼자 보는 것이 맞다.

한설아가 무언가 말하려 했지만, 이내 고개를 끄덕이며 에키드나와 할키온을 이끌고 방으로 들어갔다. 발록 또한 무거운 표정으로 고개를 끄덕이곤 방으로 들어갔다.

'리리스.'

그녀의 모습이 머릿속에서 떠나지 않았다.

강우는 수정 구슬을 작동시켰다. 그러자 마치 홀로그램이 떠오르듯, 허공에 영상이 떠올랐다.

영상 속. 검은 어둠에 결박당한 채 묶여 있는 리리스의 모습이 보였다.

"리리스……!"

강우는 그녀의 이름을 불렀다.

예상대로, 그녀는 누군가의 손에 납치당했다.

[마왕, 님…….]

리리스의 애달픈 목소리가 들렸다.

가슴이 찢어질 것 같은 통증이 느껴졌다. 그와 동시에, 아직 리리스가 상처 하나 없이 무사하다는 점에 안도의 한숨이 흘러나왔다.

[아아! 마왕님!!!]

영상은 실시간으로 연결되는지, 강우의 얼굴을 확인한 리리스가 다급히 그를 불렀다.

[죄송합니다. 죄송… 합니다, 마왕님.]

그녀가 뚝뚝 눈물을 흘렸다. 어찌나 슬퍼하는지, 눈물 대신 노란 고름이 흘러내렸다.

[괜찮아요! 마왕님이 걱정하시는 일은 조금도 당하지 않았습니다!]

꾸물꾸물. 무수한 촉수가 그녀의 몸에서 증식했다.

'아니.'

강우는 굳게 입을 다물었다.

비장했던 분위기. 히로인이 납치된 상황에 주인공이 분노하는 클리셰적인 장면이, 뭔가 이상해지고 있었다.

[아아, 마왕님!]

리리스의 눈에서 노란 고름이 흘러나오고 18개의 붉은 눈이 강우를 응시했다.

'잠깐만, 씨바.'

강우는 주먹을 움켜쥐었다.

비장한 분위기를 필사적으로 유지하기 위해, 머릿속에 끓어오르는 어떤 생각을 억누르기 위해 입술을 깨물었다.

[걱정하지 마세요.]

리리스가 호응하듯, 애절한 감정이 담긴 목소리로 말했다.

[설사 제가 어떤 일을 당하더라도…….]

'아니.'

증식한 촉수들이 기괴하게 몸을 비틀었다.

[설사 제 몸이… 능욕당한다고 해도!!]

'그만해.'

보랏빛 피부에 곰팡이처럼 피어난 붉은 구멍이 점점 퍼져 나간다.

'제발……'

[저는! 이 리리스의 마음만큼은!]

리리스가 처절한 목소리로, 외쳤다.

[절대 굴복하지 않을 거예요!!]

파악!

증식한 촉수 끝이 터지며 노란 고름이 분수처럼 폭발했다.

수정 구슬에 튄 노란 고름에 영상이 흐릿해졌다.

"아."

강우는 두 손으로 얼굴을 덮었다.

"제발, 제발… 그만해 씨발……. 왜 그러는 거야 대체."

강우는 머리를 쥐어뜯으며, 고개를 숙였다.

'점점 더 구하기 싫어지잖아.'

뜨거운 눈물이 뺨을 타고 흘러내렸다.

"후우."

깊은 한숨을 내쉬며 고개를 저었다.

솔직히 리리스를 구하겠다는 굳은 의지가 반의 반절로 줄었지만, 그렇다고 수백 년을 함께해 온 소중한 부하를 가만히 내버려 둘 수는 없었다.

'대체 누가.'

가늘게 눈을 떴다.

처음 리리스의 실종 소식을 들었을 때부터 들었던 의문.

누가, 대체 누가 그녀를 납치했는가.

'제일 가능성이 높은 건…….'

색욕의 대공 아스모데우스.

지옥에 있던 시절부터 어떻게든 리리스를 손에 넣기 위해 발악했던 대공. 아스모데우스도 다른 대공들처럼 과거로 돌아가 부활하는 것에 성공했다면, 리리스를 납치할 만한 이유는 충분했다.

'그런데.'

그럼에도 이해 가지 않는 점이 있었다.

리리스와 실시간으로 연결되는 영상 구슬. 만약 아스모데우스가 리리스를 손에 넣기 위해 납치했다면, 이런 영상 구슬을 자신에게 보낼 이유가 없다. 다른 존재가, 다른 목적으로 영상 구슬을 보냈다는 것이 타당했다.

"리리스."

[홀쩍. 마, 마왕님.]

리리스가 닭똥 같은 고름을 흘리며 강우를 바라보았다.

강우는 속이 울렁거리는 것을 필사적으로 참으며 낮은 목소리로 물었다.

"누가 널……."

그때, 리리스가 사로잡힌 검은 어둠 너머에서 누군가가 걸어 나왔다.

'라키엘……?'

가장 먼저 보이는 것은 검은 날개. 그리고 인간에 비해 살짝 거대한 체형이었다. 타락의 성좌, 라키엘에 대한 생각이 가장 먼저 머릿속을 스친 것은 당연.

'라키엘이 리리스를 납치했다고?'

머릿속이 복잡해졌다. 아스모데우스가 통신용 수정 구슬을 보낸 것보다 이해할 수 없었다.

라키엘은 지금 세라핌의 힘에 의해 봉인된 상태. 아니, 설사 봉인이 풀려 지구에 넘어왔다고 해도 밑도 끝도 없이 리리스를 납치할 이유가 없다.

'뭐야 대체.'

혼란이 극에 달할 무렵.

[보고 있나?]

검은 날개의 존재가 영상에 완전히 모습을 드러냈다.

"아……."

강우의 입에서 짧은 탄성이 흘렀다.

본 적 있는 얼굴이었다. 그가 '본' 적 있는 얼굴이라면, 당연히 라키엘은 아니었다.

"씨발… 그러고 보니 너도 검은 날개였구나."

헛웃음이 흘렀다.

강우는 사납게 이를 드러내며 영상 속 반인반마(半人半魔)를 노려보았다.

"루시스."

오만의 대공 루시퍼의 아들. 인간 여인과 루시퍼 사이에 낳은 혼혈.

[다행히도 날 기억하는 모양이군.]

루시스가 비릿한 미소를 지었다.

당연히, 잊을 리가 없다. 리리스에게 첫눈에 반했다는 개소리를 씨불이더니 기어코 사랑을 위해 자신의 아버지의 배를 찌른 희대의 패륜아.

'그런 후레자식을 어찌 잊을까.'

뒤에서 조금 부추기긴 했지만 결국 루시퍼를 찌른 것은 루시스 스스로의 의지였다. 빛과 정의의 아이콘 빛강우가 설마 아들을 조종해 아버지를 칼로 찌르게 만든다는, 극악무도한 계획을 세울 리가 없지 않은가.

"이 개자식. 아버지를 찌르는 패륜을 저질렀으면서도 잘도 다시 지구로 기어올 생각을 했구나."

[뭐……?]

루시스가 병진 표정으로 강우를 바라보았다.

이내, 그의 표정이 야차처럼 일그러졌다.

[무슨 개소리를 하는 거냐!! 내가 아버지를 찌른 것은 모두 다 네놈 때문이다, 사탄!!]

"하."

헛웃음이 흘러나왔다.

강우는 손을 들어 머리를 쓸어 올리며, 경멸스러운 눈빛으로 루시스를 노려보았다.

"이제는 하다 하다 엉뚱한 사람을 사탄으로 몰아가는군."

[인간의 몸으로 숨어 들어갔다고 해서 내가 모를 것 같은가!!]

루시스가 노성을 토해냈다.

[그 일이 있은 후, 아버지와 많은 얘기를 나눴다. 그리고 원래 리리스 님이 마왕을 따르던 충실한 부하였다는 사실을 알았지.]

하지만.

[그때 그녀는 분명 사탄의 명령을 따르고 있었다.]

강우는 과거의 기억을 되짚었다.

'아, 분명.'

그때 한창 붉은 가면을 쓴 채 사탄으로 다녔을 시기였다. 리리스와 발록에게 자신을 '사탄'이라고 부르라고 시켰으니 저런 착각을 하는 것도 당연.

[그래서 몇 가지 추론을 했지. 그제야 모든 진실을 알아차릴 수 있었다.]

루시스가 이글거리는 눈빛으로 강우를 노려보았다.

강우는 대충 그가 생각했다는 '추론'이라는 것을 짐작할 수 있었다.

'지옥에서 마왕을 따르던 리리스가 갑자기 사탄을 따르고 있다면. 그리고 그 사탄이 과거 악마의 모습이 아닌 인간의 체형을 지니고 있다면.'

가장 먼저 드는 생각은 마왕이 자신을 사탄이라 사칭하게 시켰다는 것. 그것이 가장 '상식적인' 추론이었다.

'하지만.'

강우는 가늘게 눈을 떴다.

여기에 몇 가지 변수가 있다. 하나는 루시퍼가 자신을 완전히 '사탄'이라고 믿고 있다는 것.

'적어도 루시퍼는 내가 사탄을 사칭했다고 생각할 리는 없어.'

모든 행동에는 그 목적이 있다. 강우의 사정을 전혀 모르는 루시퍼의 입장에서 애초에 마왕이 사탄을 사칭할 '이유' 자체가 없다. 루시퍼가 아는 마왕은 구천지옥 전체를 전쟁의 구렁텅이로 몰아넣은 정신 나간 포식자니까. 억만장자가 동네 편의점에서 좀도둑질을 할 이유가 없지 않은가.

마찬가지로 마왕이 사탄을 사칭할 이유는, 적어도 루시퍼의 입장에서는 알 수 없었을 것이다. 마왕이 김치찌개를 위해 지구를 지키겠다는 것을 대체 무슨 수로 루시퍼가 상상할 수 있단 말인가.

'애초에 빌드 업 자체가 완벽했어.'

마왕이 지닌 마해(魔海)를 손에 넣기 위해 찾아온 루시퍼의 수하에게 사탄이 이미 마해를 손에 넣었다고 시작부터 떡밥을 뿌리지 않았던가. 심지어 그의 눈앞에서 지옥 무구를 뽑아내며 스스로를 사탄이라고 증명하기까지 했다.

'즉, 마왕이 사탄을 사칭한 것이 아닌.'

사탄이 마왕의 육체를 손에 넣었다고 생각했을 가능성이 크다.

강우는 굳게 입을 다문 채, 시선을 옮겼다.

두 번째 변수는 영상 속에서 보이는 루시스의 모습. 영상 너머로 보이는 루시스의 눈은 리리스에 대한 순수한 사랑으로 불타오르고 있었다.

그는 진심으로, 마음 속 깊숙이 '리리스를 사랑하고' 있었다. 그때 했던 세뇌의 영향도 아직 남아 있어 그 사랑은 광기(狂氣)에 닿아 있었다.

그렇다면 정말 루시스의 사랑이 광기에 가까워졌다면.

'모든 인간은, 아니, 모든 생물은.'

보고 싶은 것을 본다. 믿고 싶은 것을 믿는다. 편리하고 유리하게 사고(思考)한다. 생물의 본능이 그러할진대, 미치기까지 했다면 더 이상 생각할 것도 없다.

[사탄, 네놈이 마왕의 육체를 빼앗아 그녀를 조종하고 있다는 것을 말이지.]

'역시.'

강우의 눈이 반짝였다.

단순한 논리였다.

리리스가 마왕을 깊이 사모하는 것은 지옥에 있는 존재 누구나 아는 사실. 그런 그녀가 사탄에게 조종당하고 있는 거라면. 사랑한 이가 이미 '죽은' 상태라면. 자신의 사랑도 맺어질 수 있지 않을까, 라는 희망을 품는 것이 당연했다.

'즉 루시퍼랑 저 애새끼는 아직도 내가 사탄이라고 생각하고 있다는 건가.'

이제야 대충 머릿속에 그림이 그려지는 느낌. 왜 루시스가 리리스를 납치했는지도 이제는 이해할 수 있었다.

"그렇다면 어쩔 거지?"

[리리스 님을 네놈의 사악한 마수에서 해방시킬 것이다!]

강우는 예상했던 대답에 머리가 아프다는 듯 이마를 짚었다.

루시스의 머릿속에서 리리스는 사탄에게 세뇌당해 억지로

그를 따르고 있는 불쌍하고 가녀린 여인이었다는 얘기.

'이런 씨바.'

그때 뿌려놨던 떡밥이 설마 이런 식으로 뒤통수를 후려칠 거라고는 생각지도 못했다.

강우는 뒷골이 당기는 감각에 뒷목을 짚었다.

"루시퍼는 어디 있지?"

[흥. 아버지는 이번 일과 관계없다.]

"뭐라고?"

강우의 표정이 일그러졌다.

'루시퍼가 이 일을 주도한 게 아니라고?'

그럴 리가. 그렇다면 루시스 혼자의 힘으로 리리스를 납치했다는 의미였다.

'저 애새끼가 무슨 수로 리리스를 납치해.'

대공 아스모데우스의 손에서도 도망친 리리스였다. 루시스가 루시퍼의 자식이라고는 하나 대공과 견주기에는 한창 부족한 것이 사실.

'응?'

그때, 강우의 눈에 루시스의 등 뒤에 돋아난 검은 날개가 보였다.

'여덟 장⋯⋯?'

전에 루시스를 봤을 당시 그의 등 뒤에 돋아 있는 날개는 여섯 장. 딱 샤르기엘이 지니고 있던 날개의 숫자와 같았다.

악마도 천사처럼 등 뒤의 날개의 개수에 따라 힘의 차이가 있는지는 알 수 없었지만, 루시퍼의 등 뒤에 열 장의 검은 날개가 있었다는 것을 생각하면 어느 정도 연관성은 있다고 생각하는 게 옳다.

'여덟 장이면 라파엘이나 우리엘이랑 동급이잖아.'

샤르기엘과 라파엘 사이에 얼마나 막대한 격차가 있었는지를 생각한다면, 루시스가 여덟 장의 날개를 지니고 있다는 것은 납득할 수가 없었다.

[후후, 예전의 무기력했던 나라고 생각하지 마라, 사탄.]

루시스가 비릿한 미소를 지었다.

[그녀의 사랑을 손에 넣기 위해, 얼마나 많은 '시련'을 극복해 왔다고 생각하는가.]

그가 말한 시련이 뭔지, 알 수 없었다. 하지만 확실한 건 루시스가 과거와는 비교할 수 없을 정도로 강해졌다는 것.

루시퍼가 선언한 대로 그는 사탄에 대한 복수의 칼날을 날카롭게 갈고 있었다는 의미였다. 단순히 자기 자신만이 강해지는 것이 아닌, 아들의 성장까지 도와주며.

'일단 이로써 의문은 다 풀렸고.'

알 수 없었던 것들에 대해, 이제는 이해할 수 있게 되었다.

그렇다면 남은 것은 하나.

[네가 그녀를 해방시키지 않으면……]

"이제 좀 닥쳐라. 더 이상 들을 게 없으니까."

강우는 이어지는 루시스의 말을 잘랐다. 말마따나, 더 이상 루시스의 말을 듣고 있을 필요가 없었다.

"다른 얘기는 그곳에서 마저 하자고."

[뭐라고?]

루시스의 표정이 일그러졌다.

강우는 통신용 수정 구슬에 손을 올렸다.

눈을 감고, 정신을 집중했다. 압도적인 마기 제어력. 마해의 밖으로 빠져나오려던 마신(魔神)을 도로 심연에 집어넣은 그 마기 제어력이 힘을 보였다.

'주시자의 권능.'

통신용 수정 구슬 사이에 연결된 희미한 마기의 선을 역추적하자 지금 루시스가 어디에 리리스를 구속하고 있는지 머릿속에 선명하게 그려졌다.

"거기 가만히 있어라, 이 빌어먹을 애새끼야."

강우가 손을 저었다.

쩌적!

공간에 균열이 생기며 검은 틈이 만들어졌다.

강우는 발록을 부를 생각도 하지 않고, 검은 균열 속으로 몸을 던졌다.

[에르노어 대륙과 이어진 '차원의 틈'에 입장하였습니다.]

눈앞에 푸른 메시지가 떠올랐지만 무시하며 앞으로 나아갔다.

"아······!"

어둠에 결박된 리리스의 모습이 보였다.

"마, 마왕님!!"

"크읏! 몇 번을 말해야 알아듣습니까! 당신은 지금 사탄에게 세뇌당한 거라니까요! 마왕은 이미 죽었습니다!!"

시끄럽게 떠드는 루시스의 목소리가 들린다.

리리스에게 소리치던 그는, 검은 균열 속에서 나타난 강우를 바라보며 두 눈을 부릅떴다.

"어, 어떻게 여길……."

"하아, 시바 진짜."

강우는 깊은 한숨을 내쉬었다.

속을 졸이고 있던 일이 뭐 같잖지도 않은 애새끼의 장난질이었다니, 화가 나지 않으려야 나지 않을 수가 없었다.

"비켜."

"크읏!"

강우가 내뿜는 무시무시한 마기에 루시스는 입술을 깨물었다.

그는 검은 어둠으로 이루어진 창을 든 채, 강우를 겨눴다.

파지지직!

검은 뇌전이 창끝에서 타올랐다.

"아아, 마왕님!!"

리리스가 강우를 애타게 바라보며 눈물을 흩뿌렸다.

썩은 악취가 풍기는 노란 고름이 사방에 튀고 녹색 촉수가 꾸물거리며 길게 자라났다.

움찔.

강우의 발걸음이 멈췄다. 공간 전체를 진동시키는 무시무시한 악취에 그의 표정이 썩어들어 가기 시작했다.

"아."

머리를 움켜쥐며, 고개를 숙였다.

"구하기 싫다……."

무심코, 본심이 입 밖으로 튀어나왔다.

"이 쓰레기 자식……."

루시스가 성난 표정으로 이를 물었다.

리리스의 눈에서 흐르는 노란 고름을 보자, 그 이상 가슴이 미어질 수 없었다. 세뇌까지 당한 것도 모자라, 이제는 헌신짝처럼 버리려고 하다니.

"네 눈에는 보이지 않는 거냐!! 그녀가 흘리는 이 눈물이! 슬퍼하는 촉수들이!!"

"보여, 씨발. 너무 잘 보인다고."

"그런데 어떻게… 어떻게 그딴 소리를 할 수 있는 거냐!!"

"내가 묻고 싶다. 넌 씨바 어떻게 그런 소리를 할 수 있는 거니?"

"사탄……."

루시스가 입술을 짓씹었다. 분노가 치밀어 올랐다.

"네가 마왕의 육체를 뺏은 이유! 저 불쌍한 여인을 세뇌한 이유! 나는 다 알고 있다, 사탄!!"

"모르는 것 같은데."

"그녀의 사랑을 얻기 위했던 것이 아닌가!!"

"뭐 이 새끼야?"

타오르는 검은 뇌전이 사방으로 뻗어 나갔다.

"그렇게 해서라도 그녀를 얻고 싶었던 거겠지!! 리리스는… 그녀는! 그 무엇보다 아름다우니까!"

"그만해……."

"하지만!"

"그만하라고……."

루시스가 거칠게 발을 굴렀다.

"네 사랑은 일그러져 있다, 사탄!! 거짓된 사랑에 무슨 의미가 있는가!"

"제발… 어디서 주워들은 개 같은 대사 좀 치지 마, 이 새끼야……."

"나는 이곳에서, 모든 진실을 그녀에게 전하리라!!"

루시스가 손을 휘저었다. 리리스를 구속하고 있는 어둠이 앞으로 뻗어 나왔다.

그는 더 없이 엄숙한 목소리로 입을 열었다.

"사탄. 마지막 기회다. 네가 진심으로 그녀를 사랑하고 있다면……."

"……."

"모든 진실을 이곳에서 밝혀라."

고개를 돌렸다. 어둠에 묶여 있는 리리스의 모습이 보였다. 그녀는 분수처럼 노란 고름을 뿜어내며, 녹색 촉수를 기괴하게 비틀고 있었다.

"리리스……."

애타게 그녀의 이름을 불렀다.

무릎을 꿇고, 머리를 숙였다.

"미안하다. 사실 내 정체는 사탄이야. 마왕은 지구로 오는 도중 차원의 벽에 짓이겨져 죽었다. 이제까지… 너를 속이고 있었던 거야."

슬픔이 가득한 목소리로, 진실을 밝혔다. 루시스가 이거 보라며 그녀를 쿡쿡 찔렀다.

"아⋯⋯."

리리스의 입에서 짧은 탄성이 흘러나왔다. 그녀는 눈에서 흐르는 노란 고름을 촉수로 훔쳐내며, 나지막이 미소를 지었다.

"괜찮아요. 저는… 마왕님을 믿어요. 당신이 왜 거짓말을 하려는지 모르겠지만⋯⋯. 전… 이 리리스는."

단호한 목소리로 말을 잇는다.

"당신을 사랑합니다."

무거운 침묵이 내려앉았다.

고개를 숙인 강우의 어깨가 가늘게 떨렸다.

"흐윽… 흑, 흐으으윽."

흐느끼는 울음소리. 투명한 눈물이 그의 뺨을 타고 흘렀다.

"나 사탄이야⋯⋯."

"아니요, 마왕님."

"사탄이라고⋯⋯."

"당신은 사탄이 아니에요."

"흐으윽… 허어어엉."

머리를 움켜쥔 채, 흐느꼈다.

"나 사탄이라고… 씨발."

제발 믿어줘.

"보십쇼, 리리스 님!! 저자 스스로도 자신이 사탄이라고 말하지 않습니까!"

루시스가 기세등등한 목소리로 외쳤다.

마왕이 죽었다는 것. 비유하자면 광적으로 짝사랑하는 여인의 애인이 죽은 것과 마찬가지인 상황이었다. 루시스의 입장에선 절호의 기회라고 생각하는 것이 당연. 마왕의 부재와 사탄에게 속았다는 상실감에 빠져 있는 리리스를 자신이 잘 위로해 주기만 해도 사랑이 결실을 맺을 확률이 비약적으로 늘어났다.

"닥치세요! 마왕님이 사탄이라니, 무슨 헛소리를 하는 거예요!"

리리스가 일갈을 내질렀다.

그녀는 이글거리는 눈빛으로 루시스를 쏘아보았다. 녹색 촉수가 폭발적으로 팽창하며, 순간적으로 그녀를 구속하고 있던 어둠이 풀려났다.

고개를 숙인 강우의 눈이 가늘어졌다.

뺨을 타고 흘렀던 눈물은 어느새 감쪽같이 사라져 있었다.

'역시.'

강우는 한숨을 내쉬며 몸을 일으켰다.

이로써 모든 것이 확실해졌다.

"하아."

강우는 깊은 한숨을 내쉰 채, 천천히 발걸음을 옮겼다.

"크윽!"

그의 앞을 루시스가 막아섰다.

파지지직!

검은 뇌전이 창끝에 튀어 올랐다.

"거기 멈……."

춰, 라고 말하기도 전에 강우가 거칠게 발을 굴렀다.

몸이 길게 늘어진 듯한 착각과 함께.

콰아아앙!!

"커허허억!!"

루시스의 안면에 강우의 주먹이 틀어박혔다.

검은 뇌전이 튀어 오르던 창을 한 번 휘두르지도 못한 채, 루시스의 몸이 뒤로 튕겨져 나갔다.

"쿨럭! 쿨럭!"

형편없이 바닥을 구르던 루시스가 다급히 몸을 일으켰다.

"제길!"

양팔을 앞으로 뻗었다. 뇌전이 튀어 오르는 검은 구체가 양손에 맺혔다.

"리리스 님은!"

여덟 장의 날개가 활짝 펼쳐졌다.

그그그긍.

검은 어둠으로 이루어진 공간이 뒤흔들렸다.

루시스는 강렬한 의지가 타오르는 목소리로 말을 이었다.

"내가 지킨다!!"

마치 사로잡힌 히로인을 구하는 듯한 주인공의 대사. 강우의 입에서 나와야 마땅할 그 말이 루시스의 입에서 흘러나왔다.

"지랄."

강우는 가볍게 혀를 차며 천천히 손을 들었다.

목숨을 걸고 시도한 다섯 번의 탈태(奪胎). 그리고 한설아와 함께 자기 시작하면서 늘어난 마기 제어력이 만마전의 마기를 완벽하게 제어하기 시작했다.

"인페르노."

나지막이 그 이름을 입에 담았다. 탐욕의 대공 마몬. 그가 지녔던 불길의 권능과 칼날의 권능이 겹친다.

화르르르륵!!

샛노랗게 타오르는 검이 강우의 손에 쥐어졌다.

"뭐, 뭐야."

루시스의 표정이 딱딱하게 굳었다.

샛노란 검에서 느껴지는 무시무시한 열기. 너무도 강렬한 열에 공간 자체가 비틀어져 보일 정도로 압도적인 열기가 타오르고 있었다.

"저건……"

두 눈이 부릅떠졌다.

루시퍼를 통해 각 대공들이 지닌 권능에 대해서는 질리도록 들었다.

그중 탐욕의 대공 마몬. 화력에 있어서는 상위 서열 대공조차도 압도한다는 강력한 대공에 대한 얘기가 머릿속을 스쳤다.

"왜… 왜 사탄 네가 마몬의 권능을……."

이해할 수 없었다. 대공의 권능은 그 누구도, 설사 그 강대했던 마왕일지라도 다루지 못하는 고유의 힘이다. 그런데.

"뭐, 뭐야. 대체 어떻게."

머릿속이 혼란스러웠다.

루시스는 강우의 손에 타오르는 샛노란 검을 바라보았다. 숨이 쉬어지지 않는다. 강렬한 열기에 수십 미터 이상 떨어져 있음에도 피부가 타들어 갔다.

"어, 어떻게 네가 불길의 권능을 사용할 수 있는 거냐!"

루시스는 울부짖듯 외쳤다.

강우는 픽 웃으며 인페르노를 움켜쥐었다.

"불길의 권능만이 아닌데 말이지."

"……뭐?"

무슨 헛소리를 하냐는 듯 루시스가 가늘게 눈을 떴다.

"불길의 권능만으로는 이렇게 깔끔한 형태를 유지할 수 없거든. 연비가 더럽게 쓰레기인 권능이라."

강우는 손에 쥔 인페르노를 만족스럽게 바라보았다.

마기 제어력이 늘어난 덕분에 이제 대공의 권능과 다른 권능의 조합까지 완벽하게 소화해 낼 수 있게 되었다. 과거 구천지옥에 있던 시절에는 감히 꿈도 꿔볼 수 없었던 경지.

당시 대공의 권능만이라도 어떻게든 써보려고 몇 번이나 탈태(奪胎)를 반복했다는 기억이 떠올랐다.

'내가 강해지긴 했네.'

최근 들어 전력으로 싸울 일이 전혀 없다 보니 체감할 일이 거의 없었지만, 막상 이렇게 루시스를 눈앞에 두니 그 '격'의 차이가 새삼스럽게 느껴졌다.

'저놈이 어떻게 강해졌는지는 모르겠지만.'

루시스는 폼으로 여덟 장의 날개를 등 뒤에 단 것이 아니었다. 무슨 시련을 넘어왔다는 건지는 전혀 알 수 없었지만, 그는 확실히 강해졌다.

물론 라파엘, 우리엘 등과 비교하면 몇 수는 아래. 기껏해야 대공 중 하위 서열인 벨페고르 정도 되는 힘이었다.

하지만 그 벨페고르조차도 구천지옥 내에서 얼마나 아득한 시간 동안 지배자로 군림했는지를 생각한다면, 역시 루시스의 성장은 경이롭다.

'그런데.'

강우는 인페르노를 손에 쥔 채, 루시스를 향해 천천히 걸어갔다.

루시스가 발작을 일으키듯 검은 뇌전으로 이루어진 구체를 쏟아부었다. 이곳이 차원의 틈이 아니었다면, 주변 대지가 수백 미터는 터져 나갔을 헤일 같은 공격.

'이 정도로 같잖게 느껴질 줄이야.'

물론 구천지옥에 있던 시절에도 벨페고르 정도는 혼자서 충분히 상대할 수 있었다. 하지만, 이 정도로 하찮게. 이 정도로 같잖게 느끼지는 못했다.

'이거 완전히.'

어린아이를 상대하는 듯한 기분.

대공이라는 절대적인 강자를 이렇게 압도할 수 있게 될 날이 오리라고는, 상상조차 못 한 일이었다.

가슴이 뛰었다. 피가 끓어올라 전신에 퍼졌다. 강해진다는, 원초적인 생물의 본능을 건드리는 쾌감이 입가를 비틀어 올렸다.

뭐든지 할 수 있을 것 같은 전능감. 세상을 발아래 두는 것 같은 무한한 전율감이 몸을 뜨겁게 만들었다.

"황혼(黃昏)."

우리엘이 그러하듯, 언어를 입에 담음으로써 이미지를 구체화시켰다. 온 세상이 거대한 화마(火魔)에 집어삼켜지는 상상을 머릿속에 떠올린다.

과거라면 그저 상상에 불과했겠지만, 이제는 안다. 이 상상을 현실에 구현할 수 있는 '자유'를 얻어냈다는 것을.

후웅.

인페르노를 가볍게 휘둘렀다. 김시훈마냥 무공의 묘리를 담지도, 경지에 달한 검술을 사용한 것도 아니었다.

정말로 대충 휘두른 한 번의 검격(劍擊)에.

화르르르륵!!!

휘둘러지는 검의 궤적을 따라, 응축된 화염이 공간을 찢어발긴다.

허공에 상처처럼 새겨진 노란 균열을 따라 무시무시한 화염이 폭발하듯 터져 나왔다.

강우를 향해 쏟아지는 수십 수백의 검은 구체를 씹어 삼키고, 차원의 틈 자체를 불사르기 시작했다.

지평선 너머로 태양이 지듯 세상이 황혼(黃昏)에 물들었다.

"아아아아아악!!"

루시스의 입에서 비명이 터져 나왔다.

화염. 화염. 화염. 온 세상이 불타오르듯, 모든 공간에 미친 듯한 열기가 날뛰었다.

[띠링.]

['인페르노' 스킬의 파생 스킬 '황혼'을 습득하였습니다.]

['인페르노' 스킬의 숙련도가 최대치에 도달하였습니다.]

['인페르노' 스킬의 등급이 SS급에서 SS+등급으로 상향 조정됩니다.]

'오, 이건 또 뭐야.'

예상치 못했던 수확. 웬 애새끼의 트롤링에 바닥을 쳤던 기분이 조금 풀어졌다.

"크윽! 커헉!"

온몸의 피부가 타들어 가고 있는 루시스가 바닥을 뒹군다.

'이러다 뒤지겠네.'

강우는 인페르노 스킬을 해제했다.

루시스가 죽든 말든 큰 상관은 없지만, 저 꼬맹이에게는 아직 물어볼 것이 남아 있다.

바닥에 쓰러진 채 몸을 웅크린 루시스에게 다가갔다. 인페르노에 직격당한 루시스의 몸은 반 가까이가 불에 타 잿더미로 변해 있었다.

"쯧."

강우는 칼날의 권능으로 손가락을 베어 피를 만든 후, 루시스의 입에 흘려 넣어 재생의 권능을 사용해 망가진 루시스의 신체를 치료했다.

부글부글 거품이 끓어오르며 불에 탄 신체가 복구되기 시작했다.

"마왕님!"

그때, 리리스가 눈물을 흩뿌리며 그에게 달려왔다. 꿈틀거리는 촉수로 그의 몸을 휘감은 후, 활짝 미소를 지었다.

"역시 마왕님이 구해주러 오실 거라고 믿고 있……."

"리리스."

낮은 목소리로, 그녀를 불렀다. 그 안에 담긴 짙은 노기(怒氣)에 리리스의 몸이 움찔 떨렸다.

"예? 왜, 왜 그러시나요, 마왕님."

강우는 굳게 입을 다문 채, 그녀를 노려보았다.

리리스의 시선이 점점 더 다른 곳으로 이동한다.

"왜 그랬어."

입술을 짓씹으며, 물었다.

"마왕님이 무슨 말씀을 하는 건지 이해가 잘……."

"왜, 그랬어."

손을 뻗어 그녀의 어깨를 붙잡았다. 어깨를 붙잡은 손이 파르르 떨렸다.

"저 애새끼가 몰라볼 정도로 강해진 건 사실이야. 대공이랑 한 판 해볼 수 있을 정도니 정면 승부로는 어림도 없겠지."

리리스의 전투 능력 자체는 별 볼 일 없다. 단적으로 말해, 약하다. 아마 샤르기엘과 싸운다면 처절한 싸움 끝에 간신히 이길 정도의 수준. 대공급이 된 루시스를 이기는 것은 불가했다.

"하지만."

강우의 눈빛이 이글거렸다.

"너라면 도망칠 수 있었잖아."

아스모데우스의 손에서도 도망친 그녀였다. 자신의 힘에 취한 철부지 애새끼의 손에서 도망치지 못할 리가 없었다.

무거운 침묵이 흘렀다.

리리스는 고개를 푹 숙인 채, 처량히 눈물을 흘렸다.

"그치만……."

그녀가 천천히 고개를 들어 올렸다. 그러고는 흐느끼는 목소리로 말했다.

"제게는… 한 번도 그런 미소 보여주신 적 없잖아요."

"……뭐?"

"수백 년을 마왕님을 바라봤는데, 모든 걸 바쳐서 마왕님만 생각했는데!"

울부짖듯, 그녀가 외쳤다.

"한 번도……. 단 한 번도… 설아 씨에게 보여준 것 같은 미소는 지어주시지 않았잖아요."

강우는 입을 쩍 벌렸다.

'이게 뭔 싸구려 신파극이야.'

갑자기 아침 드라마 속에라도 들어온 기분. 설마 고작 저런 이유로 적의 손에 순순히 사로잡혔단 말인가.

분노가 치밀어 올랐다. 상대가 루시스라 망정이지 아스모데우스였다면, 두 번 다시 자신의 품에 돌아오지 못할 수도 있는 위험천만한 행동이었다. 아니, 모든 걸 다 떠나서 그녀의 행동은 선을 넘었다.

"어디서 그런 개소……."

"흐윽……. 흑."

흘러나오려던 거친 욕설이 끊어졌다. 가늘게 떨리는 리리스의 어깨에서, 그녀가 지금 얼마나 두려워하고 있는지 느껴졌다.

그녀는 멍청하지 않다. 자신의 행동이 위험하다는 것 정도는, 선을 넘은 행동이었다는 것 정도는 그녀 또한 잘 알고 있었을 것이다.

그럼에도 루시스의 손에 순순히 잡힌 것. 자신의 관심과 사랑을 끌기 위해 행동했다는 것은. 그만큼 절박했기 때문이리라.

'제게는… 한 번도 그런 미소 보여주신 적 없잖아요.'

리리스의 목소리가 머릿속에 떠올랐다.

강우는 지그시 눈을 감았다. 싸구려 신파극이라도 좋다. 아침 드라마라도 상관없다. 유치하고, 오글거리는 그 말을 이해하려고 노력했다.

'수백 년을 사랑한 사람이.'

심지어 정치적인 목적이었다고는 하나, 사랑의 맹세까지 나눈 남편이 어느 날 갑자기 덜컥 다른 사람을 연인으로 받아들였다.

그럼에도 그 사람을 이해하고 사랑했다. 굴러 들어와 자신의 자리를 차지해 버린 여인에게 어떻게 하면 그 사람이 좋아하는지 조언까지 해줬다. 도움이 되기 위해 말이 되지 않는 업무량을 소화했고, 귀찮고 어려운 일을 도맡아 처리했다.

그런데 정작 그 사람은 자신에겐 관심도 없고 새로 사귄 연인만 좋다고 졸졸 따라다녔다. 대놓고 바람을 피운 것도 모자라 눈앞에서 염장을 지른 것이다.

'어, 시발……?'

강우의 두 눈이 부릅떠졌다.

'내가 쓰레긴데?'

납치 자작극을 벌이는 게 아니라 식칼을 들고 배때기를 쑤셔도 할 말이 없는 수준이었다.

물론, 자신이 몇 번이나, 수십 수백 번을 넘도록 그냥 원래 인간의 모습이 아름답다고 말한 것을 믿지 않은 리리스의 탓도 있다.

하지만 리리스의 입장을 생각하면, 이해할 수 없는 것도 아니다. 만약 어느 날 누군가 와서 당신의 지금 모습은 추하다고, 바퀴벌레 같은 외모가 훨씬 아름답다고 말했다고 치자. 대체 그 말을 누가 믿는단 말인가.

고작 수십 년을 살아온 사람조차 코웃음을 치며 개소리 말라고 할 텐데, 리리스는 수천수만 년 이상을 자신을 '아름답다'고 말해주는 악마들 사이에서 살아왔다. 아무리 사랑하는 사람이 한 말이라고 해도 그 말을 쉽게 받아들일 수 없는 것이 당연했다.

"많은 걸 바란 건 아니에요."

리리스는 서글픈 미소를 지으며 어깨에 올려진 강우의 손을 잡았다.

"한 번이라도… 정말 한순간만이라도."

뺨을 타고 흐른 눈물이 손등에 떨어진다.

"제게 설아 씨에게 보여준 미소를 지어주셨으면 했어요."

강우는 굳게 입을 다물었다.

이번 일에 대해 추궁하고 싶었지만, 막상 그녀의 사정을 생각해 보니 그럴 수가 없었다. 오히려 자신이 죄인이 된 기분.

'그래도.'

이 말만큼은 해야겠다는 생각이 들었다.

"앞으로."

리리스를 끌어안았다.

"앞으로 절대. 두 번 다시."

끌어안은 손이 떨린다. 그녀가 처음 사라졌다는 소식을 들었을 때, 그때 느꼈던 미칠 듯한 감정이 다시금 끓어올랐다.

"이런 짓은 하지 마."

"아……."

리리스의 입에서 짧은 탄성이 흘러나왔다. 어깨를 붙잡은 그의 손에서, 얼마나 그가 걱정했는지 전해졌다.

"미, 미안해요. 전 그저……."

리리스가 몸을 비틀었다. 이제야 자신이 무슨 짓을 했는지 실감이 됐다. 자신이 사랑하는 왕을, 배신한 것이나 다름없는 짓을 한 거다.

"알고 있어."

강우는 리리스의 머리를 쓰다듬었다. 끈적한 점액이 손에 묻어나왔다.

그래도 지금 이 순간만큼은, 끔찍한 촉수와 고름조차도 상관없었다. 자신이 그녀에게 한 짓을 생각하면 이 정도는 고려할 가치도 없는 문제였다.

강우는 리리스의 뺨을 잡아 고개를 들어 올렸다.

밝은 미소를 입가에 머금었다.

"아, 아아."

리리스의 몸이 떨렸다.

그토록 바랐던 미소가, 자신을 향하고 있었다. 짜릿한 전율이 전신에 휘몰아쳤다.

"마왕님… 마왕님……. 흐윽."

차오르는 격정에 강우의 몸을 끌어안은 촉수에 힘을 더했다.

강우는 눈물 흘리는 그녀를 바라보며 굳게 입을 다물었다.

고작 미소를 지어주는 것. 그런 아무것도 아닌 일을 해주지 못해 그녀를 이 정도로 절박하게 만들었다는 사실에 죄책감이 끓어올랐다.

외모가 끔찍했기 때문이라는 것은 변명이다. 그런 것으로 치면 리리스는 그녀의 입장에서 물고기나 다름없이 생긴 강우를 수백 년간 한결같이 사랑했다.

'그냥 단 한 번도.'

그녀를 이해하려하지 않은 것이다.

어떤 감정을 지닌 채 자신을 바라보고 있는지. 어떤 마음으로 자신을 사랑하고 있는지 신경조차 쓰지 않았다. 끔찍한 외모 속에 있는, '리리스'라는 여인을 단 한 번도 똑바로 바라보지 않았다.

"리리스."

강우는 깊게 심호흡했다.

솔직히 말하면, 아직도 코를 찌르는 악취가 역겹게 느껴졌다. 몸을 더듬는 촉수의 감촉이 더없이 끔찍하게 느껴졌다.

그럼에도 그것만이 다가 아닐 것이다.

"아……."

리리스의 턱을 잡았다.

리리스는 18개의 눈을 크게 뜬 채 파르르 몸을 떨다가, 천천히 고개를 내렸다.

수백 년. 그 기나긴 시간 만에 처음으로, 그 어떤 강압이나 조건도 없이 강우가 먼저 입술을 겹쳤다.

"아……."

리리스의 입에서 짧은 탄성이 흘러나오고 그녀의 보랏빛 피부가 붉게 달아올랐다.

"아으, 아으, 아으으!"

리리스는 눈을 질끈 감으며 제자리에서 방방 뛰어올랐다.

주먹을 움켜쥔 채 어쩔 줄 몰라 하며 촉수를 꿈틀거리자 촉수 끝에서 뿜어져 나온 고름이 사방에 튄다.

강우는 눈을 감았다. 무시하려고 해도, 신경 쓰지 않으려고 필사적으로 참아도.

'시바……'

지금 자신이 옳은 일은 한 건지 확신할 수가 없었다.

'혹시 나 무덤 판 거 아닌가.'

순간적인 감정에 취해 잘못된 선택을 한 것이 아닌가 후회가 밀려왔다. 아무리 그녀의 마음을 소중하게 생각한다고 해도, 도저히 저 촉수만큼은 익숙해지지가 않았으니까.

"흐윽. 흑……. 사랑해요… 정말 사랑해요, 마왕님."

리리스가 해맑게 웃는다.

"헤헤. 처음으로… 마왕님이 먼저 키스해 주셨네요."

더 이상 없을 정도로 행복해하는 그녀를 바라보며, 강우는 복잡한 표정으로 입을 다물었다.

'아니, 고맙기는 한데.'

아무리 외모를 무시하려고 해도, 신경 쓰지 않고 그 내면을 들여다보려고 해도.

'너무 심하잖아.'

강우는 코를 찌르는 악취에 두 눈을 질끈 감았다.

쿠로사키 유리에의 모습이었다면 쌍수를 들다 못해 공중제

비를 돌며 좋아했을 일이, 지금은 끓어올랐던 감정마저 차갑게 식을 정도로 견디기 힘들었다.

'잠깐.'

그때, 머릿속을 스치는 번뜩이는 생각이 떠올랐다.

강우의 두 눈에 날카로운 빛이 스쳤다.

'그 방법이라면.'

지은 죄가 크다고 하지만, 적어도 지금 명분은 자신에게 있다.

"하지만 이번 일을 가만히 넘길 수는 없어."

"아……."

"리리스, 네가 한 일은 나에 대한 배신이나 다름없는 짓이었다."

"그, 그건."

리리스의 눈이 떨렸다.

이유야 어찌 되었든 리리스가 자신을 속이고 자작극을 벌인 것은 변함없는 사실이다. 왕에게 정면으로 반역을 했다고 과언이 아닐 정도의 죄. 즉결 처형을 해도 이상하지 않은 일이었다.

"……죄송합니다."

리리스는 변명을 할 생각조차 하지 못한 채 고개를 숙였다. 가늘게 어깨가 떨렸다. 초조한 표정으로 발을 꼼지락거렸다.

"어떤 처벌이라도 달게 받겠습니다."

그녀는 꿀꺽 침을 삼키며 말했다. 죽으라면 스스로 목숨을 끊을 정도의 의지가 느껴졌다.

'좋아.'

강우는 긴장에 찬 표정으로, 천천히 입을 열었다.

"앞으로 내 앞에서 악마의 모습으로 있는 것을 금지하겠다."

"……예?"

"내 앞에서는 무조건 쿠로사키 유리에의 모습으로 있어라."

"그, 그건 안 돼요!!"

리리스가 다급히 외쳤다.

기껏 왕이 자신에게 먼저 손을 뻗어줬는데, 그런 못생기고 추한 외모로 그의 앞에 있어야 한다니. 그로 인해 왕의 사랑이 식기라도 하면 어쩐단 말인가.

"부탁드릴게요, 마왕님! 제, 제발 그것만큼은……!"

인간의 모습으로 그와 함께 있다 보면 혹시 버려지기라도 하지 않을까, 하는 걱정이 머릿속에 가득 차올랐다.

'이렇게 아름다운 외모로도 왕의 마음을 얻는 데 수백 년이 걸렸는데……!'

모든 악마들에게 칭송받는, 어지간한 악마는 보는 순간 이성을 잃고 달려들 정도의 외모로도 왕의 마음을 얻는 데 수백 년이 걸렸다. 여기서 인간의 모습으로 돌아가기라도 했다간 왕의 마음이 식는 것은 시간문제.

"아까 어떤 처벌이라도 따르겠다고 하지 않았어?"

왕이 가늘게 눈을 뜨며 그녀를 노려본다.

움찔.

리리스의 몸이 가늘게 떨렸다.

"……알겠, 습니다."

그녀는 무거운 표정으로 고개를 끄덕였다.

곧 촉수가 사라지며 인간의 육체, 쿠로사키 유리에의 모습으로 돌아왔다.

강우는 근엄한 표정을 유지하며, 주먹을 불끈 쥐었다.

'욜로오오오오오오오!!!'

소리 없는 환호성이 터져 나왔다. 마음 같아선 이 자리에서 춤이라도 추고 싶은 기분.

'시바, 됐다! 이건 됐어!!!'

뜨거운 눈물이 뺨을 타고 흘렀다.

사실, 리리스에게 진실을 알려주고 싶었다. 촉수는 싫다고, 고름은 더더욱 싫다고 말해주고 싶었다.

하지만.

'내가 인간 모습이 훨씬 아름답다고 몇백 번을 말해도 믿지 않았으니까.'

리리스가 지구로 온 이후 질리도록 말해도 그녀는 농담하지 말라며 웃어넘길 뿐. 정말 진지하게 말해도 호호 웃으며 고개를 저을 정도였다.

'그 정도면 진짜 몰라서 그런다고 볼 수 없지.'

리리스의 머리가 모자란 것도 아니고 그 정도 말했는데 자신이 농담으로 한 말이 아닐 거라는 것 정도는 알고 있을 것이다. 즉, 그녀는 알고 있는데도 의식적으로 그 말을 '부정'하고 있는 것이라고 보는 게 옳다.

'하긴.'

사실 그런 리리스를 이해하지 못하는 것은 아니다.

인간의 기준으로 생각하면 단순히 고집 센 미친년으로 볼 수 있으나, 그 실상은 좀 다르다. 그녀가 살아온 세월은 만 년이 넘는다. 정확히 나이가 몇인지는 모르지만, 강우가 처음 지옥에 떨어졌을 때부터 리리스의 소문은 지옥 전체에 퍼져 있었다.

'그 아득한 시간 동안.'

아름답다는 말만 들어왔던 외모가 가장 사랑하는 사람에게 부정당했다. 순순히 받아들이는 것이 오히려 이상한 상황이다.

'하지만 이제 그것도 끝이다.'

강우의 입가에 짙은 미소가 지어졌다.

리리스는 울상을 지으며 물었다.

"저, 정말 이런 못생긴 얼굴로 왕의 앞에 있어야 하는 건가요?"

"그래. 내 앞에 있을 때는 항상 그 모습으로 있어야 해."

"그… 바, 밤 일을 할 때도요?"

"절대로. 무조건. 무슨 일이 있어도."

세 번이나 강조했다.

리리스의 눈에 눈물이 흘렀다.

"어, 어째서 그런 무의미한 처벌을……! 마왕님도 제 촉수 테크닉을 그렇게 좋아하셨으면서 어떻게 그러실 수 있나요!"

목까지 치밀어 오른 욕지기를 간신히 씹어 삼켰다.

"어쨌든, 그게 내 처벌이다. 전투 상황에서 힘을 해방하는 일이 아니면 무슨 일이 있더라도 인간의 모습으로 있어야 해."

"이익……."

"설마 이런 중죄를 지어놓고 그냥 넘어갈 생각은 아니겠지?"

리리스가 입술을 깨물었다.

그녀는 무언가를 말하기 위해 입을 달싹거리다, 이내 고개를 푹 숙였다.

"알겠… 습니다."

콰앙!

그 말과 함께 거친 폭음이 들렸다.

강우와 리리스의 시선이 소리가 들린 곳을 향했다.

"그, 그게 무슨 헛소리냐!!"

재생의 권능으로 몸을 회복한 루시스가 절망에 찬 표정으로 강우를 노려보고 있었다.

"리리스 님에게 어떻게 그런… 끔찍한 짓을!!"

루시스는 차마 눈을 뜨고 볼 수 없다는 듯 고개를 저었다.

강우는 어처구니없다는 듯 그를 내려다보았다.

불길의 권능을 일으키며 한 번 더 구워줄까, 고민하다가 이내 좋은 생각이 났다는 듯 씩 웃었다.

"그렇게 리리스가 인간의 모습인 게 싫은가?"

"당연한 소릴! 이건 리리스 님의 아름다운 촉수에 대한 모독이다!"

"그럼 너는 결국 리리스의 외모만 사랑했다는 얘기군."

"뭐, 뭐라고?"

"쯧쯧, 진실한 사랑이니 뭐니 떠들더니… 한심하군."

"크윽!"

루시스의 얼굴이 붉으락푸르락 일그러졌다.

"아, 아니야!! 난 진심으로 그녀를……."

"그렇다면 왜 그렇게 민감하게 반응했지? 어차피 고작해야 껍데기가 바뀐 것뿐이잖아."

"그건……."

"네게 중요한 건 리리스가 아닌, 그녀의 껍데기에 불과했다는 얘기지."

"아, 아니……."

"아니라면 증명해 봐라."

루시스가 침묵했다. 그의 표정이 창백하게 질렸다.

강우는 승자의 미소를 띠며 그를 내려다보았다.

"너는 그녀를 사랑할 자격이 없다, 애송이."

"아, 아으."

고개를 떨군 루시스의 뺨을 타고 눈물이 흐른다.

강우는 폐인처럼 혼을 잃은 눈빛을 짓고 있는 루시스를 바라보며 낄낄 웃음을 터뜨렸다.

'장난은 여기까지 하고.'

슬슬 본론에 들어갈 때였다.

"좋아, 애송이. 몇 개 물어볼 게 있다."

"내, 내가 대답을……."

"리리스."

강우가 낮게 그녀의 이름을 불렀다. 눈치가 빠른 리리스는 고개를 끄덕이더니 머리칼 몇 개를 촉수로 바꿔 루시스를 휘감았다.

"허업!"

두 눈이 부릅뜨고 온몸을 비틀던 루시스의 눈이 흐리멍덩해지기 시작했다.

강우는 비릿한 미소를 지었다.

'아직 세뇌의 영향이 남아 있다는 건 확인했으니까.'

세뇌의 영향이 완전히 사라졌다면 리리스를 데려가겠다는 목적으로 아버지 몰래 지구에 올 리도 없었다.

"아, 으. 아아."

루시스의 입에서 질질 침이 흘렀다.

"우선, 루시퍼는 지금 어디 있지?"

"아버, 지께서는… 시, 련을… 받고 계신, 다."

"시련?"

통신 구슬로 대화하는 도중 루시스가 자신이 시련을 극복하며 강해졌다고 말한 것이 떠올랐다.

"그 시련이란 게 뭐지?"

"시련… 은 마신, 의 심장이… 만들어낸… 공간. 그곳에서… 힘을 키우는… 것."

마신의 심장.

"구체적으로 어떤 공간이지?"

"시간의… 흐름이, 다른 곳. 물질계와는… 다른… 섭리가 지배… 하는 공간."

세뇌의 영향으로 뚝뚝 끊어지는 대답이었지만, 대충 말은 알아들을 수 있었다.

'그때 그 태초의 악몽 같은 공간인가.'

사탄을 따라 들어간 검은 공간을 떠올렸다. 시간의 흐름까지 다른 곳이라고 했으니, 짧은 시간에 루시스가 이렇게 강해진 것도 어느 정도 납득이 갔다.

'루시스가 저 정도라면.'

루시퍼는 얼마나 강해졌을지 짐작조차 가지 않았다.

'그 자식 처음 지구에 왔을 때부터 신성을 가지고 있었는데……'

강우의 표정이 초조해졌다.

자신 또한 과거에 비해 압도적으로 강해졌지만, 그건 루시퍼도 마찬가지. 마신의 심장으로 만들어진 '시련'이란 공간에서 복수의 칼날을 갈고 있는 루시퍼가 어떤 변수가 될지는 쉽게 짐작이 가지 않았다.

'일단 이놈은 데리고 있어야겠군.'

강우는 루시스를 내려다보았다. 자신에게 루시스가 있는 이상, 루시퍼는 함부로 움직이지 못할 것이다. 일단 든든한 보험은 들어둔 상황.

'조급하게 움직일 필요는 없어.'

안일하게 있는 것도 위험하지만, 그렇다고 조급한 상황 또한 아니었다.

'잘만 한다면 루시퍼를 이용할 수도 있다.'

강우의 머리가 빠른 속도로 돌아갔다. 아직 구체적인 계획은 없지만, 루시스를 활용하면 나중에 루시퍼를 이용해 먹을 수도 있겠다는 생각이 들었다.

입가에 절로 미소가 지어지는 것은 당연했다.

'자식새끼 하나 잘못 길러서 아주 개고생을 하는구나.'

루시스의 트롤링은 전율스러울 지경. 만약 저런 아들이 있다고 생각하면 등골이 오싹하다.

"리리스. 전보다 더 철저하게 세뇌를 걸어줘. 네가 하는 말이면 아버지의 배를 쑤시든 목을 자르든 뭐든지 할 수 있도록."

"예, 마왕님."

리리스가 깊게 허리를 숙였다.

이미 걸어둔 세뇌가 있었으니, 다시 세뇌를 강화하는 것은 어렵지 않을 것이다. 강우는 만족스러운 미소를 지으며 몸을 돌렸다.

그때였다.

"응······?"

루시스의 등에 돋은, 여덟 장의 검은 날개가 보였다. 그 날개 사이사이에는 검은 뇌전이 튀어 오르고 있었다.

벼락같은 생각이 머릿속을 스쳤다.

'잠깐, 이거.'

강우의 눈이 점점 더 커졌다.

"그래, 시바. 그런 방법이 있었어."

왜 그 생각을 못 했을까, 하는 자책감과 함께 헛웃음이 흘러나왔다.

'단순히 루시퍼를 제어하는 용도가 아니라.'

다른 방식으로도 루시스를 활용할 방법이 떠올랐다.

"푸흡, 푸헤헤헤헿."

자기도 모르게 천박한 웃음소리가 흘러나왔다.

"마왕님……?"

"잠깐 비켜봐."

강우는 루시스에게 다가가서 그의 어깨를 강하게 붙잡았다.

"잘 들어라, 루시스."

"아, 으……?"

"지금부터 네 이름은 루시스가 아니다."

"이, 름……?"

"앞으로 네 이름은."

씨익.

입가를 비틀어 올렸다.

"라키엘이다."

· 3장 ·
뭐야 별일 아니었잖아

발렌시아에서 있었던 사건이 끝나고 뜬금없었던 납치 자작
극이 끝나자 드디어 한숨 돌릴 시간이 주어졌다.

"흐아."

강우는 거실 소파에 늘어지게 앉아 피로에 찌든 숨을 토해
냈다. 최근 정신없이 휘몰아친 일 때문에 거의 일주일 이상 잠
을 자지 못했다.

'이러면 손해인데.'

강우는 한설아와 함께 자면 마기 제어력이 오른다는 사실
을 떠올리며 표정을 일그러뜨렸다.

무조건적으로 오르는 것은 아니지만, 그때 오르는 마기 제
어력이 하루 종일 날 잡고 수련하는 것보다 훨씬 더 많이 오르
기 때문에 무조건 같이 자두는 것이 이득이었다.

"뭐… 그래도."

입가가 절로 올라갔다. 머리가 뻐근해질 정도로 짜증 나는 일이 연달아 터졌지만, 얻은 것은 결코 적지 않았다.

'우선 가디언즈를 한번 싹 물갈이할 수 있었고.'

가디언즈는 표현 그대로 그의 사냥개였다.

적을 죽이지는 못하더라도, 추적한 후 발목을 물어뜯어 시간을 끌어주는 역할. 멧돼지 사냥이 사냥개 없이는 반절 이하로 성공 확률이 준다는 것을 고려하면, 역시 가디언즈를 관리하는 것은 중요했다.

'그리고.'

강우의 눈이 빛났다.

검은 날개의 악마, 루시스의 존재가 떠올랐다.

'이게 크지.'

사실 루시스가, 아니, 정확히는 그의 아버지 루시퍼가 왜 검은 날개를 지니고 있는지는 모른다. 루시퍼는 강우가 지옥에 오기 전부터 대공으로서 군림했으니까.

'어쨌든.'

중요한 것은 루시스의 등 뒤에 달린 검은 날개가 타락 천사의 날개와 완전히 동일하다는 것.

악마와 인간의 혼혈인 루시스가 천사와 분간이 되지 않는 외모를 가지고 있다는 것 또한 큰 장점이었다.

'얼굴은 알아보는 놈이 있을지도 모르니까 살짝 손봐주면 되겠고.'

전에 라파엘을 통해 지금 활동하는 천사들 중에 라키엘의 얼굴을 정확히 아는 존재는 미카엘밖에 없다는 말을 들었다.

즉, 루시스를 라키엘로 내세운다고 해도 구별하기 힘들다는 의미.

'라키엘 코인 떡상 가즈아!'

절로 미소가 지어졌다.

사탄 코인의 가장 큰 단점은 강우와 사탄이 동시에 한 장소에 존재하는 것이 너무 제한적이었다는 점이었다.

분신의 권능으로 가짜 몸을 만들 수는 있지만, 분신의 권능만으로는 정말 간단한 행동 외에는 할 수가 없었다. 만약 분신의 권능으로 만든 육체와 전투라도 벌어졌다가는 바로 가짜인 게 들킬 정도.

'하지만 루시스를 조종해 라키엘로 만들어 버리면.'

한 공간에 강우와 라키엘, 두 존재가 공존할 수 있다는 것이다.

심지어 들킨다고 해도 그 정체가 루시스인 이상 자신에게 영향이 갈 일도 없다.

'불멸의 코인.'

실패할 리가 없는, 설사 실패한다고 해도 피해가 없는 완벽한 코인이 탄생하게 된 것.

쌍수를 들고 환호성을 지르지 않을 이유가 없었다.

'물론 루시스 이 애새끼가 좀 라키엘 이름값에 비해 많이 후달리기는 한데.'

그래도 그 부분은 라파엘 때처럼 원거리에서 마기를 쏘아

보내는 것을 통해 어느 정도 해결할 수 있었다.

일단 못해도 하위 서열 대공 정도의 힘을 갖추긴 했으니 분신의 권능으로 만든 분신보다 훨씬 능동적으로 사용할 수 있다는 것은 생각할 필요도 없는 사실.

'그리고 무엇보다.'

강우는 거실 소파에 앉아 주방이 있는 쪽을 바라보았다.

"정말 아무 일 없어서 다행이네요, 리리스 씨."

"호호. 걱정해 주셔서 고마워요."

"아니에요. 그때 저도 리리스 씨를 도와 드리러 갔어야 했는데 강우 씨가 말도 없이 혼자 가버리셔서……."

"마왕님이 절 소중하게 생각해 주신다는 걸 안 것만으로도 충분히 기쁘답니다."

"아 참, 그러고 보니 그때 강우 씨가 어땠냐면요."

그곳에는 쿠로사키 유리에의 모습을 한 리리스가 한설아와 담소를 나누며 웃고 있었다.

별다를 것이 없는 주방이었지만, 두 여인이 앉아 얘기를 나누고 있으니 잡지의 메인 페이지에 실려도 좋을 듯 화사한 분위기가 감돌았다.

주먹에 절로 힘이 들어갔다. 무심코 눈물이 흘러나올 것 같은 기분.

'시바. 그래… 이거지. 이게 인생이지.'

이번 일의 가장 큰 성과는 뭐니 뭐니 해도 기나긴 세월 그를 괴롭혀 왔던 촉수에서 벗어날 수 있게 되었다는 것. 그것만으로 솔직히 더 바랄 게 없을 정도로 엄청난 성과였다.

"강우, 울어?"

무릎 위에 앉아 TV를 보던 에키드나가 고개를 갸웃거렸다.

강우는 아무 말 없이 미소를 지으며 에키드나의 머리를 쓰다듬어 주었다. 이루어 말할 수 없는 행복감이 차올랐다.

"시간도 늦었으니 저는 이만 가볼게요. 아 참, 마왕님. 루시스에 대한 보고서는 아까 방에다 올려뒀어요."

"응, 고마워."

강우는 밝은 표정으로 손을 흔들었다.

리리스가 방긋 미소를 지으며 머리를 숙였다.

"후훗. 방이 어질러져 있어서 겸사겸사 정리도 같이 했어요."

"음. 그렇게 어질러져 있었나?"

"네. 아주 조금이지만요."

리리스가 한설아 쪽을 슬쩍 바라보며 윙크했다.

강우는 고개를 갸웃거렸지만 크게 신경 쓰지 않았다.

'둘 사이에 뭔가 통하는 게 있나.'

요즘 들어 부쩍 친해졌으니 자신이 모르는 일을 서로 공유한다고 해도 이상하지 않다.

"그럼 내일 또 찾아뵐게요."

리리스가 현관문을 열고 나섰다.

강우는 고개를 돌려 시간을 확인했다.

오후 11시. 잠들기에는 이른 시간이지만, 지난 일주일간 쌓인 피로를 풀고 싶은 욕구가 더 컸다.

'그리고 마기 제어력 문제도 있고.'

루시퍼가 '시련'이라는 것을 통해 얼마나 강해질지 알 수 없는 이상, 최대한 힘을 키우는 것은 필수적인 일이었다.

현재 탈태를 제외하고 가장 빠르게 마기 제어력을 높이는 일은 한설아와 함께 잠드는 것.

"설아야."

"네, 강우 씨."

한설아가 상냥한 미소를 지으며 다가왔다.

그녀는 강우가 말하기도 전에 그 의도를 알았는지, 활짝 웃으며 입을 열었다.

"오늘은 오랜만에 같이 잘까요?"

"응."

"후훗. 잠시만 기다리세요. 금방 씻고 올게요."

한설아는 콧노래까지 흥얼거리며 샤워실로 향했다.

강우는 꿀꺽 침을 삼키며 방 안으로 미리 들어갔다.

테이블 위에는 리리스가 말한 보고서가 올려져 있었고, 호텔 방처럼 깔끔하게 정리되어 있었다.

"……좋아, 그럼."

강우는 테이블 구석진 곳 위에 올려진 검은 수정 구슬에 마기를 살짝 흘려 넣었다.

이번에 루시스가 보낸 통신용 수정 구슬. 원래는 쌍방향으로 영상 통신이 가능한 수정 구슬의 기능을 자신이 살짝 손봐서 '영상 기록용'으로 바꿨다.

'전부터 신경 쓰였는데 말이지.'

강우는 한설아와 함께 자는 사이, 대체 무슨 일이 일어나는지 확인해 볼 생각이었다. 옷이 풀어 헤쳐지거나 가슴과 허벅지에 붉은 자국이 생기는 등, 이해할 수 없는 현상이 매번 일어났으니까.

'설아랑 같이 자면 아예 기억이 없는 것도 이상하고.'

보통이라면 자는 도중 뭔가 일어나면 민감하게 반응하겠지만, 이상하게 한설아와 함께만 자면 잠든 사이의 기억이 아예 없었다.

'마기 제어력이 오르는 이유를 알아내야겠어.'

그렇다면 평소 수련에도 응용할 수 있었다.

강우는 테이블 위에 영상 기록용 수정 구슬을 올려두었다.

달칵.

"강우 씨, 저 왔어요."

문이 열리며 잠옷 차림의 한설아가 들어왔다.

방금 샤워를 마치고 와서 그런지 물기에 젖은 머릿결이나 살짝 홍조를 띠고 있는 뺨이 야릇하게 느껴졌다.

"크흠."

"요즘 많이 바쁘셨다고 들었는데… 몸은 좀 괜찮으신가요?"

한설아가 걱정스럽다는 듯이 물으며 그의 손등 위에 손을 올렸다.

"뭐, 큰 문제는 없어. 사실 수면이 꼭 필요한 육체는 아니거든."

"그래도 피곤하시지 않나요?"

"그건 어쩔 수 없지."

육체는 그렇다 쳐도 정신적인 피로는 어쩔 도리가 없다.

애초에 매 순간순간마다 만마전의 마기를 제어하는 것만으로도 정신적인 피로는 계속 쌓이고 있는 상황. 수면이 필수까지는 아니라도 어느 정도는 필요한 건 사실이었다.

"……너무 걱정돼요."

한설아가 머리를 기울였다.

어깨에 머리를 기댄 그녀는 아무 말 없이 마주 잡은 손에 힘을 더했다. 따듯하고, 포근한 감각이 손을 타고 전해진다.

'임자아아아아아아!'

강우는 소리를 지르고 싶은 기분을 억지로 참았다.

마음 같아서는 그녀를 껴안은 채 방방 뛰고 싶었지만, 그러기엔 분위기가 묘하게 진중하다.

'그래도 임자가 제일이야.'

한설아와 있을 때만 느낄 수 있는 이 포근함과 따듯함은 다른 누구에게도 느끼기 힘들었다.

강우는 히죽히죽 올라가는 입꼬리를 필사적으로 내리며, 한 손을 들어 그녀를 살짝 껴안았다.

"걱정하지 마. 몸을 망칠 정도는 아니니까."

"그래도요."

한설아가 살짝 뺨을 부풀리며 강우의 허벅지를 꼬집었다.

"최근에는 집에 거의 들어오시지도 않고. 에키드나가 얼마나 외로워했는지 아시나요?"

"에키드나만?"

"웃… 그, 그건."

한설아가 부끄럽다는 듯 뺨을 붉혔다.

강우는 가볍게 웃음을 터뜨리며 한설아의 입술에 가볍게 입을 맞췄다. 무심코 날카로운 죽창이 떠오르는 달달한 분위기가 감돌았다.

"슬슬 자자."

"예."

한설아의 눈이 반짝였다. 그녀는 흐응, 하고 흥분에 찬 콧김을 뿜더니, 이내 양팔을 활짝 벌렸다.

"자, 이리 오세요."

"크흠. 이거 매번 좀 부끄러운데 오늘은 그냥……."

"어서요."

반론은 허락하지 않겠다는 듯한 단호한 목소리. 강우는 어쩔 수 없이 그녀의 품에 안긴 채 침대에 누웠다.

푹신.

'아.'

말로 형용할 수 없는 감각과 함께 따듯한 감촉이 몸에 퍼졌다. 기억도 나지 않는 어린 시절, 본능에 새겨진 깊은 외로움이 치유되는 듯한 감각.

'또 잠이 쏟아지네.'

강우는 무슨 수면제라도 먹은 것처럼 무거워지는 눈꺼풀을 느끼며, 마지막으로 테이블 위에 올려진 수정 구슬을 올려다보았다.

'내일이면.'

모든 것을 알 수 있으리라.

"으……."

아침에 일어난 강우는 몸부터 살폈다.

역시나 옷이 풀어 헤쳐지고, 가슴 쪽에 붉은 자국이 새겨져 있었다.

'마기 제어력도 올랐어.'

눈을 감고 정신을 집중하니 마기 제어력이 오른 것 또한 느껴진다.

"좋아."

강우는 테이블 위에 올려진 영상 기록용 수정 구슬을 들어 올린 후, 마기를 흘려 보내 구슬을 작동시켰다.

-후훗. 벌써 잠드셨네요.

영상 속에서 한설아의 품에 안겨 잠든 자신의 모습이 보였다.

-귀여워라.

한설아는 품에 안은 강우의 머리를 쓰다듬으며 작게 웃었다.

"크흠."

강우는 뺨이 달아오르는 감각을 느끼며 영상에 집중했다.

'자, 이제 무슨 일이……'

긴장되는 순간.

'응?'

한설아가 길게 하품하더니 이내 눈을 감았다.

그리고, 새액새액 작은 숨소리만이 방 안에 남았다.

'뭐지?'

이게 끝인가? 강우는 묘한 실망감을 느끼며 영상을 바라보았다.

그렇게 한 30여 분 정도가 지나자 한설아의 등에서 희미한 열두 장의 날개가 나타났다. 그리고 강우의 몸에서도 그에 맞춰 검은 마기가 흘러나왔다.

곧 검은 마기와 그녀의 등에서 흘러나온 빛이 허공에 얽혔다.

'역시 세라핌이 가진 기운의 영향인가.'

강우의 눈이 빛났다.

허공에 얽히는 검은 마기와 새하얀 빛을 바라보았다.

"음. 주로 움직이는 건 세라핌의 기운이군."

검은 마기는 마치 잠든 것처럼 제자리에 꼼짝하지 않았다.

새하얀 빛이 검은 마기를 탐하듯 분주하게 움직였다. 그 힘의 여파일까, 강우의 옷자락이 헤쳐지며 몸 곳곳에 붉은 자국이 떠올랐다.

"이것 때문에 붉은 자국이 생긴 거구나."

세라핌의 기운과 자신의 기운이 얽힐 때, 그 기운의 여파로 옷자락이 흐트러지는 것 같았다.

검은 마기 곳곳을 돌아다니던 새하얀 빛이 마기의 한 부분을 집중적으로 파고들었다. 마치 약점이나 급소를 공격하는 듯한 모습.

검은 마기가 새하얀 빛에 빨려 들어가기 시작했다.

검은 마기는 새하얀 빛의 공격에 버티듯 파르르 몸을 웅크리더니, 이내 축 늘어져 힘을 잃었다.

힘을 잃은 검은 마기가 다시 강우의 몸속으로 들어왔다.

'뭔 일이야 이건.'

영상을 몇 번을 돌려봐도 검은 마기와 새하얀 기운의 기묘한 충돌이 어떤 원리로 이루어지는지 알 수 없었다.

'일단 세라핌의 기운과 내 힘이 얽히면서 마기 제어력이 오르는 건 확실한 것 같네.'

하긴. 한설아가 몸속에 품은 기운은 천신(天神)의 힘이다.

어째서 세라핌의 영혼이 그녀의 몸 안에 들어갔는지는 모르지만, 지금 강우로서도 감히 상상할 수 없을 정도로 강력한 신이라는 것은 부정할 수 없는 사실. 그 힘에 집어삼켜지지 않기 위해 마기 제어력이 오른다는 것은 가능성 있는 추측이다.

'탈태만 해도 목숨을 지키기 위해 본능적으로 마기 제어력이 오르는 거니까.'

약식 탈태라고 해도 좋으리라.

"어쨌든 엄청난 이득인 건 사실이네."

혹시 부작용이 있을지도 모르지만, 지금까지 그런 부작용을 느낀 적은 없었다. 탈태처럼 목숨을 걸고 하는 일도 아니니 리스크도 없다.

'이걸 수련에 응용하긴 힘들 것 같지만.'

그래도 한설아와 함께 잠드는 것만으로 마기 제어력이 강해진다면 하지 않을 이유가 없었다.

마기 제어력은 만마전이라는, 언제 터질지 모르는 폭탄을 몸에 지니고 있는 그에게 반드시 필요한 힘이었으니까.

"뭐, 생각했던 것보단 별일 없었네."

솔직히. 아주 조금은.

'좀 엄한 생각도 했었는데.'

설마 그 착하고 상냥한 한설아가 그런 일을 할까, 의문이 들었기에 무시하고 있었지만, 그도 남자인 만큼 묘한 상상을 했던 것은 사실이었다.

"쯧."

강우는 가볍게 혀를 찼다. 뭔지 모를 아쉬움을 느끼며.

"아, 리리스 씨?"

강우가 방 안에서 영상을 보고 있던 도중, 한설아는 스마트폰을 들어 리리스에게 전화를 걸었다.

"예. 말한 대로 다 했어요. 강우 씨도 참. 리리스 씨가 말씀해주시지 않았으면 몰랐을 거예요."

[이제 남도 아닌데 서로 돕고 살아야죠. 방 정리를 하는 도중에 딱 눈에 띄더라고요.]

스마트폰을 통해 리리스의 목소리가 들려왔다.

한설아가 걱정스러운 표정으로 입을 열었다.

"그래도 혹시 들킬……."

[걱정하지 마세요.]

리리스가 꺄르르 웃으며 말을 이었다.

[영상 조작은 제 전문 분야인걸요.]

· 4장 ·
마해의 열쇠

"오늘은 여기까지 조사하죠."

습기 가득한 정글. 몬스터의 시체 냄새가 진동하고 있는 정글을 천천히 둘러보며 강우가 입을 열었다.

"버, 벌써?"

그의 옆에 있던 청발의 소년, 우리엘이 깜짝 놀란 표정으로 고개를 돌렸다.

'뭐가 벌써야.'

오늘 하루만 8시간이 넘도록 라키엘의 흔적을 찾아 아마존 정글을 뒤지고 있다.

'이게 무슨 시간 낭비냐 진짜.'

적어도 지금 라키엘은 지구에 없다. 자기가 그 이름을 사용한 장본인이니 가장 그 사실에 대해선 잘 알고 있었다.

뭐 맨땅에 헤딩하는 것도 아니고 있지도 않은 단서를 찾기 위해 세계 곳곳을 돌아다니고 있는데, 시간 낭비도 이만한 시간 낭비가 없다.

"크흠. 조, 조금만 더 찾자. 아, 기왕 이렇게 된 거 좀 쉬다가 다시 찾을까? 아, 그 김치찌개라는 거 먹자. 싸 왔지?"

"끄응."

강우는 침음을 흘리며 부산을 떨며 밥 먹기 좋은 장소를 찾는 우리엘을 바라보았다. 말을 더듬는 것을 보니 우리엘 자신도 더 이상 이곳에서 라키엘의 흔적을 찾는 것이 큰 의미가 없다는 사실을 자각하고 있는 것 같았다.

'새끼, 의미 없는 걸 아는데 왜 이러는 거야.'

최근 들어서 부쩍 우리엘에게 연락 오는 빈도수가 많아졌다. 아니, 정확히는 강우가 중간에 하루 정도 쉬자며 서울 구경을 시켜주다가 스마트폰을 하나 사주게 된 이후부터 연락이 끊이질 않았다.

'무슨 천사가 이렇게 스마트폰 잘 다루지.'

강우는 자신의 스마트폰을 꺼내 기록을 살폈다.

오늘 아침에 온 톡 내용이었다.

유리엘♥ [오늘 뭐 해?]

유리엘♥ [가디언즈 업무는 며칠 전에 다 끝났지?]

유리엘♥ [그럼 오늘 나랑 같이 라키엘 흔적이나 찾자.]

유리엘♥ [지금 일어날 시간 아냐? 톡 왜 안 봐.]

유리엘♥ [근데 이 스마트폰이라는 물건 되게 신기하네.]

유리엘♥ [하고 싶은 말을 이렇게 바로바로 편지처럼 보낼 수 있다니, 통신 구슬보다 훨씬 좋은 것 같은데?]

유리엘♥ [언어 같은 건 마법을 사용하면 금방 익힐 수 있고.]

유리엘♥ [산탄젤로에도 이런 물건 보급해 볼까?]

유리엘♥ [근데 그러기엔 이 와이파이? 이것 때문에 힘드려나. 통신 구슬보다 다 좋은데 이거 하난 되게 불편하네.]

유리엘♥ [아프리카는 왜 이렇게 속도가 늦는 거야? 뮤튜브? 그거 동영상 하나 보는데 자꾸 멈춰.]

대충 이런 내용의 톡이 백 개가 넘게 와 있었다.

'무슨 놀아달라고 찡얼거리는 어린애도 아니고.'

생긴 것만 애인 줄 알았는데 그 속도 별반 다르지 않았다.

'천사의 종특이 집착이라고 했나.'

딱히 집착이 느껴진다고 하기보단, 스마트폰이라는 물건이 신기해서 보내는 메시지에 가깝지만.

'시도 때도 없이 보내니까 귀찮단 말이지.'

무슨 애정 결핍이라도 겪은 것처럼 틈만 나면 메시지를 보내왔다. 만약 이런 사태가 일어날 줄 알았다면 스마트폰을 선물해 주는 미친 짓은 하지 않았으리라.

"······스마트폰을 이렇게 잘 다룰 줄 누가 예상했겠냐고."

우리엘이 듣지 못하도록, 작은 목소리로 중얼거렸다.

스마트폰은커녕 마땅한 전자 기기도 없는 곳에서 살아온 천사가 이토록 빨리 스마트폰에 적응하리라고는 예상치 못했다.

'대화명은 왜 이 지랄인지 모르겠지만.'

유리엘이야 우리엘을 치다가 오타가 난 거라고 쳐도, 뒤에 하트는 왜 붙였는지 이해할 수가 없었다(물어보니 하트도 오타라고 한다).

심지어 프로필 사진까지 찍었는데, 할키온만큼은 아니지만 나름 중성적인 외모 탓에 소년이 아닌 소녀처럼 보였다.

'뭔가 위험한 업소 다니는 여자랑 얘기하는 것처럼 보이잖아.'

왜 그런 거 있지 않은가. 천사 코스프레하고 웅웅항항 하는 그런 곳.

'나도 프사가 없는데.'

절로 헛웃음이 흘러나왔다.

나중에 들은 얘기지만, 에르노어 대륙 자체의 문명 수준이 그다지 낮지 않은 모양. 스마트폰까지는 아니어도 어지간한 전자 기기를 대체하는 마도구가 일상생활에서 쓰이고 있었고, 에르노어 대륙을 중심으로 활동하는 천사들 또한 그런 마도구를 자주 사용해 봤다고 한다.

'얘랑 친해져서 좋긴 한데.'

천사랑 친분을 쌓는 것은 몇 번을 강조해도 부족하지 않은 일이었다. 특히 통제할 수 없다고 생각했던 라파엘과 달리 우리엘은 확실히 통제가 가능해 보였다.

이대로 꾸준히 친분을 쌓아간다면.

'가디언즈 이상의 도움이 될 건 생각할 것도 없지.'

가디언즈가 사냥개라면 우리엘을 비롯한 천사들은 훈련시킨 호랑이와 같다. 훈련 자체가 불가능에 가까워 통제가 쉽지 않지만, 통제할 수만 있다면 사냥감을 혼자의 힘으로 죽여 버릴 수도 있는 맹수.

"에휴."

그 맹수를 길들이기 위해서 이 정도 번거로움은 오히려 당연한 것. 사실 라파엘 때처럼 아예 길들이는 것 자체가 불가능해 보이는 것보다는 지금이 낫다.

'그래도 얘는 말이 통하기라도 하지.'

라파엘은 일단 말투부터 시작해서 사고방식까지 완전히 꼰대에 가까워서 말 자체가 잘 통하지 않았다.

"좋아, 다 만들었다!"

우리엘이 밝은 목소리로 소리쳤다.

정글 곳곳에 있는 거대한 나무를 마법으로 잘라 만든 테이블과 의자가 보였다.

강우가 쓴웃음을 짓는다.

"대충 먹으면 되지 뭐 이런 것까지 만드십니까."

"히히. 그래도 기왕이면 편한 게 좋잖아. 만드는 게 어려운 것도 아니고."

우리엘이 웃으며 앉았다.

강우는 그의 맞은편에 앉아 가방을 열었다. 마법으로 만들어진 간이 배낭에서 팩에 담긴 한설아표 김치찌개가 나왔다.

냄비를 꺼내 팩을 쏟으며 물었다.

"다른 천사들은 아직 오지 않은 겁니까?"

"으음. 전에 내가 무리해서 온 것 때문에 생각보다 더 시간이 걸릴 것 같아."

우리엘의 대답에 강우의 표정이 살짝 찡그려졌다.

'한동안은 계속 이렇게 다녀야 한다는 건가.'

우리엘은 이상하게 자신이 아닌 다른 사람과는 함께 있으려고 하지 않는다. 전에 이 무의미한 시간 낭비를 떠넘기기 위해서 김시훈을 파견한 적도 있었지만, 매몰차게 거절당한 후 자신이 나서야 했다.

'무슨 새끼 새가 어미 새 쫓아다니는 것도 아니고.'

등에 날개 달고 있다고 하는 짓까지 비둘기다.

강우는 머리가 아프다는 듯 이마에 손을 올렸다.

그 모습을 본 우리엘이 동그랗게 눈을 떴다.

"뭐, 뭐야? 어디 아파?"

"아. 아무것도 아닙니다."

"그런데 요즘 들어서 되게 자주 그러는 것 같아. ……혹시 아픈 거 아니지?"

"하하. 정말 괜찮습니다."

걱정스러운 눈빛에 강우는 가볍게 웃으며 고개를 저었다.

'너 때문이다, 이 새끼야.'

있지도 않은 라키엘의 흔적을 찾기 위해 세계 곳곳을 돌아다니고 있는데 뒷골이 뻐근하지 않을 리가 있나. 이 일만 없었어도 지금쯤 임자의 품 안에 안겨 극락을 맛보고 있을 것을.

'아, 혈압.'

다시 한번 뒷골이 땅겼다.

이 일이 필요한 일이라는 사실을 알고 있기 때문에 오히려 더 열이 뻗친다. 출근을 해야 하는 것을 알지만, 막상 월요일 아침에 눈을 뜨면 화가 치밀어 오르듯이.

"저, 정말 괜찮은 거 맞아?"

우리엘이 걱정스럽다는 듯이 그를 바라보았다.

최근 들어 자신과 같이 있을 때 뒷목을 잡고 신음을 흘린 적이 많았으니 무슨 문제라도 생겼다고 생각한 모양.

"괜찮다니까요."

강우는 억지웃음을 지으며 팩에 담긴 김치찌개를 탈탈 털어 냈다. 마법적인 처리를 마친 팩은 뜨거운 김치찌개의 온도가 내려가지 않게 보관하고 있었다.

김이 모락모락 피어오르는 김치찌개를 바라보며 강우는 군침을 삼켰다.

"근데 요즘 들어 요게 많이 들어가네. 전에는 없었는데."

우리엘이 능한 젓가락질로 김치찌개 안의 밤톨처럼 생긴 무언가를 꺼냈다.

"마늘이라고 했던가? 이거 원래 김치찌개에 넣어 먹는 거야?"

"아뇨. 원래는 잘 안 넣어 먹죠."

한설아만 해도 최근 들어서 마늘을 넣기 시작했다.

강우는 한가득 담긴 마늘을 김치와 함께 꺼내어 밥 위에 올렸다.

"근데 그래도 맛있으니 괜찮습니다. 마늘이 체력 회복에 좋기도 하고."

"그래? 영양을 생각해서 넣었나 보네. 근데 너 정도면 굳이 체력 회복은 필요 없지 않아?"

우리엘이 고개를 갸웃거리며 물었다.

그가 알고 있는 강우의 무력은 샤르기엘보다 강하고, 라파엘보다 약한 딱 그 정도. 벨페고르급 정도 되는 무력을 가지고 있다고 알고 있다.

근데 사실 그 정도, 아니, 그보다 한참 아래 단계인 천무진만 해도 일상생활 중에 체력이 거의 깎이지 않는다. 경지에 오른 강자일수록 수면 시간이 짧아지는 것도 같은 이유 때문.

"요즘 체력이 자주 깎일 일이 있어서요."

"……무슨 일인데?"

"그런 게 있습니다."

세라핌의 기운과 마해의 기운이 잠을 자는 도중 얽히는 것으로 '약식 탈태'가 일어나 체력이 깎인다는 것을 설명하긴 힘들었다.

'나도 왜 그런 일이 일어나는지 모르니까.'

원리는 알 수 없지만, 큰 이득이 되기 때문에 계속 이어가고 있을 뿐이다. 한설아의 품에서 자면 그만큼 기분이 좋기도 하고.

우리엘은 깊은 생각에 잠긴 표정으로 강우를 응시하더니, 이내 초조하다는 듯 입술을 깨물었다. 강우는 그런 그의 표정을 눈치채지 못하고 김치찌개를 먹기 시작했다.

"후르릅. 쩝쩝."

역시 맛있었다.

"그럼 저는 이만 가보겠습니다."

"아, 응."

우리엘이 쓸쓸한 표정으로 손을 저었다.

조금 더 함께 있고 싶어 하는 모습이 눈에 훤했지만, 이제는 진짜 가봐야 했다.

'어서 저놈 부하들이 와야 할 텐데.'

그래야 버려진 강아지처럼 자신의 뒤를 졸졸 따라다니는 일이 줄지 않겠는가.

"3일쯤 후에 러시아를 중심으로 다시 한번 조사를 시작하죠."

"아……! 그, 그래!"

우리엘이 밝은 미소를 지으며 고개를 끄덕였다.

한눈에 봐도 좋아하는 것이 보이는 그의 표정에 강우는 쓴웃음을 지었다.

확실히 라파엘을 상대할 때보다 훨씬 편하긴 하다.

'이걸 전화위복이라고 하는 건가.'

한때는 천사와의 전면전을 벌일 생각에 머리가 아팠는데 지금은 오히려 전보다 더욱 돈독해진 관계가 되었다.

물론 전처럼 집단과 집단의 동맹 관계는 아니지만, 개인이 지닌 무력이 집단을 오히려 압도하는 지금 상황에서 우리엘을 아군으로 끌어들이는 것은 큰 의미가 있었다.

"돌아가면 톡 보낼게."

우리엘이 손을 흔든다.

강우는 고개를 끄덕이곤 임자가 기다리고 있는 집으로 향했다.

"나왔어~"

현관문을 열자 하루 내내 그리웠던 집 안의 풍경이 비친다.

거실에는 한설아 혼자 소파에 앉아 멍하니 허공을 응시하고 있었다.

TV도 켜지 않은 채 가만히 거실에 앉아 있는 그녀의 모습에 뭔가 등골을 타고 오싹한 감각이 느껴졌다.

"아."

강우를 발견한 한설아의 눈에 생기가 돌기 시작했다. 오싹했던 감각이 거짓말처럼 사라지며 그를 대신해 따듯하고 포근한 기운이 퍼졌다.

그녀는 활짝 미소를 지으며 강우에게 다가왔다. 그러고는 그의 쇄골에 이마를 기대며 소중한 보물을 끌어안듯, 상냥하게 등에 팔을 둘렀다.

"오늘은 좀 늦으셨네요. 기다리고 있었어요."

"할키온이랑 에키드나는?"

"발록 씨의 집에 수련하러 갔어요."

"요즘 열심이네."

"후후. 전에 강우 씨의 수련을 보고 충격받은 게 컸나 봐요."

아마 탈태에 대한 얘기이리라.

"그런데 그때 얼마나 고된 수련을 하셨기에 다들 이러는 거예요?"

"아⋯⋯."

강우는 말끝을 흐렸다.

탈태는 사실 수련이라고 부르기에 애매한 가혹 행위였다. 에키드나와 할키온 그 장면을 봤을 때도 눈물바다가 되었는데, 한설아에게 말하면 난리가 날 것은 불 보듯 뻔한 일.

"그런 게 있어."

강우는 우리엘에게 그랬듯, 어색한 미소와 함께 시선을 피했다.

한설아는 굳게 입을 다문 채 강우를 끌어안은 손에 힘을 더했다. 그녀의 눈동자가 떨리고 있었다.

"그럼 샤워 좀 할게."

"⋯⋯예."

한설아의 목소리가 어둡다. 강우가 자신에게 무언가를 감춘다는 생각에 많이 상심한 모양.

'미안해, 임자.'

그래도 탈태에 대해 그녀에게 설명해 주긴 어려웠다.

몸을 까뒤집으면서 똥오줌을 질질 흘리는데, 그걸 단순히 '고된 수련'이라고 넘어갈 리가 없으니까. 에키드나처럼 눈물을 펑펑 쏟으며 슬퍼할 것이 뻔한데 어찌 알려줄 수 있겠는가.

'언제 또 탈태를 해야 할지 모르니까.'

여기선 조용히 있는 것이 옳다.

강우는 샤워실의 문을 열고 들어가 뜨거운 물을 틀었다. 샤워실 안에 모락모락 김이 피어올랐다.

우우우웅!

그때였다. 오른손 중지에 낀 '마해의 열쇠'에서 검은빛이 흘러나오기 시작했다.

[마해의 열쇠가 3개의 지옥 무구를 모두 소화하는 데 성공하였습니다.]

[마해의 첫 번째 열쇠, '포식'을 획득하였습니다.]

끼릭끼릭.

마해의 열쇠에서 톱니바퀴가 맞물리는 듯한 소리가 들렸다.

검은색 반지 표면에 기하학적인 문양이 다섯 개 떠올랐고, 그중 하나에 새하얀 빛이 은은히 흘러나왔다.

강우의 눈이 빛났다.

'드디어!'

마해의 열쇠가 돌아왔다.

새롭게 얻은 힘을 확인해 볼 틈도 없이, 눈앞에 또 다른 시스템 창이 떠올랐다.

[마해의 두 번째 열쇠, '타천(陀天)'을 획득하기 위해선 선행 퀘스트를 완료해야 합니다.]

'선행 퀘스트?'

['마해의 열쇠' 선행 퀘스트-'혼돈(混沌)의 시작점']
[대천사급 이상의 존재에게 '타락의 씨앗'을 심으시오.]

"이건 또 뭔 개 풀 뜯어 먹는 소리야."
눈앞에 떠오른 메시지창을 바라보며 강우는 눈살을 찌푸렸다.
대천사급 이상의 존재에게 타락을 씨앗을 심으라니. 뜬금없어도 너무나 뜬금없는 퀘스트였다.
"이걸 대체 어떻게 하란……."

[선행 퀘스트가 성공적으로 이뤄졌습니다.]

"뭐?"
'성공했다고?'
"뭔 소리야?"
강우는 어처구니없다는 듯 오른손 중지에 끼운 마해의 열쇠를 내려다보았다.

"뭐야 이건?"

성공했다는 메시지창이 거짓이 아닌 듯, 마해의 열쇠에 새겨진 다섯 개의 기하학적인 문양 중 두 번째 문양이 은은한 빛을 뿜기 시작했다.

[띠링.]

[마해의 두 번째 열쇠, '타천'을 획득하였습니다.]
['마해의 열쇠'의 상태창 정보가 업데이트되었습니다.]

"크읏."

강우의 표정이 일그러졌다.

마해의 열쇠. 중지에 낀 검은 반지를 타고 막대한 힘이 몸을 관통했다.

'뭐야.'

불에 타는 듯 뜨겁다.

철컥.

톱니바퀴가 맞물리듯, 열쇠 구멍에 열쇠를 끼워 넣듯 찰칵거리는 소리가 머릿속을 울렸다.

마해의 열쇠가 어디와 이어진 건지는 생각할 것도 없다.

만마전. 마해를 가두고 있는 거대한 세 개의 문에, 마해의 열쇠가 연결됐다.

강우는 두 눈을 부릅떴다.

마해의 열쇠와 만마전이 이어지는 감각과 함께.

우-우-우-우-웅!

몸 전체의 마기가 끓어올랐다.

마기의 총량이 늘어난 것은 아니었지만, 예전 극마지체를 달성했을 때처럼 마기의 농도가 더욱 짙어진 듯한 감각이 들었다.

"카윽, 컥."

샤워기에서 쏟아지는 뜨거운 물줄기를 맞으며, 몸을 웅크렸다.

마해의 열쇠와 만마전이 이어지며 느껴지는 강렬한 변화에 정신을 차리기가 힘들었다.

['마신이 되는 길'의 세 번째 조건이 일부 달성되었습니다.]

또 한 번 떠오른 메시지.

강우의 눈이 반짝였다.

'마해의 열쇠가… 세 번째 조건의 단서였구나.'

그동안 저 세 번째 조건을 찾기 위해 갖은 노력을 했지만 단서조차 찾을 수 없던 이유가 있었다.

"하아, 하아."

거친 숨이 흘러나왔다.

몸 안의 마기의 농도가 짙어졌다.

아직 만마전의 가장 깊은 곳, '심연'에 자리 잡은 마기만큼 농도가 짙어지지는 않았지만 적어도 '깊은' 쪽에 있는 마기보다는 훨씬 그 농도가 짙어진 것이 느껴졌다.

'심연의 마기와 깊은 쪽의 마기의 중간쯤인가.'

마기의 농도가 짙어지면 같은 양의 마기로 더욱 큰 힘을 행사할 수 있다.

"이거… 대박인데."

동일한 양의 마기로 더욱 큰 힘을 행사할 수 있다는 것은 대체할 수 없는 강점이다.

똑같이 만들어도 '얕은' 쪽의 마기로 만든 인페르노와 '깊은' 쪽의 마기로 만든 인페르노는 몇 배 이상의 성능 차이를 보인다. 마기 제어력이 한 번에 다룰 수 있는 마기의 양을 결정짓는다면, 마기의 농도는 마기의 질에 영향을 준다.

"역시 초월 무기라 이건가."

절로 입가가 올라갔다.

아니, 이걸 단순히 초월 등급이라고 봐야 하는지도 의문이 들었다. 같은 초월 등급인 지옥 무구를 무려 세 개나 집어삼킨 무구였으니까.

강우는 중지에 낀 마해의 열쇠를 내려다보며 작은 목소리로 입을 열었다.

"상태창."

[장비 정보]

장비명: 마해(魔海)의 열쇠

등급: 초월 (각인 완료)

타입: 성장형 *특정 조건이 완수될 때마다 강화됩니다.

첫 번째 열쇠: 포식(捕食)

두 번째 열쇠: 타천(陀天)

기본 효과: 고유 스텟 +3, 불굴, 변환, 심연, ??? *아직 개방되지 않았습니다.

특수 효과: 포식, ??? *아직 개방되지 않았습니다.

[효과 설명]

불굴: 어떠한 물리적, 마법적, 영적인 충격으로도 파괴되지 않습니다. 단, '시스템'의 제약을 벗어난 힘에는 파괴됩니다.

변환: 스킬로 등록된 '무기'로 변환합니다. 권능으로 만든 무기 성능의 57%를 발휘합니다.

포식: 초월 등급 이상의 무구를 흡수, 소화합니다. 소화에 성공할 때마다 '변환'의 성능이 상승합니다.

심연: 마기의 농도를 짙게 만듭니다. 추가로 '열쇠'가 개방될 때마다 효과가 증가합니다.

"와우."

자연스럽게 탄성이 흘러나왔다. 처음 마해의 열쇠를 얻었을 때와 비교하기 민망할 정도로 성능이 좋아져 있었다.

'변환 퍼센트 오른 것도 쏠쏠하네.'

처음 마해의 열쇠를 얻었을 때의 효율이 34%니 거의 1.5배 성능이 좋아졌다.

이제 인페르노를 한 번 만들고 다른 권능을 사용한다고 해도 60%에 가까운 힘을 가진 인페르노를 유지할 수 있다는 것.

이 방법이라면 꼼수지만 대공의 권능을 2개 이상 동시에 사용하는 것도 가능했다.

[띠링.]

눈앞에 떠오른 푸른 상태창을 몇 번을 정독하고 있을 때, 귓가에 맑은 방울 소리가 들렸다.

마해의 열쇠의 상태창을 치우자 새로운 메시지가 떠올라 있는 것이 보였다.

[마해의 세 번째 열쇠, '나락(奈落)'을 획득하기 위해선 선행 퀘스트를 완료해야 합니다.]

'또 퀘스트야?'

눈살이 찌푸려졌다.

['마해의 열쇠' 선행 퀘스트-'추락하는 날개']
[대천사급 이상의 존재를 완전히 타천(陀天)시키시오. 일시적인 타천도 인정됩니다.]

"또 뜬금없는 게 나왔네."

소재 고갈로 허덕이는 작가가 억지로 쥐어짜 내는 듯한 퀘스트. 개연성은 어디 똥통에 가져다 버린 것처럼 퀘스트 내용이 엉뚱하기 그지없었다.

강우는 잠시 가만히 서서 기다렸다.

방금 전처럼 아무것도 하지 않아도 완료되지 않을까 살짝 기대했지만, 추가적인 메시지창은 떠오르지 않았다.

'타락의 씨앗까지는 심었는데, 완전히 타락한 상태는 아니라는 건가.'

시스템 창의 내용만 본다면 그게 맞았다.

강우는 팔짱을 낀 채 고민에 잠겼다. 퀘스트를 하기에 앞서, 근본적인 질문을 하지 않을 수가 없었다.

'애초에 왜 두 번째 퀘스트가 성공한 거지?'

대천사급 이상의 존재에게 타락의 씨앗을 심으라니. 애초에 타락의 씨앗이 무엇인지조차 알 수 없었다.

'타락의 씨앗이야 뭐 단어의 뜻으로 미뤄봤을 때 대충 예상은 가는데.'

문제는 자신이 언제, 누구에게 타락의 씨앗을 심었는지 전혀 알 수 없다는 점이었다.

"라파엘······?"

문득 떠오른 이름에 고개를 저었다.

광기에 찬 괴성을 지르며 오랜 친우를 공격했던 한 천사를 떠올렸다.

'일단 걔는 아니고.'

강우는 수건으로 대충 몸을 닦으며 밖으로 나왔다.

라파엘이 타락한 것은 사실이지만 그는 이미 죽었다. 그리고 그가 타락한 이유는 자신이 아닌 악에 대한 광적인 라파엘의 집착 때문. 자신과 아무 연관이 없으니 퀘스트가 완료될 일도 없다.

"아."

그리고 잠옷 차림의 한설아와 눈이 마주쳤다.

강우는 지금 자신이 실오라기 하나 걸치지 않은 알몸이라는 것을 떠올리고는, 다급히 문을 닫으려고 했다.

"아직 물이 다 안 닦이셨어요."

"어? 어, 어어."

멍청하게 고개를 끄덕였다.

한설아는 강우의 알몸이 익숙하다는 듯 그의 손에서 수건을 뺏어 아직 남아 있는 물기를 닦았다. 그러고는 가볍게 웃으며 몸을 돌렸다.

"옷 입고 거실로 오세요. 제가 머리 말려 드릴게요."

강우는 뭐라 말해야 할지 알 수 없다는 듯 복잡한 표정으로 그녀를 바라보다가, 이내 옷을 입고 거실로 걸어갔다. 한설아가 한 손에 드라이기를 든 채 팡팡 소파를 팡팡 두드렸다.

휘이이잉.

"머리 많이 자라셨네요. 제가 내일 좀 잘라 드릴게요. 어머니 자주 잘라 드려서 예쁘게 자를 자신 있어요."

한설아는 강우의 머리칼을 만지며 말했다.

"음……."

강우의 눈이 가늘어졌다.

며칠 전에 설치해 뒀던 영상이 머릿속에 떠올랐다. 자신의 몸에서 나온 마기와 한설아의 몸에서 나온 새하얀 기운이 격렬하게 얽히는 영상.

'설마… 설아가?'

섬뜩한 상상이 머릿속을 스쳤다.

강우는 입술을 짓씹었다.

'나랑 같이 잔 영향에 때문에 그럴 수도 있어.'

영상만 보면 자신의 기운이 한설아의 기운에 희롱당하는 수준이었지만 어쨌든 서로 격렬하게 얽힌 것은 사실. 마기의 영향을 그녀가 받았다고 해도 이상하지 않았다.

'아니… 그래도 설아가?'

강우는 이해할 수 없다는 표정으로 고개를 저었다.

한설아의 상냥한 미소와 포근한 기운이 떠올랐다. 그녀처럼 '천사'라는 수식어가 잘 들어맞는 여인이 타락하리라고는 믿기 힘들었다.

"설아야."

"예?"

"잠깐 등 좀 보여줘."

"아… 자, 잠시만요."

한설아는 그가 무엇을 보려고 하는지 눈치채곤 입고 있는 잠옷을 벗었다.

'할렐루야.'

등을 보이고 있음에도 불구하고 양옆으로 보이는 케르베로스의 머리들을 바라보며 강우는 꿀꺽 침을 삼켰다.

'시바, 진정하자.'

정신을 차리기 위해 고개를 저었다. 지금은 이럴 때가 아니다.

강우는 한설아의 등을 살폈다.

'……겉보기에는 별 이상 없는 것 같은데.'

등 뒤에 나타난 문양이 전보다 훨씬 선명해지기는 했다.

하지만 그뿐. 은은히 뿜어지는 새하얀 빛에는 타락의 흔적은 조금도 보이지 않았다.

"좀 만질게."

강우는 손을 뻗어 그녀의 등에 새겨진 날개 문양을 만졌다.

"하읏."

한설아의 몸이 움찔 떨리며 야릇한 소음이 흘러나왔다.

애써 무시했다.

'통찰의 권능.'

천천히 눈을 감고, 그녀의 등에서 흘러나오는 성력을 읽는다. 예전에는 느끼지 못했지만 이제는 그녀의 안에 얼마나 아득한 기운이 자리 잡고 있는지 느껴졌다.

'이게 세라핌의 힘.'

라키엘 코스프레를 했을 때 전신을 불태웠던 빛이 떠올랐다.

그때 왜 그녀의 날개가 투명하게 보일 정도로 희미했는지 이제는 알 것 같았다. 실제 이 안에 담긴 힘에 비하면 그때 보여준 빛은 빙산의 일각에 불과했다.

'이거 제대로 맞았으면.'

그 자리에서 증발해 죽을 수도 있었다는 생각이 머리를 스쳤다. 오싹한 감각이 등골을 타고 흐른다.

강우는 떨리는 가슴을 진정시키고 다시 정신을 집중해 성력으로 가득 찬 기운을 샅샅이 살폈다.

'……없어.'

마신 바울리조차 찍어 누른 그의 제어력을 사용해도, 마기의 흔적을 조금도 찾을 수가 없었다.

'타락의 씨앗이 마기가 아닌 건가?'

알 수 없었다. 애초에 타락의 씨앗이라는 게 무엇인지 정확히 모르니까.

하지만 한 가지는 확실했다.

'적어도 자는 도중 내 마기가 설아에게 영향을 준 건 아니야.'

만약 그랬다면 아주 조금의 마기라도 발견되어야 했다. 자신의 마기이니 찾지 못할 일도 없다.

강우는 가늘게 눈을 떴다.

'내 마기가 영향을 준 게 아니라면……'

그녀에게 타락의 씨앗이 심어졌을 가능성이 극단적으로 낮아진다.

"……하긴."

한설아의 성격을 생각해 보라. 김시훈 뺨싸대기를 수 없이 후려칠 정도로 착한 성품을 지닌 그녀에게 타락이란 단어처럼 이질적인 단어는 없을 것이다.

'그렇다면 누가.'

대체 누가 타락하고 있다는 것인가.

강우는 굳게 입을 다물었다. 사실 라파엘도, 한설아도 아니라면 남은 가능성은 하나밖에 없었다.

'……우리엘인가.'

둘이 아니라면 우리엘밖에 의심할 여지가 없다.

'충분히 가능성은 있어.'

라파엘이 죽고 난 후, 우리엘의 심리 상태가 극도로 불안정해진 것은 사실이다.

우리엘이 지닌 집착은 '정(精)'에 대한 집착. 최근 들어 그가 자신에게 보여주는 모습을 생각하면 그 집착이 위험 단계에 있다고 생각해도 과언이 아니었다.

'아무리 생각해도 우리엘밖에 없네.'

지금 자신의 주변에서 우리엘만큼 불안정한 심리를 가지고 있는 것은 할키온밖에 없다.

그 할키온조차 최근에는 많이 진정된 상태. 더 이상 생각할 것도 없다.

'타락의 씨앗이 심어진 건.'

우리엘이다.

"가, 강우 씨. 이제 옷 입어도 괜찮나요?"

"아, 응. 괜찮아."

한설아는 주섬주섬 옷을 입었다.

그때였다.

우우웅.

강우의 스마트폰이 진동했다.

한설아는 그의 스마트폰을 집어 들었다.

"강우 씨 연락 왔……."

강우에게 스마트폰을 넘겨주려던 한설아의 손이 멈췄다.

'유리엘♥'이라는 대화명을 쓰는 사람에게 백 개가 넘는 톡이 와 있는 것이 보였다.

자기도 모르게, 대화방을 클릭했다.

유리엘♥ [오늘 같이해 줘서 고마웠어.]

유리엘♥ [3일 후에나 시간 된다고 했지?]

유리엘♥ [혼자 있기 심심하다.]

유리엘♥ [지금 뭐 하고 있어?]

유리엘♥ [그 김치찌개라는 거 또 먹고 싶다.]

유리엘♥ [아 참, 이왕 이렇게 된 거 나도 서울에 살까? 여기 인터넷도 너무 느리고 불편해.]

유리엘♥ [야 답장 좀 보내봐.]

유리엘♥ [또 보고 싶네.]

유리엘♥ [……여기 너무 조용하다.]

유리엘♥ [역시 네 근처에 사는 게 좋을 것 같아. 그게 너도 편하지 않아?]

한설아는 스마트폰을 손에 쥔 채 그대로 굳었다.

순간적으로, 그녀의 눈에 빛이 사라졌다.

강우는 그런 그녀를 보지 못하고 생각에 잠겨 있었다.

[따링.]

"응?"

머릿속에 방울 소리가 울려 퍼졌다.

['타락의 씨앗'이 개화하기 시작했습니다.]
[선행 퀘스트가 성공적으로 진행되고 있습니다.]

"엥?"

'또 뭐야? 나 아무것도 안 했는데?'

"뭐야……?"

강우는 어리둥절한 표정으로 눈앞에 떠오른 메시지창을 바라보았다. 아직 퀘스트가 완료된 것은 아니었다. 하지만, 손조차 대지 않았는데 퀘스트가 진행된 것 또한 사실이다.

'내가 뭘 한 건가?'

아무리 기억을 되짚어봐도 아무것도 한 게 없었다.

"응?"

그때, 강우는 한설아의 손에 들린 자신의 스마트폰을 바라보았다.

"아, 고마워."

강우는 스마트폰을 받아 들며 메시지를 확인했다. 자연스럽게 눈살이 찌푸려졌다.

'이렇게 된 거였군.'

우리엘이 자신에게 보낸 톡 폭탄.

이번에 보낸 메시지들을 천천히 살피자 왜 갑자기 타락의 씨앗이 개화됐다는 메시지가 떠올랐는지 예상할 수 있었다.

'이거 때문인가.'

우리엘에게 타락의 씨앗이 심어졌다는 확신이 들었기 때문일까, 평소랑 크게 다를 것 없는 톡임에도 불구하고 뭔가 의미심장하게 느껴졌다.

"……강우 씨."

"응?"

그때, 자신을 부르는 한설아의 목소리가 귓가에 들렸다.

고개를 돌리자 활짝 웃고 있는 한설아의 모습이 보였다. 특유의 포근함이 미소에서부터 느껴졌다.

"유리엘, 이라는 분은 누구예요?"

"톡 본 거야?"

한설아가 호호 웃으며 가볍게 고개를 숙였다.

"죄송해요. 화면에 떠서 실수로 클릭해 버렸어요."

"아니, 뭐… 사과할 정도까진 아니고."

강우는 픽 웃으며 말을 이었다.

"얘가 우리엘이야."

"우리엘이라면… 요즘 강우 씨와 함께 다니는 그 천사분 맞죠?"

"응. 아, 여기 뒤에 하트는 오타로 누른 거라더라."

"천사가 스마트폰을 쓰다니 뭔가 신기하네요."

"생각보다 잘 써. 이것 봐봐. 나도 없는 프로필 사진까지 찍었더라고."

강우는 우리엘의 프로필 사진을 클릭해 확대했다.

한설아 또한 신기하다는 듯이 사진을 바라보다, 살짝 잠긴 목소리로 물었다.

"그러고 보니… 전에 강우 씨가 키스를 한 것도 이분이었죠?"

"아, 맞네."

잊고 있었던 기억이 떠오르자 강우는 자연스럽게 표정을 구겼다.

불쾌하기 짝이 없는 기억이지만, 사실 결과만 놓고 봤을 때 나쁘지 않을 일이었다. 그때 일을 계기로 한설아와의 스킨십이 좀 적극적이 되면서 이제 키스 정도는 자연스럽게 할 수 있는 사이가 되었기 때문.

'그 이상은 못 해봤지만.'

강우의 입에서 깊은 한숨이 흘러나왔다. 연예에 대해서는 완전히 젬병이기 때문에 대체 뭘 어떻게 해야 그 이상 진도를 나갈 수 있는지 알 수 없었다.

"흐응."

한설아는 가늘게 눈을 뜨며 강우의 손에 들린 스마트폰을 내려다보았다. 천천히 손을 뻗어 그의 허벅지 위에 올렸다.

움찔.

강우의 몸이 떨렸다.

"우리엘이란 분하고… 사이가 많이 좋으신 것 같네요."

어딘가 음산하게 들리는 목소리였다.

강우는 무슨 소리를 하냐는 듯 고개를 저었다.

"설마. 나도 귀찮아 죽겠는데 억지로 만나고 있을 뿐이야."

"아, 그러셨던 건가요?"

"웅. 그래도 라파엘처럼 꽉 막힌 놈은 아니라서 얘기할 때 재밌긴 한데, 결국 비즈니스 관계에 가깝지."

"……우리엘 씨도 강우 씨처럼 생각하나요?"

"그건."

강우는 말끝을 흐렸다.

이내 머리를 긁으며 고개를 저었다.

"아마 갠 아닐 거야. 내 입으로 말하긴 좀 그렇긴 한데… 이상하게 날 잘 따르거든."

새끼 새가 어미 새를 따르는 것처럼 졸졸 따라다닌다.

"그렇, 군요."

한설아는 어색한 미소를 지으며 고개를 끄덕였다.

강우는 자리에서 일어섰다.

"어쨌든 임자는 걱정할 필요 없어."

그녀가 왜 이렇게 우리엘에 대해서 캐묻는지는 어렵지 않게 추측할 수 있었다.

"샤르기엘 때랑 같은 일이 일어날까 봐 걱정하는 거지?"

"……예?"

흠칫, 한설아의 몸이 떨렸다.

"아… 마, 맞아요."

"다시는 그런 일 없도록 만들 테니까 걱정하지 마."

"……예."

한설아는 작은 목소리로 답했다.

무언가 말하고 싶은 것이 많은 듯한 표정이었지만, 그녀는 몇 번 입을 달싹거리더니 이내 굳게 입을 다물었다.

"이번에 리리스에게 받은 것 있지?"

"네, 제 몸에서 성력의 흔적을 지우는 물건이라고……."

한설아는 목에 건 펜던트를 앞으로 내밀었다.

"잊지 말고 그거 꼭 차고 다니고."

아직 완벽하게 성력의 흔적을 지울 수 있는지 실험해 보지는 못했지만, 이론상으론 그녀와 직접적인 신체적 접촉이 없는 이상 겉모습만으로는 세라핌의 영혼을 분간할 수 없을 거라고 했다. 다른 누구도 아닌 리리스의 말이니 신뢰도에는 문제가 없었다.

"네, 그렇게 할게요."

"그럼……."

강우는 자리에서 일어나며 말했다.

원래는 한설아와 함께 자려고 했지만, 사정이 바뀌었다.

"설아야, 미안한데 앞으로 며칠간은 따로 자자."

"예? 따, 따로… 자자고요?"

한설아의 두 눈이 부릅뜨였다. 그녀의 몸이 파르르 떨렸다.

"좀 집중해야 할 일이 있어서."

강우는 고개를 끄덕이며 답했다.

'우리엘에게 심어진 타락의 씨앗이 개화하고 있다면.'

지금 당장부터 계획을 세워야 했다. 아니, 일단 방향성부터 정해야 한다.

'우리엘을…….'

타락시킬 것인가, 아니면 타락하지 않도록 막을 것인가.

강우의 눈이 깊게 가라앉았다.

각각 장단점이 있었다.

'퀘스트를 완료하고 마신의 되는 길의 마지막 조건을 달성하기 위해서는 우리엘을 타락시키는 게 맞아.'

하지만 그렇게 되면 우리엘을 통해 천사들의 협력을 얻는다는 계획이 무너졌다.

간단하지만, 쉽게 선택할 수 없는 선택지. 천사들에게 걸고 있는 기대가 큰 만큼 섣부르게 선택하기 어려웠다.

'방에 들어가서 고민 좀 해볼까.'

강우는 고개를 돌렸다.

한설아가 파르르 몸을 떨며 이쪽을 바라보는 게 보였다.

"가, 강우 씨."

"응?"

"그… 저, 저랑 같이 자는 게 싫어지신 건… 아니죠?"

불안에 찬 눈빛으로 옷깃을 잡았다.

따닥, 따닥. 이가 부딪히는 소리가 들렸다.

강우는 픽 웃으며 고개를 저었다.

"그럴 리가. 갑자기 할 일이 생겨서 그런 거야."

"그, 그렇죠? 강우 씨가 그럴 리 없죠?"

생각했던 것 이상으로 민감한 반응에 강우는 고개를 갸웃거리며 답했다.

"당연하지. 나도 임자랑 같이 자고 싶어."

"그러면! …그러면 같이 자면 되, 잖아요."

"하하. 생각할 게 좀 많아서. 아마 오늘은 아예 잠을 안 잘 생각이야."

"내일은……."

"내일도 아마 힘들 것 같아."

타락을 시키건, 타락을 막건. 어느 쪽으로 방향을 잡는다고 해도 당분간은 이것에 집중하는 게 맞았다.

한설아와 함께 자면 마기 제어력도 오르고 기분도 좋고 일석이조지만 꼭 수면이 필요한 육체도 아니고 며칠 정도는 밤을 새도 상관없었다.

한설아는 가늘게 몸을 떨며 발을 꼼지락거렸다.

뭔가 안절부절못하는 듯한 표정에 강우는 픽 웃으며 그녀의 머리칼을 쓰다듬었다.

"며칠만 참아줘, 임자."

"……예."

한설아가 시무룩한 표정으로 고개를 끄덕였다.

강우는 몸을 돌려 방 안으로 들어갔다.

달칵.

방문이 닫혔다. 한설아는 굳게 닫힌 강우의 방문을 멍한 눈빛으로 바라보았다.

계속.

"자, 그럼."

방 안으로 들어온 강우는 의자에 앉아 오른 중지에 낀 마해의 열쇠를 내려다보았다.

'퀘스트를 깨느냐, 천사와의 협력 관계를 유지하느냐.'

섣부르게 선택할 수 없는 문제인 것은 사실이지만, 사실 마음은 어느 정도 정해져 있었다.

"……퀘스트를 포기하긴 좀 많이 아쉽단 말이지."

단순히 마해의 열쇠를 더 이상 강화하지 못하는 데서 끝났다면 이 정도로 아쉽지는 않았을 것이다.

하지만 메시지로도 나왔듯, '마신이 되는 길'의 마지막 조건과 마해의 열쇠의 강화가 연관되어 있다는 게 문제였다.

'마해의 열쇠의 강화를 포기한다는 건, 마신이 되는 세 번째 조건도 같이 포기하게 되는 거야.'

아무리 생각해도 수지 타산이 맞지 않았다. 천사들의 협력이 중요한 것은 사실이지만, 그가 지닌 힘을 키우는 것에 비할 수는 없었다.

'사냥개를 위해 총을 버릴 순 없는 노릇이지.'

결국 가장 신뢰할 수 있는 것은 자기가 가진 무력밖에 없었다.

'마신이 되는 길이 정확히 뭔지는 잘 모르겠다만.'

이제까지 극마지체와 마령을 달성했을 때 얻었던 폭발적인 힘의 상승을 생각한다면 적어도 얻어서 나쁠 것은 없었다. 아니, 나쁠 게 없는 정도가 아니라 반드시 얻어야 할 정도로 좋았다.

"결국 그럼 우리엘을 타락시켜야 한다는 말인데……."

강우는 스마트폰을 들어 우리엘이 보낸 톡 폭탄을 다시 천천히 읽었다.

유리엘♥ [뭐야, 왜 봤는데 답장 안 해?]
유리엘♥ [읽씹? 이게 그 읽씹이라는 거야?]
유리엘♥ [뭔데. 왜 아무 말 없는 건데.]
유리엘♥ [좀 짜증 나려 하네.]
유리엘♥ [야, 대답하라고.]
유리엘♥ [미안해. 내가 너무 메시지를 많이 보냈지?]
유리엘♥ […….]

'이 새끼 이거 그냥 내버려 두면 되는 거 아냐?'
톡을 쭉 읽어보니 아주 가관이었다.
군이 계획을 짤 필요도 없이 그냥 내버려 두면 알아서 타락할 것 같은 기분.

[타락의 씨앗이 무럭무럭 성장하고 있습니다.]

때마침 메시지도 떠올랐다.
강우는 헛웃음을 흘리며 고개를 절레절레 저었다.
"이거 뭐 내가 손을 쓸 것도 없네."
그냥 우리엘의 연락을 씹은 채 뒹굴거리면 알아서 해결될 것 같다는 생각이 들었다.

'뭔가 되게 허무하긴 한데.'

좋아도 너무 좋은 게 문제랄까. 아무것도 하지 않았는데 알아서 착착 진행되고 있으니 정말 손 쓸 게 아예 없었다.

"임자아아아!"

강우는 활짝 미소를 지으며 문을 열고 밖으로 튀어나왔다.

자신이 할 일이 없다면, 아무것도 하지 않아도 알아서 우리엘이 망가져 준다면, 오늘 밤을 새면서 계획을 짤 이유가 하나도 없었다.

"가, 강우 씨?"

"응? 안 자고 있었어?"

"아… 네."

거실에 멀뚱히 서 있던 한설아의 손을 잡았다.

"이리 와. 같이 자자."

"일이 생기셨다고 하시지 않았나요?"

"응. 근데 좀 얘기를 들어보니 굳이 내가 나설 필요는 없는 일 같아서."

"그, 그래요?"

한설아의 입가에 활짝 미소가 지어졌다. 꽃이 만개한 듯한 그 미소에 가슴이 떨렸다.

"네, 그럼 같이 자요."

한설아는 마주 잡은 강우의 손에 힘을 더하며 그의 방으로 걸어갔다.

다음 날.

"……아니."

아침에 일어난 강우는 머리를 움켜쥐고 눈앞에 떠오른 푸른 창에 쓰인 메시지를 읽었다.

[타락의 씨앗의 성장이 멈췄습니다.]

"왜 또 이러는데 시바……."

어제까지만 해도 알아서 잘 성장하던 타락의 씨앗의 성장이 갑자기 멈춰 버렸다.

강우는 스마트폰을 들고, 깊은 한숨을 토해냈다.

"하아."

결국, 돌고 돌아서 원점이다.

우리엘을 타락시키기 위해선…….

"임자한테 바빠질 것 같다고 다시 얘기해 둬야겠네."

자신이 직접 움직여야 했다.

·5장·
오강우, 그 남자가 숨겨온 진실

"어제 뭐 하는데 톡을 씹은 거야?"

불호령 같은 외침이 쏟아졌다.

다음 날, 우리엘을 찾아 아프리카에 있는 천사의 요새에 도착한 강우는 쓴웃음을 지었다.

"사정이 좀 있었습니다."

"무슨 사정?"

"그건……."

네가 알아서 타락하기를 기다리고 있었다, 라고는 말할 수 없었던 강우는 애매한 미소를 지으며 말끝을 흐렸다.

우리엘의 눈이 날카로워졌다.

"무슨 사정인지 빨리 말……."

"그보다 우리엘 님."

말을 자르며, 강우가 말문을 텄다.

"몇 가지 물어볼 게 있는데, 괜찮은가요?"

"……뭔데."

우리엘은 입술을 삐쭉 내밀며 고개를 끄덕였다. 어제 일로 인해 불만이 많은 것 같지만, 무시는 하지 않을 모양.

"타락의 씨앗, 이라는 것에 대해 알고 계신가요?"

무거운 침묵이 흘렀다.

우리엘은 두 눈을 크게 뜨더니, 낮은 목소리로 말했다.

"너… 그 말은 어디서 들은 거야?"

"라키엘에 대해 제 나름대로 조사하다가 알게 되었습니다."

태연한 얼굴로 둘러댔다.

끄응, 우리엘은 침음을 삼켰다.

"천사들이 본능적으로 무언가에 집착한다는 건 알고 있지?"

"예."

"근데 그 집착이 제어할 수 없을 정도로 심해지면 날개가 검게 점멸하기 시작해. 그리고 거기서 더 집착이 심해져서 광기(狂氣)의 영역에 닿으면……."

"타천(墮天)하는 거군요."

"맞아."

우리엘이 고개를 끄덕였다.

"타락의 씨앗은 타천의 전 단계, 그러니까 날개가 가끔씩 검게 점멸하는 단계를 일컫는 말이야."

"본인은 자신에게 타락의 씨앗이 심어졌는지 알 수 있습니까?"

"아니. 본인은 몰라. 사실 다른 사람이 봐도 거의 모를걸? 엄청 찰나에 점멸하는 거니까. 그래서 더 주의해야 해. 집착이 광기의 영역에 닿는 건 한순간이니까."

강우는 가늘게 눈을 뜨며 물었다.

'본인은 모른다, 라.'

거짓을 말하는 것처럼 보이지는 않았다.

'그렇다면 우리엘 자신도 지금 타락하고 있다는 걸 모르고 있다는 건가.'

저 반응을 보아하니 모르고 있다는 확신이 들었다. 우리엘의 성격을 생각했을 때 만약 자각하고 있다면 저 정도로 태연하게 있지는 못하리라.

"타천하게 되면 어떤 변화가 있는 건가요?"

악마의 경우, 욕망을 제어하지 못하면 이지를 상실한 마물이 되어버린다. 하지만 라키엘에 대한 기록도 그렇고, 라파엘이 타락한 모습을 봐도 이지를 상실했다고는 보이지 않았다.

"가장 큰 변화는 날개가 검게 물들면서 성력이 마기로 변질되는 거지. 아, 그리고 성력을 사용한 신성마법을 사용할 수 없는 대신 힘 자체는 훨씬 강해져."

즉 기술을 잃는 대신 막대한 힘을 얻는다는 것. 지성을 대가로 육체적인 스펙이 뻥튀기되는 마물화와 비슷한 점이 있긴 했다.

"그것뿐입니까? 지성이 사라진다거나 그런 건 없고요?"

"응. 다만 그… 집착이 광기에 가까워져서, 굉장히 극단적인 행동을 하게 돼. 그래서 지성이 남아 있다고 해도 미리 죽여

두는 거야."

말을 하는 도중 우리엘의 표정이 급격하게 어두워졌다. 자신의 손으로 직접 죽인, 오랜 친우가 떠올랐음이라.

"한번 타천하게 되면 다시 돌아올 수 없는 겁니까?"

강우는 상태창에 보았던 '일시적인 타천'도 허용된다는 말을 떠올리며 물었다.

우리엘이 고개를 젓는다.

"일반적으로는 돌아올 수 없어. 하지만… 그 타천하는 순간에 손을 쓰면 한 번에 한해서 원래대로 돌아올 수 있어. 라파엘은… 이미 너무 늦은 상황이었지만."

우울한 표정으로 고개를 숙인다.

"……그런데 갑자기 타천은 왜?"

우리엘이 축축해진 눈가를 손등으로 훔치며 물었다.

"아, 라키엘에 대해 조사하던 도중 타천이라는 게 과연 뭘까 궁금해서 여쭤본 겁니다."

태연하게 답했다. 라트 키 만세.

"라키엘은 자발적으로 타천했다는 점에서 좀 다르긴 해."

"라키엘은 무엇에 집착한 겁니까?"

"그건 나도 모르겠어. 문헌에 남아 있지 않거든."

강우는 고개를 끄덕였다. 예상했던 대답이다.

"우리엘 님이 집착하는 건 '정(精)'이라고 말씀하셨죠?"

"으, 응."

"그러면 요즘 혼자 있으시면서 많이 힘드시겠네요. …라파엘

님 일도 있고요."

우리엘의 표정이 어두워졌다.

"괘, 괜찮아. 본능적인 충동 따위 내가 알아서 제어할 수 있어.'

'퍽이나.'

지금 그의 집착이 점점 심해지고 있다는 것은 어렵지 않게 알 수 있었다. 안 그랬다면 타락의 씨앗이 그에게 심어졌을 리도 없었으니까.

강우는 픽 웃으며 말했다.

"최근 톡을 그렇게 많이 보내시는 것도 그런 이유입니까?"

"아, 아니거든!"

버럭 소리치는 모습에 강우는 가볍게 웃음을 터뜨렸다.

우리엘은 삐진 듯한 표정으로 고개를 휙 돌렸다.

'대충 들을 건 다 들었군.'

타천이라는 것에 대해 궁금했던 게 어느 정도 해결됐다.

'그렇다면.'

강우는 입술을 핥았다.

'역시 그 방법이 제일 좋겠어.'

우리엘의 '집착'이 자신을 향하는 것이 확실한 지금. 머릿속에 그리고 있는 계획 이상으로 효과적인 것은 없었다.

'가만히 있을 상황이 아니니까.'

우리엘 안에 심어진 타락의 씨앗이 성장을 멈춘 후, 지금처럼 가만히 기다리고 있으면 안 된다는 것을 깨달았다.

라파엘을 잃어버리고 홀로 남겨진 우리엘이 지금 정(精)에 대한 집착을 자신에게 부리고 있다는 것은 이미 명백한 사실. 그 집착을 광기의 영역으로 만들기 위해선 따로 손을 쓸 필요가 있었다.

"그럼 오늘도 라키엘의 흔적을 찾아보러 갈까요?"

"……일이 바빠서 안 된다고 하지 않았어?"

"괜찮습니다. 라키엘에 대한 조사가 진척되지 않아서… 당분간은 업무에서 손을 떼기로 했거든요."

"그, 그래?"

우리엘의 표정이 눈에 띄게 밝아졌다.

강우는 고개를 끄덕이곤 자리에서 일어섰다.

"오늘은 러시아에서 라파엘 님과 사탄이 싸운 곳으로 가보죠."

"응!"

우리엘은 밝게 웃으며 고개를 끄덕였다. 여덟 장의 날개가 꼬리처럼 흔들거리는 게 보였다.

강우는 그에게서 몸을 돌리며 입가를 비틀어 올렸다.

'정에 굶주린 꼬맹이 하나 타락시키는 것 정도야.'

아주 쉬운 일이다.

"여기가… 라파엘이랑 사탄이 싸운 장소야?"

"예. 정확히는 악마교의 본단과 싸웠던 곳이죠."

거대한 설산.

곳곳이 무너지고 박살 난 산의 모습을 통해 당시 있었던 전투가 얼마나 격렬했는지 어렵지 않게 짐작할 수 있었다.

"……확실히, 곳곳에서 마기의 흔적이 느껴지네."

우리엘이 땅바닥에 손을 댄 채, 눈을 감았다. 전쟁이 일어난 지 몇 개월이 지났지만 아직 마기의 흔적이 남아 있었다.

"그런데 이렇게 되면 라키엘의 흔적을 찾을 수가 없는데."

마기의 흔적이 곳곳에 널려 있으니 그게 라키엘의 흔적인지 악마교와의 전투 중에 생긴 흔적인지 알 수 없었다.

강우는 고개를 끄덕였다.

"제가 이곳에 온 것도 그 이유 때문입니다. 라키엘이 몸을 숨긴다면, 여기만큼 최적의 장소도 없으니까요."

"아, 그건 그렇겠네."

나무를 숨기려면 숲에 숨기라고 했던가. 일리 있는 말이었다.

"우선 본격적으로 조사하기 전에……."

강우는 씩 웃으며 김치찌개가 담긴 팩을 꺼냈다.

"배가 든든해야 열심히 일할 수 있는 법이죠."

"푸흡, 그냥 네가 먹고 싶은 건 아니고?"

우리엘도 강우와 함께 밥을 먹는 게 퍽 기쁜지 싱글벙글 미소를 지으며 근처에 굴러다니는 바위에 손을 올렸다.

파지지지직!!

푸른 번개가 튀어 오르며 바위를 깎았다. 그러자 마치 칼로 자른 것처럼 반듯한 단면으로 바위가 깎였다.

"그럼 어서 먹자."

우리엘이 경쾌한 발걸음으로 반듯하게 잘려 나간 바위 앞에 앉았다.

미각이 거의 퇴화된 천사가 '식사'라는 행위 자체를 반가워할 리는 없다. 우리엘은 다른 누군가와 함께 밥을 먹는, 천사들과는 느껴보지 못한 그 생소한 감각 자체를 즐겼다.

"히히히."

그 증거로, 우리엘은 정작 냄비에 담긴 김치찌개를 먹기보다 실실 웃으며 강우가 먹는 모습을 구경했다.

그때였다.

"응?"

김치찌개를 먹는 강우의 손이 멈췄다.

그는 멍한 표정으로 허공을 응시하더니, 이내 머리를 움켜쥐었다.

"왜 그래?"

라키엘의 흔적을 조사하던 도중 자주 보아왔던 모습.

강우는 어색한 미소를 지으며 고개를 저었다.

"아무것도 아닙니다."

"아무것도 아니긴. 너 전부터 계속 그랬잖아. 갑자기 멍하니 있거나 뒷목을 잡거나… 뭐 문제 있는 거 아냐?"

"하하하. 그냥 생각할 게 좀 있어서요."

강우는 고개를 저으며 김치찌개를 밥 위에 올려 먹었다.

그러나 김치찌개를 먹는 강우의 얼굴이 어두워졌다.

"야, 왜 그러냐고. 너 이거 엄청 좋아하잖아?"

"오늘은 입맛이 좀 없네요."

강우는 자기도 왜 그런지 모르겠다는 듯 머리를 긁적였다.

우리엘은 안절부절못하는 표정으로 그를 바라보았다. 무언가 기분 나쁜 불길함이 등골을 자극했다.

"빨리 먹죠."

강우는 밝은 미소를 지으며 김치찌개를 먹었다.

"……그래."

우리엘은 강우를 따라 김치찌개를 먹으며 조심스럽게 입을 열었다.

"그러고 보니 넌 왜 가디언즈에 합류한 거야?"

"저요?"

"응. 가이아의 화신이 넌 선택받은 수호자가 아니라고 하던데."

"하하. 맞습니다."

"그런데 왜 그렇게 필사적으로 싸우려 하는 거야? 그것도 아무 대가도 없이. 요즘 인터넷으로 조사해 보니까 인간들 대부분이 평화의 시대가 왔다며 배를 불릴 생각밖에 안 하던데."

"글쎄요."

강우는 턱에 손을 올린 채, 고민에 잠긴 표정을 지었다.

'왔다, 왔어!'

굳이 이쪽에서 나서지 않아도 우리엘이 먼저 미끼를 물었다.

'애잔한 눈빛 한번 보여주고, 최대한 덤덤한 목소리로.'

이미 어느 정도 호감도 작업은 끝난 상태. 지금 우리엘을 속이는 건 어린애 손목을 비트는 것보다 쉽다.

"전 시훈이처럼 세계를 지키겠다는 원대한 목표를 가지고 있는 건 아닙니다. 라파엘 님처럼 굳은 신념을 가지고 있는 것도 아니죠."

"그렇다면… 왜?"

당장에라도 꺼질 듯한 희미한 미소. 잘못 손을 대면 부서질 것 같은 미소가 우리엘을 향했다.

흠칫.

우리엘의 몸이 떨렸다.

또 이 감각이다. 분명 자신의 반의반도 살지 않은 인간의 눈빛에서 아득한 세월(歲月)이 느껴졌다. 감히 가늠할 수 없는, 복잡하게 엉킨 감정이 녹아들어 있는 눈빛.

강우는 나지막이 말했다.

"소중한 사람이 있었습니다. 예, 정말로… 소중했던 사람이요."

"……."

"그 사람을… 지키지 못했습니다."

강우는 주먹을 움켜쥐며, 가늘게 몸을 떨었다.

굳게 움켜쥔 주먹에 굵은 힘줄이 돋아났다.

"누군… 데?"

"제가 처음 플레이어로 각성했을 때, 아무것도 모르고 게이트 안으로 들어갔던 저를 지켜준 사람입니다. 이기영이라는 이름을 가진 플레이어였죠."

대충 머릿속에 떠오른 이름을 말한다.

그 사람이 진짜 존재했는지는 아무 상관 없다. 진실은 중요하지 않다. 진실처럼 보이는 것만이 중요할 뿐이지.

"많은 도움을 받았습니다. 그 사람이 없었다면… 지금 저는 여기에 없었겠죠."

하지만.

"안드라스라는 악마를 숭배하는 길드의 손에… 기영이 형은 죽었습니다. 아뇨, 정확히는… 마기에 잠식되어 마물이 된 형을 제 손으로 죽였죠."

쿵. 우리엘의 가슴이 크게 요동쳤다.

자신의 손으로, 소중한 사람을 죽이는 것. 그 고통이 얼마나 큰지 우리엘 자신이 모를 리는 없었다. 라파엘을, 오랜 친우를 자신의 손으로 죽였으니까.

"그리고 지금… 다시 또 소중한 사람들이 생겼죠."

"그… 김시훈이란 인간?"

"시훈이 말고도 많이 있죠."

강우는 픽 웃었다. 그러고는 허공을 응시하며, 잃어버린 무언가를 갈망하는 목소리로 말했다.

"세계 따위는 어떻게 되더라도 상관없지만."

더 이상.

"더 이상… 소중한 사람을 잃고 싶지 않습니다."

당장에라도 부서질 것 같은 미소를 지으며, 강우가 말했다.

그의 목소리에서 느껴지는 선명한 공포에 우리엘은 굳게 입을 다물었다. 라파엘을 잃은 자신의 모습이 강우에게 덧씌워져 보였다.

'그렇지.'

강우는 마음속으로 웃었다.

우리엘의 표정에 보이는 짙은 감정의 굴곡. 그 속에서 자신에 대한 신뢰와 공감이 피어난 것이 보였다.

'당연히 공감하겠지.'

연인과 헤어졌을 때 옆에 같이 이별을 겪은 사람이 있으면 공감하듯, 자신에게 닥친 불행을 공감을 통해 위로하려는 것은 생물이 지닌 본능이다.

'자, 우리엘.'

강우는 깊은 생각에 잠긴 우리엘을 바라보았다.

'더 매달려라.'

라파엘이 사라진 빈자리를.

'나로 채워 넣어라.'

그래야 이 계획은 성공할 수 있었다.

강우는 느긋이 우리엘의 대답을 기다렸다.

우리엘의 입이 천천히 열렸다.

"너에 대해서 그렇게 많은 걸 아는 건 아니지만······."

우리엘은 눈앞에 고요히 미소 짓고 있는 청년을 바라보았다.

"왜 티리온 님이 널 사도로 선택했는지는 알 것 같아."

"하하. 과찬입니다. 그냥 운이 좋았던 거죠."

"신의 선택을 운으로 얻을 수 있을 것 같아?"

우리엘은 더없이 진지한 눈빛을 그에게 향했다.

강우에 대한 얘기는 가이아를 통해 자세하게 들었다. 얼마나 처절하게 그들과 싸웠는지. 얼마나 많은 업적을, 전설을 쌓아 올려왔는지. 강우가 없었다면 지구는 이미 악마들이 바글거리는 지옥이 되었을 거라고 가이아는 말했다.

실제 그의 활약상을 듣고 우리엘도 고개를 끄덕일 수밖에 없었다. 세간에 많이 알려지지는 않았지만, 악마교를 무너뜨리는 데 결정적인 공을 세운 것은 다름 아닌 강우였으니까.

'더 이상 잃고 싶지 않다, 라.'

우리엘은 지그시 눈을 감았다.

라파엘의 모습이 떠올랐다. 자신의 손으로 직접 죽인, 수천 년을 함께해 온 전우(戰友). 그를 죽이면서 얼마나 좌절했던가, 얼마나 절망했던가.

'나랑 같아.'

강우도 마찬가지였다. 자신과, 조금도 다르지 않았다.

찌르르.

가슴이 울렸다. 평소 봐왔던 강우의 모습과, 지금 당장에라도 부서질 듯한 미소 사이의 괴리에 머릿속이 복잡해졌다.

우리엘은 벅차오르는 감정을 거스르지 않고, 강우의 손을 잡았다.

"나도 도와줄게."

"⋯⋯."

"네가 더 이상 잃지 않도록, 힘을 빌려줄게."

"하하⋯⋯."

마른 웃음소리가 흘러나왔다.

강우의 눈가에 숨길 수 없는 습기가 맺혔다.

"감사합니다. 정말… 감사합니다."

"크, 크흠."

"하하. 이 얘기를 말한 건 우리엘 님이 처음이네요."

"김시훈한테도 얘기 안 한 거야?"

"예. 괜히 신경 쓰게 만들까 봐요. 제 연인에게도 이런 말을 한 적은 없습니다."

"그, 그래? 그럼 내가 처음인 거네?"

"그렇죠."

우리엘의 표정이 눈에 띄게 밝아졌다.

오강우, 그 남자가 줄곧 숨겨오던 진실에 대해 들은 것이 자신 혼자라는 사실이 뭔가 가슴 벅차게 느껴졌다.

얼굴이 화끈거렸다.

"그, 그럼 슬슬 조사를 시작해 볼까!"

다급히 몸을 일으켰다.

강우는 피식 웃으며 고개를 끄덕였다.

"예. 그렇게 하죠."

강우는 김치찌개를 다 비운 냄비를 정리하고 몸을 일으킨 후, 성큼성큼 앞서 나간 우리엘의 뒤를 따라 곳곳에 남아 있는 마기의 흔적들을 조사했다.

그리고…….

"어……?"

우리엘의 두 눈이 부릅떠졌다.

마기의 흔적을 조사하던 중, 다른 흔적들과 달리 최근에 새로 생긴 흔적을 찾아냈다. 대천사인 그조차 순간 오싹하게 만들 정도로 짙은 흔적.

"이, 이거 최근 정도가 아니라……."

바로 방금 전에 새겨진, 마기의 흔적.

"위험……!"

새파랗게 질린 얼굴로 몸을 일으켰을 때.

파지지지지지지직!

검은 뇌전이 비처럼 쏟아졌다.

우리엘은 다급히 날개를 펼쳐 강우의 몸을 잡고 옆으로 날아올랐다.

"무, 무슨!"

"제길! 라키엘이 숨어 있던 곳은 여기였어!!"

그토록 찾던 라키엘을 발견한 것은 좋았다. 문제는 라키엘도 그들을 발견했다는 것.

저벅, 저벅.

"흐음, 어떤 벌레가 알짱거리나 했더니 네놈이었군."

어깨 넘어까지 내려온 은발. 등 뒤에 돋은 열 장의 검은 날개. 끈적거리는 녹색 촉수를 갑옷처럼 두르고 있는 존재가 천천히 발걸음을 옮긴다.

그는 강우를 돌아보며 씨익 입가를 비틀어 올렸다.

"크크크, 용케 아직까지 버티고 있군. 얼마 버티지 못할 줄 알았는데 말이야."

의미를 알 수 없는 말.

"라키, 엘."

우리엘의 주먹이 파르르 떨렸다. 푸른 뇌전이 튀어 올랐다.

"강우! 내가 시간을 벌 테니까 일단 가디언즈에게 연락부터 해!"

우리엘이 라키엘을 가로막으며 소리쳤다.

하지만 돌아오는 대답은 없었다.

"……강우?"

고개를 돌린다. 그곳에 보인 것은…….

"아, 으아."

머리를 움켜쥔 채, 고통스러운 신음을 흘리고 있는 강우의
모습.

"뭐, 뭐야 왜 그러는 거야?"

우리엘의 표정이 창백하게 질렸다.

본 적 있는 모습이다. 처음 강우와 만났을 때, 요새에 들어
가 '라키엘의 마기'를 느낀 그가 보였던 모습.

"으, 아아아악!"

강우는 머리를 부여잡은 채, 무릎을 꿇고 쓰러졌다. 입에서
거품을 흘리며 사지를 바들바들 떤다.

"오강우!!"

우리엘이 바닥에 엎드린 강우의 몸을 돌려 끌어안았다.

그리고.

"어……?"

끌어안은 강우의 몸에서. 선명한 '마기'가 느껴졌다.

"왜, 마기가……."

우리엘의 눈빛이 떨린다.

하지만 마기가 느껴진 것은 잠시, 강우의 몸에서 흘러나온 황금빛 기운이 마기를 불사르며 찬란하게 타올랐다.

강우의 몸에서 흘러나오는 마기와 황금빛 기운이 충돌했다.

"쿨럭!"

강우의 몸이 활처럼 휘었다.

피. 마기에 물들지 않은, 순수한 인간임을 증명하는 검붉은 피.

"아, 으, 으"

눈에서, 코에서, 입에서, 귀에서 피가 쏟아져 내린다.

인간의 몸 안에 이렇게 많은 피가 있었는지 의아할 정도로 엄청난 양의 피가 쏟아져 우리엘의 몸을 적셨다.

"뭐, 뭐야."

우리엘의 목소리가 떨린다.

그는 두 눈을 부릅뜬 채, 피를 쏟아내는 강우의 몸을 잡았다.

"제, 제길!"

신성마법을 외운다. 새하얀 빛이 그의 몸에서 일렁거렸다.

왜 강우의 몸에서 마기가 흘러나왔는지 신경 쓸 때가 아니었다. 우리엘은 망설이지 않고 피가 흘러나오는 강우의 입술에 입을 맞췄다.

우우우웅!!

찬란한 성력이 강우의 몸속으로 흘러 들어갔다.

우리엘이 사용할 수 있는 가장 강력한 회복 관련 신성마법. 점막 접촉을 통해 사용할 수 있는 회복마법이 강우의 몸을 회복시켰다.

하지만.

"쿨럭!"

강우의 입에서 다시 한번 검붉은 피가 쏟아졌다.

"왜… 어, 어째서?"

우리엘의 표정이 파랗게 질렸다.

점막 접촉이라는 귀찮은 조건을 달고 있지만, 지금 그가 사용한 신성마법은 상당한 고위급 마법이었다. 아예 효과가 없다는 것은 있을 수 없는 일이다.

"크흐흐, 소용없어."

음산한 웃음소리가 들린다.

우리엘은 소리가 들리는 곳으로 고개를 돌렸다. 쓰러진 강우를 바라보며, 비릿한 미소를 짓고 있는 라키엘의 모습이 보였다.

파지직!

우리엘의 하늘빛 머리칼이 천천히 떠오르며 푸른 뇌전이 튀어올랐다.

"너… 강우에게 무슨 짓을 한 거야."

강우가 이런 모습을 보인 것은 이번이 두 번째. 둘 다 라키엘의 마기를 느낀 직후였다.

게다가 이번에는 강우의 몸에서 마기까지 흘러나왔다.

'우연일 리가 없어.'

라키엘이 어떤 식으로든 개입했을 것이 분명했다.

"푸흡, 푸하하하하!"

라키엘은 배를 잡고 웃음을 터뜨렸다. 짙은 마기가 폭발하듯 뿜어져 나왔다.

한동안 폭소를 터뜨리던 라키엘이 은발을 쓸어 올리며 말했다.

"신기하군, 천사가 언제부터 그렇게 인간을 애지중지했지?"

"라키, 엘."

우리엘이 씹어뱉듯 그의 이름을 입에 담았다.

"무슨 짓을 한 거냐고, 물었다."

푸른 뇌전이 폭풍처럼 주변을 휩쓸었다. 그러나 라키엘의 앞에 만들어진 마기 방벽이 뇌전의 폭풍을 막았다.

그는 여유로운 표정으로 입을 열었다.

"아무것도 안 했어."

"아무것도 안 했다고……?"

콰드득.

우리엘이 딛고 있는 대지에 균열이 생겼다.

"아무것도 하지 않았는데 인간이 마기를 지니게 됐단 말이냐!!"

성난 일갈이 쩌렁쩌렁 울려 퍼졌다.

라키엘은 비릿한 미소를 입가에 머금었다.

"푸흡, 듣고 보니 그건 또 그렇군."

"라키엘……!"

"아아, 그렇게 화내지 말라고. 무섭잖아."

라키엘은 능청스럽게 양팔을 끌어안으며 몸을 부르르 떨었다.

우리엘은 입술을 짓씹었다.

그때, 뭔가 이질적인 감각이 머릿속을 스쳤다.

'뭐지?'

우리엘은 눈살을 찌푸리며 라키엘을 살폈다.

그가 느낀 이질적인 감각의 정체는 머지않아 알 수 있었다.

'눈빛이……'

이상했다. 입은 분명 웃고 있는데도 불구하고, 눈빛만큼은 흐리멍덩했다. 마치 누군가에게 조종당하는 것처럼.

'대체 무슨……'

"저 인간이 왜 저러는지 알고 싶어?"

생각은 오래 이어지지 않았다. 이어지는 라키엘의 조롱에, 우리엘은 다시 한번 거세게 기운을 일으켰다.

꽈르릉!!

푸른 벼락이 라키엘을 노리고 쏘아졌다.

"어이쿠!"

라키엘은 과장된 동작으로 날개를 펼쳐 벼락을 피했다.

"크흐흐흐."

라키엘이 배를 잡고 낄낄 웃음을 흘렸다.

"네가 그 인간을 얼마나 소중하게 생각하는지 잘 알았으니까, 그만 흥분하라고. 계속 손 놓고 있다가 저 인간이 죽으면 어떻게 하려고?"

"크읏……"

우리엘의 표정이 일그러졌다.

그의 말대로, 지금 강우의 상태는 당장 죽어도 이상하지 않을 정도로 심각했다.

"저 인간이 나에게 납치당한 적 있다는 건 들었어?"

들은 적 있다. 사탄의 뒤를 쫓다가 라키엘에게 급습당했다고 했나.

"그때 말이야……"

라키엘이 콧노래를 흥얼거리며 말을 이었다.

"살짝 장난을 쳐뒀거든."

"장난, 이라고?"

"응."

낄낄, 웃음을 터뜨렸다.

"놈의 몸 안에 내 마기를 흘려 넣었지."

"뭐라, 고?"

우리엘의 두 눈이 부릅떠졌다.

마기를 받아들인 인간이, 어떤 말로를 겪는지 우리엘이 모를 리는 없다.

'악마가 되거나.'

차라리 악마라면 다행이었다.

'마물이… 된다.'

이지를 상실한 괴물. 형체를 알 수 없는 일그러진 육체로, 오로지 피와 살육에 미쳐 움직이는 짐승. 악마보다 더욱 아래에 있는 존재.

"개, 개소리하지 마!"

우리엘이 고개를 저었다.

"신의 사도가 마기를 조금 받아들였다고 해서 마물이 될 리가 있냐!"

단순히 마기를 흘려 넣는 것만으로 모조리 악마나 마물로 만들 수 있다면 세계는 벌써 악마의 손아귀에 들어갔을 것이다. 강대한 기운을 가진 존재일수록 흘러들어 온 마기를 저항하는 능력이 탁월했다.

"맞는 말이야."

라키엘이 고개를 끄덕였다.

"확실히 마기를 흘려 넣는 것만으로는 부족하더군. 저 짜증 나는 황금빛이 계속 마기를 불태워 버려서 말이야."

낄낄 웃으며 강우를 가리켰다.

라키엘의 말대로, 강우의 몸에서 뿜어져 나온 황금빛 기운이 마기를 불태우고 있었다.

"하지만."

라키엘은 입가를 비틀어 올렸다.

"나는 라키엘이다."

그 말 하나로, 모든 것이 설명됐다.

아무리 신의 사도라고 해도 그 근본이 결국 인간인 이상 힘의 한계는 명백했다.

마신의 친위대. 악의 성좌(星座) 중 타락의 별을 담당하는 라키엘이 마음먹으면, 인간 하나를 마물로 만들지 못할 리가 없었다.

"흐흐. 그렇게 좌절하지 마."

라키엘이 어깨를 으쓱거렸다.

"저 인간이 만만치 않다는 건 인정하지. 설마 그 일이 있은 후 몇 개월이 지나도록 마기 발작을 억누르고 있을 줄은 몰랐거든."

"……그게, 무슨 말이야."

"말 그대로의 의미다."

"……."

"대체 인간이 어떻게 그럴 수 있는지는 모르겠지만, 저 인간은 계속되는 마기 발작을 견뎌내며 '인간'을 유지하고 있지. 크흐흐, 아주 감탄스러운 인내력이야."

"견디고… 있다고?"

지난 몇 달간, 강우와 함께했던 시간이 머릿속을 스친다.

그가 종종 보여줬던 이상한 모습. 멍하니 허공을 응시하거나, 뒷목을 부여잡으며 인상을 찡그렸던 것.

'그럼 그게 다.'

몸을 잠식하려는 마기에 견디고 있던 것이었단 말인가.

"하지만 조금씩이지만 마물화가 진행은 되는 것 같군. 으음. 어디 보자… 지금쯤 미각은 거의 다 잃었으려나?"

"……뭐?"

"음? 너도 알고 있지 않나. 천사와 악마 둘 다 미각이 퇴화되어 있지. 저 인간도 매일 같이 식사를 하며 깨닫고 있을 것이다. 자신이 점점 더 마물이 되어간다는 것을."

우리엘의 표정이 창백하게 질렸다.

오늘, 김치찌개를 먹던 중 강우가 딱딱하게 군은 얼굴로 입맛이 없다고 말한 것이 떠올랐다.

"아, 아아."

털썩.

우리엘은 무릎을 꿇었다. 이 정도로 정보가 주어졌는데 현실을 부정할 만큼 그는 멍청하지 않았다.

우리엘은 바닥에 쓰러진 강우의 몸을 끌어안았다.

"혼자서……."

마기의 발작을 억누르며, 지금처럼 피를 토해내며.

"견디고 있었던 거구나."

우리엘은 입술을 짓씹었다. 파르르. 가늘게 어깨가 떨렸다.

아무것도 예상하지 못했다면 거짓말이다. 강우가 무언가를 숨기고 있다는 것을, 그가 가끔씩 이상한 모습을 보여준다는 것을 알고 있었다. 어색한 미소를 지으며 말을 얼버무리는 것을 몇 번이나 보았는가.

"그런데 난……."

자신만 생각했다. 수천 년을 살았다고 떵떵거리며 잘난 척한 주제에. 단 한 번도 그를 돌아보지 않았다.

라파엘의 빈자리에 강우를 채워 넣어, 어떻게든 슬픔을 위로받으려고 했다. 집착이라는, 천사의 본능 때문에 어쩔 수 없다고 생각하며.

"나는……!"

우리엘은 강우의 몸을 끌어안았다.

"크흐흐, 아주 눈물 나는 장면이군."

"라키엘."

우리엘은 강우를 땅에 내려놓은 채, 천천히 몸을 일으켰다.

청발(靑髮)이 솟구치며 무시무시한 푸른 전하가 쏟아졌다.

"그렇게 성급해하지 마. 아직 우리가 싸울 때가 아니거든."

"그건 네 생각이고."

씹어뱉듯 말하며, 발을 박차려 다리에 힘을 줬다.

라키엘이 빙그레 웃었다.

"저 인간을 내버려 둬도 정말 괜찮겠어?"

"……."

"크흐흐, 마기 발작을 중화시키려면 저 인간 혼자의 힘으로는 힘들 텐데 말이야."

"크읏……."

우리엘은 입술을 짓씹으며 두 눈을 질끈 감았다.

당장에라도 라키엘을 향해 달려들고 싶지만, 그가 한 말을 무시하긴 힘들었다. 이대로 강우를 내버려 둔다면, 그는 마물이 되어버린다.

"라키엘……."

"흐흐, 그럼 난 먼저 가볼게. 아, 그리고 굳이 날 찾으려고 노력할 필요는 없어. 어차피 '예언의 때'가 다가오면 내가 찾아갈 테니까."

그러면.

"과연 그때까지 그 인간이… 인간으로 남아 있을 수 있는지 기대할게."

"라키에에에에에엘!!"

파지지직!!

우리엘이 발작을 일으키듯 손을 뻗었다. 푸른 뇌전이 빠르게 쏘아졌지만, 라키엘은 여유롭게 뇌전을 쳐냈다.

라키엘이 몸을 돌려 유유히 사라진다.

"아, 으."

날개를 펼쳐 라키엘의 뒤를 따르려던 우리엘은 강우의 입에서 흘러나오는 신음 소리에 날개를 멈췄다.

"제길, 제길, 제길!!!"

거친 욕설을 입에 담으며 강우에게 다가갔다.

이 증상의 원인이 마기 발작이라는 것을 안 이상, 치료할 수 있는 방법 자체는 어렵지 않았다.

우우우웅!!

강우의 가슴 위에 손을 올렸다. 새하얀 기운이 강우의 몸속으로 흘러 들어갔다. 강우의 몸 안에 들끓는 마기를 우리엘의 성력이 중화시킨다.

"아……."

강우가 천천히 눈을 떴다.

정신을 차린 그는 주변을 두리번거리다, 흥건히 쏟아낸 피를 발견했다.

강우의 표정이 굳고 무거운 침묵이 내려앉았다.

"하아."

강우의 입에서 짙은 한숨이 흘러나왔다. 쓸쓸한 미소를 지으며, 시선을 피했다.

"결국 이렇게 되고 말았네요."

"너……."

우리엘이 날카로운 눈으로 강우를 쏘아보았다.

"왜 말하지 않았던 거야."

"……."

"대답해."

우리엘이 강우의 멱살을 틀어잡았다.

"왜 미리 말하지 않았냐고!!!"

절규에 가까운 외침.

강우는 당장에라도 부서질 것 같은 표정으로, 멱살을 틀어 쥔 우리엘의 손을 잡았다.

"말했잖아요. 더 이상……."

잃고 싶지 않다고.

강우의 멱살을 쥐고 있던 우리엘의 손이 풀렸다.

"그래서… 멍청하게 혼자 견디고 있었다고?"

마기 발작을 경험한 것은 아니지만, 피를 토하며 괴로워하는 강우의 모습에서 그가 얼마나 고통스러운 시간을 홀로 견디고 있었는지 짐작하는 것은 어렵지 않았다.

그는 계속 혼자서 버텨왔던 것이다. 자신이 라파엘의 빈자리를 그에게 강요하는 동안.

"개소리, 하지 마."

우리엘의 목소리가 잠겼다.

투명한 눈물이 뺨을 타고 흘러내렸다.

"우리엘 님……?"

"개소리하지 말라고!!"

우리엘은 강우의 어깨를 잡고 절규하듯, 외쳤다.

"누구 맘대로 혼자 지랄하래!"

강우가 아닌, 자기 자신을 향한 외침.

"두고 봐."

우리엘은 거칠게 입술을 깨물었다.

"넌 내가 절대로 마물이 되지 않도록 만들 거야."

"……."

"내가! 무슨 수를 써서라도 막을 거라고!"

라파엘이 떠올랐다. 자신의 손으로 죽인 오랜 친우를 떠올렸다.

으득.

그때와 같은 절망을, 실패를 다시 겪을 수는 없다.

"오강우."

만난 지 고작 몇 개월밖에 지나지 않았지만, 어느새 라파엘의 빈자리에 서게 된 청년을 향해 말했다.

"넌 내가 지킬 거야."

'키햐아아아아!! 지린다 지려!!'

'넌 내가 지킬 거야.'

'어우 야. 아주 반해 버리겠어 기냥.'

강우는 마음속으로 환호성을 내질렀다.

'완벽해. 이건 완벽하게 넘어왔어.'

성장을 멈춘 타락의 씨앗. 그것을 다시 키우기 위해서는 우리엘의 집착을 광기의 영역으로까지 끌고 갈 필요가 있었다.

'괴물로 변해가는 친구와, 그를 지키려는 주인공.'

이 한 문장만으로 머릿속에 그림이 그려지지 않는가?

특히 라파엘을 자기 손으로 죽인 우리엘에게는 아주 기가 막힌 효과를 발휘할 것은 생각할 것도 없다.

'푸헤헤헤헿.'

터져 나오려는 웃음을 억지로 참았다.

아직 축배를 들기는 이르다.

'지금부터지.'

기반은 완벽하게 마련해 뒀다.

지난 몇 개월 동안 우리엘과 호감도를 쌓았고, 진솔한 대화를 통해 그 호감도를 폭발시켰다. 이번에 구한 라키엘 코인을 사용해 눈물 쏙 빼는 구도까지 만들었다.

'여기서는 MSG 하나 더 뿌려줘야지.'

이미 대사는 머릿속으로 정해두었다.

"우리엘 님."

"……뭐, 왜."

"만약… 정말 만약에……."

강우는 한줄기 눈물을 흘리며 우리엘의 손을 잡았다. 당장에라도 부서질 것 같은, 옅은 미소를 입가에 짓는다.

"제가 마물이 된다면."

마주 잡은 손에 힘을 더했다.

좀비 영화의 대표적 사망 플래그. 없으면 아쉬운 그 대사.

"우리엘 님의 손으로… 절 죽여주세요."

'키햐아! 그래! 이거지! 이 대사가 빠지면 안 되지!'

무의식적으로 어깨가 들썩였다.

유리엘♥ [잘 들어갔어?]

유리엘♥ [언제 다시 발작이 일어날지 모르니까 조심히 있어.]

유리엘♥ [그리고 서울에 살 테니까 집 좀 알아봐 줘.]

나 [돈은요.]

유리엘♥ [이 씨, 어차피 너 돈 많잖아! 여기 있는 마도구라도 몇 개 가져가던지.]

나 [ㅋㅋㅋ 농담입니다.]

유리엘♥ [지금 상황에 농담이 나와?]

유리엘♥ [여하튼 무슨 일 있으면 바로 연락해. 마력으로는 마기 중화 잘 안 되는 거 알지? 성력이 훨씬 더 마기 중화에 좋으니까 꼭꼭 나한테 연락해!]

나 [예.]

"새끼, 좀 귀엽네."

강우는 손에 든 스마트폰을 바라보며 씩 웃었다.

우리엘의 성력으로 인해 마기 중화가 끝난 후, 더 이상의 조사는 중단하고 각자 집으로 돌아갔다.

우리엘이 따라가겠다고 끝까지 바득바득거리는 것을 간신히 설득하고 집에 도착한 강우는 침대에 누웠다.

'아직 타락의 씨앗이 커지고 있다는 메시지창은 안 떠올랐지만.'

지금 우리엘의 상태를 봐서는 어차피 시간문제이리라.

'이대로 열심히 집착을 키워봐야지.'

자신이 우리엘과 더욱 가까워지면 가까워질수록, 그의 집착은 점차 커질 것이 분명했다.

'그리고 그 집착이 광기의 영역에 닿으면.'

우리엘은 타천한다.

"음……."

강우는 팔짱을 낀 채 고민에 잠겼다.

'타천하는 그 순간에는 막을 수 있다고 했던가.'

그렇다면 가능하면 타천을 막는 것이 이득이다. 어차피 퀘스트 성공 조건도 영구적인 타천이 아닌 일시적인 타천이니까.

'꼬맹이에겐 좀 미안하지만.'

우리엘과 만나면서 정이 쌓인 것은 자신도 마찬가지. 버려진 새끼 강아지처럼 졸졸 따라다니는데 정이 쌓이지 않을 수가 없었다.

그리고 손발이 오그라드는 대사긴 하지만 자신을 지켜주겠다며 소리치는 우리엘의 모습에 가슴이 살짝 찡해진 것도 사실이었다.

'좀만 버텨라, 꼬맹아. 이번 일만 끝나면 형이 진짜 잘해줄게.'

어차피 천사와의 협력 관계를 생각해서라도 우리엘의 영구적인 타천을 막을 필요가 있었다.

까똑.

강우는 스마트폰에서 흘러나오는 소리에 생각을 멈췄다.

유리엘♥ [근데 이거 정말 비밀로 숨겨야 하는 거야? 그냥 김시훈이랑 그… 네 애인 있다며. 한설아라고 했던가? 여하튼 전부 다 얘기해 두는 게 좋지 않아?]

"이 꼬맹이가 큰일 날 소리를."

지금 얘기가 알려지면 얼마나 끔찍한 혼란이 일어날지 짐작하기 힘들었다.

강우는 바로 답장을 보내 절대 다른 사람이 알면 안 된다고 말했다.

그 이후에도 우리엘이 몇 번이나 다른 사람에게 알려야 한다고 주장했지만, 그때마다 강우는 가차 없이 거절했다.

나 [만약 다른 사람에게 이 사실을 알리신다면 우리엘 님과 만나는 것도 그만두겠습니다.]

유리엘♥ […….]

결국 강경하게 나서서야 우리엘은 억지로 수긍했다.

강우는 스마트폰을 내려놓으며 침음을 흘렸다.

"이거 계획을 좀 빡빡하게 진행해야겠네."

우리엘의 반응을 보아선 결국 다른 사람에게 말할 것만 같았다. 그렇다면 그전에, 계획을 끝내야 한다는 것.

'시간이 없겠구만.'

점점 마물이 되어가는 친구와, 그를 지키려 발버둥 치는 주인공. 이 두 사람이 주연으로 있는 드라마를 완벽하게 짜둬야 했다.

'중간중간에 애드리브로 넘어간다고 해도 큰 틀은 짜둬야 하니까.'

강우는 침대에서 일어나 책상 앞에 앉았다.

그때였다.

똑똑.

"저… 강우 씨?"

잠옷 차림의 한설아가 들어왔다.

"하, 하시는 일들은 잘되셨나요?"

"아, 응. 잘되고 있어."

한설아의 표정이 밝아졌다.

그녀는 뺨을 밝게 물들이며 강우의 손을 잡았다.

"그러면 오늘 밤은……."

"미안해. 아침에 말했던 것처럼 며칠간은 같이 잘 수 없을 것 같아."

단순히 우리엘을 타천시키는 것만이 아니다. 우리엘을 타천까지 몰아넣고, 그를 다시 원상태로 되돌려 놔야 한다. 한설아와 함께 있지 못하는 것은 아쉬운 일이지만, 지금은 이쪽 일에 집중하는 게 옳다.

"……그, 그런가요."

한설아가 어두운 표정으로 고개를 숙였다.

강우와 함께 잠들기 시작한 지 한 달하고 몇 주 정도. 그 사이 그녀는 꽤나 강우와 같이 자는 것에 맛 들인 것 같았다.

'나도 같이 있고 싶어, 임자.'

강우는 차오르는 유혹을 참으며 고개를 저었다.

"응, 미안해. 아… 기왕 이렇게 된 거 간만에 어머니가 계신 곳으로 가는 건 어때?"

한설아의 어머니, 김미정은 이쪽 생활이 안정된 이후 반쯤 폐인이 된 한설아의 오빠를 간병하고 있었다. 아무리 쓰레기 같은 아들이었다고 해도, 자신의 혈육이었으니 가만히 두지 못한 것.

강우 또한 공포의 권능으로 건 강제적인 명령을 거둬들였지만, 아직 깊숙이 새겨진 트라우마 때문에 한태현은 일상생활이 불가능한 상황이었다.

"그건……."

한설아는 말끝을 흐리며 표정을 굳혔다. 어머니와 달리, 그녀는 아직 오빠를 용서하지 못한 모양.

'뭐, 당연하지.'

여동생을 자신의 길드에 가져다가 바치려고 했던 정신 나간 인간이니 저런 반응이 오히려 당연했다. 혹시 모를 상황에 대비해 한설아의 어머니에게도 가디언즈에서 호위까지 붙여줬으니까.

"미안해. 그렇게 신경 쓰지 마."

"아니에요. 강우 씨 덕분에 이런 사치스러운 고민이라도 해 볼 수 있는 걸요."

한설아는 방긋 미소를 지으며 답했다.

"그럼 저는 가볼게요. 너무 무리하지 마세요, 강우 씨."

"응."

강우는 손을 저으며 방문을 닫았다.

"자, 그럼."

책상에 앉아 우리엘과 나눴던 톡을 다시 한번 쭉 확인했다.

'시작해 볼까.'

그 뒤로 정신없는 나날이 흘러갔다.

강우는 우리엘과의 관계를 더욱 가깝게 만들기 위해 하루 종일 그의 옆에 붙어 함께 활동했다.

물론.

"크윽······! 쿠, 쿨럭!"

"가, 강우!"

중간중간에 한 번씩 피를 토해내며 마기 발작 연기에 조미료를 친 것은 당연지사.

그때마다 눈물을 뿌리며 필사적으로 성력을 강우에게 흘려넣는 우리엘의 모습은 처절하게까지 느껴졌다.

"우리엘 님, 만약 제가 마물이······."

"닥쳐!"

"······."

"넌 내가 지켜. 그러니까 개소리하지 마. 알았어?"

우리엘은 강우에게서 마기를 완전히 몰아내기 위해 백방으로 노력했다.

에르노어 대륙에 있는 산탄젤로에까지 연락해서 알아본 결과, 해결책은 두 가지. 하나는 라키엘을 찾아 없애는 것이고, 다른 하나는 강우가 마기의 기운을 남김없이 태울 정도로 각성하는 것.

"제길, 제길!"

그 사실을 들은 우리엘의 입에서 거친 욕설이 흘러나왔다. 두 가지 모두 실현 가능성이 불가능에 가깝다는 사실을 그도 잘 알고 있었으니, 당연한 반응이었다.

우리엘은 강우의 도움을 받아 강우와 차연주가 사는 아파트에 들어왔다. 처음에는 강우의 집에서 같이 살겠다고 박박 우기는 것을 강우가 필사적으로 말려 3층 아래에 사는 것으로 타협 봤다.

유리엘♥ [야, 지금 뭐 해.]
유리엘♥ [빨리 내려와.]

사이가 가까워지면 가까워질수록, 강우의 마기 발작 횟수가 많아지면 많아질수록 우리엘의 집착은 심해졌다. 계획이 순조롭게 진행되고 있다는 증거.

하지만 그 때문에 강우는 거의 집에 들어오지 못하고 우리엘과 함께 생활하며 하루 종일 마기 발작을 없애는 방법을 찾아야 했다.

'그래도 슬슬 끝나가고 있어.'

강우는 우리엘의 톡을 보고 방문을 열었다.

슬슬 끝나가고 있다는 사실을 알고 있는 것은 시스템 메시지 덕분.

[타락의 씨앗이 성장 중입니다.]
[선행 퀘스트의 완료까지 얼마 남지 않았습니다.]

'드디어.'

강우는 두 주먹을 불끈 쥐었다.

퀘스트를 위해 마기 발작 연기를 한 지 2주. 슬슬 이 지루하기 짝이 없는 드라마의 끝이 보이고 있었다.

달칵.

문을 열고 나가자 거실 소파에 앉아 있는 한설아의 모습이 보였다. 그녀는 2주 사이 몰라볼 정도로 초췌해져 있었다.

강우의 가슴에 쓰라린 통증이 달렸다.

'미안해, 임자.'

그는 지난 2주 동안 그녀와 나눴던 대화를 머릿속에 떠올렸다.

'저… 강우 씨. 오늘 저녁은 뭐 드시고 싶으세요?'

'아, 미안. 나 오늘 우리엘이랑 같이 먹으려고.'

'아… 예.'

'강우 씨… 그, 오늘은 몇 시에……'

'미안, 임자. 오늘도 우리엘 집에서 잘 것 같아.'

'…… 예.'

'오늘도… 오늘도 안 들어오시나요?'

'응, 그렇게 될 것 같아.'

'……'

"하아."

2주 동안 그녀와 나눈 대화를 떠올리자 절로 한숨이 흘러 나왔다.

'이 정도로 임자의 상태가 안 좋아질 줄이야.'

연인이 된 이후, 한설아가 자신과 함께 있는 시간을 몹시 행복해한다는 것은 알고 있던 사실이었다. 강우 자신도 그 시간을 소중하게 생각했으나, 이번에는 도저히 시간이 나지 않아 같이 있을 수가 없었다.

강우는 소파에 앉아 있는 그녀에게 다가갔다.

"……강우 씨?"

"요즘 같이 못 있어줘서 미안해, 임자."

다크서클이 짙게 내려앉은 한설아를 조심스럽게 끌어안자 그녀의 표정이 밝아졌다.

"그러면 오늘은……."

"조금만 더 기다려 줘. 이제 거의 다 끝나가니까."

"아……."

밝아졌던 그녀의 표정이 다시 어두워졌다.

강우는 한설아의 입에 가볍게 입을 맞추며 몸을 돌렸다. 조금 더 같이 있고 싶었지만, 스마트폰이 우리엘의 연락으로 계속 진동하는 것이 느껴졌다.

"그럼 가볼게. 저녁은 먼저 먹어. 오늘 아마 늦게까지 우리엘이랑 있을 테니까."

"……예."

한설아가 어색한 미소를 지으며 고개를 끄덕였다.

강우는 씁쓸한 표정으로 현관문을 열었다.

'오늘 안에 승부를 봐야겠어.'

더 이상 시간을 끌기에는 일단 강우 자신이 견디기 힘들었다.

어차피 피날레를 장식할 에피소드는 생각해 둔 상태. 퀘스트

의 완료가 얼마 남지 않았다는 메시지도 떴으니 망설일 이유가
없었다.

'이건 무조건 먹힐 거야.'

그가 준비한 피날레는 이렇다. 인적이 없는 한적한 야산으
로 간 다음, 우리엘에게 전화한다. 그 후 당장에라도 죽을 것
같은 목소리로 구원을 요청하는 것이다.

'바로 튀어 오겠지.'

우리엘이 도착하면 리리스에게 받은 녹색 촉수를 오른쪽
팔에 붙인 뒤 점점 마물이 되어가는 척을 한다.

'마무리 대사는.'

부탁해. 내가 괴물이 되기 전에⋯ 날, 죽여줘.

'크으! 바로 이거지!'

자신이 생각해도 기가 막히는 대사. 안 그래도 강우를 향한
집착이 나날이 강해지고 있는 우리엘이라면 바로 넘어올 것이
분명했다.

'클라이맥스는⋯ 우리엘의 힘을 받은 내가 티리온의 힘을
각성해서 마기를 몰아내는 걸로 할까.'

위기의 순간에 각성하는 주인공. 전형적이지만 진짜 마물이
될 수 없는 노릇이니 가장 적절한 클라이맥스였다.

'좋아, 이걸로 간다.'

강우는 씩 웃으며 무대의 마지막을 장식할 장소를 찾았다.

탕.

굳게 닫힌 현관문을, 그녀는 가만히 응시했다.

얼굴은 2주 사이 몰라볼 정도로 야위어 있었고, 눈두덩에는 짙은 다크서클이 내려와 있었다.

"아… 맞아."

한설아가 몸을 일으켰다.

"오늘 강우 씨 드실 김치찌개 만들어야지."

저벅, 저벅.

그녀는 비틀거리는 걸음으로 주방으로 향해 냄비를 올리고, 김치와 삼겹살을 꺼냈다.

"요즘 바빠서서 피곤하실 테니까, 많이 만드시면 좋아하실 거야."

낮은 웃음소리가 그녀의 입에서 흘러나왔다.

날카로운 식칼을 들어 김치 포기를 자른다.

탕. 탕. 탕!

장작을 패듯 내려 찍히는 식칼. 도마에 깊은 칼자국이 생기며 붉은 액체가 사방으로 튄다.

하지만 그것도 잠시.

한설아의 눈가가 젖어 들기 시작했다.

"흐윽. 흑."

투명한 눈물이 뺨을 타고 흘렀다.

그때였다.

띵동.

"어……?"

초인종이 울렸다.

쿵쿵쿵. 문을 두드리는 소리가 들렸다.

"가, 강우 씨?"

강우라면 초인종을 누를 리가 없다는 것을 알고 있지만, 그녀의 머릿속에 그런 생각은 더 이상 남아 있지 않았다.

달칵!

문을 열었다.

"아…….."

"뭐야, 강우는 어딨어?"

문을 연 곳에는 청발의 소년, 우리엘이 삐딱한 자세로 서 있었다.

"아… 저."

한설아는 갑작스러운 불청객의 방문에 당황스러운 표정을 지었다.

우리엘이 고개를 두리번거리더니 인상을 팍 구겼다.

"안에 강우 없지?"

"……예."

"이씨, 온다고 해놓고 어디 간 거야."

우리엘이 투덜거리며 몸을 돌렸다.

"자, 잠시만요!"

한설아가 다급히 그를 불렀다.

"……뭐야?"

우리엘이 날카로운 눈으로 그녀를 쏘아보았다.

그도 한설아에 대해선 강우를 통해 자주 들었다. 물론 칭찬
일색의 자랑이었지만, 정작 우리엘은 한설아에 대해 좋게 생각
할 수가 없었다.

'지금 강우가 어떤 상황인지도 모르는 주제에.'

묘한 우월감과 함께 그녀에 대한 부정적인 감정이 끓어올랐다.

"요즘… 강우 씨가 많이 피, 피곤해하시는 것 같은데 무슨
일 있나요?"

우리엘은 칫, 혀를 찼다.

"네가 상관할 바 아니야."

"저는 강우 씨의 애……."

"알아, 둘이 사귀고 있는 거."

"……."

"흥, 사귀고 있으면 뭐 해. 정작 강우에 대해 잘 알지도 못하
면서."

우리엘이 콧방귀를 뀌며 고개를 획 돌렸다.

한설아의 눈썹이 올라갔다.

"그게… 무슨 소리죠?"

낮게 깔린 목소리. 희미하게 전해지는 분노에 우리엘은 가
소롭다는 듯 헛웃음을 흘렸다.

"알아서 뭐 하게? 달라지는 게 있을 것 같아?"

"무슨 소리냐고 물었어요."

"나 말고 강우에게 물어봐. 왜, 대답 안 해줘?"

우리엘의 말이 정곡을 찔렀다. 그의 말대로, 강우에게 물어봐도 어색한 미소를 지으며 괜찮다고 말할 뿐이었다.

"흥, 그럴 줄 알았지."

"……말해주세요. 최근 강우 씨와 우리엘 씨가 같이 있는 이유가 뭔가요?"

"큿."

우리엘은 이글거리는 눈빛으로 한설아를 노려보았다.

강우가 그토록 힘들어하고 있는데, 괴로움에 몸부림치고 있는데, 애인이라는 여자는 아무것도 하지 않는 것이 괘씸하게 느껴졌다.

물론 그녀가 하지 않는 것이 아니라 못하는 거라는 건 잘 알고 있다. 괜한 걱정을 끼칠 거라며 강우가 절대 그녀에게 알리지 말라고 했으니까.

하지만.

'아무것도 못 할 거면 가만히라도 있던가.'

짜증이 확 밀려왔다. 뭐라고 한 마디 해주지 않고서는 도저히 속에 끓어오르는 화가 가라앉지 않을 것 같았다.

"이유를 알고 싶어?"

"예, 알고 싶어요."

"간단한 이유야."

우리엘은 손가락을 들어 그녀를 가리켰다.

"너는 강우를 지킬 수 없고."

그다음 자신을.

"나는 강우를 지킬 수 있어."

"……예?"

의미를 알 수 없는 말에 한설아의 눈빛이 떨렸다.

확실하게 알 수 있는 것은, 지금 강우가 누군가의 보호를 받아야 하는 상황이라는 사실.

"제, 제가 지키지 못한다니 그게 무슨……."

"말 그대로의 의미야. 넌 강우에게 아무것도 해줄 수 없다고. 보호해 줄 수도, 행복하게 해줄 수도 없어."

"아, 아니에요!"

한설아가 버럭 소리쳤다. 그녀의 눈에 스산한 살기가 맺혔다.

"잘 아시지도 못하면서 무슨 소릴 하시는 건가요?"

고작해야, 고작해야 몇 개월 만난 사이에 불과했다.

아니, 굳이 시간이 중요한 것이 아니다. 자신은 강우의 연인이다. 서로 몸과 마음을 나눈 사이다. 그런데 자신에게 그를 보호할 수 없다니, 행복하게 할 수 없다니.

"하아, 하아."

거친 숨이 흘러나왔다.

가장 미칠 것 같은 사실은 그녀 또한 진실을 알고 있다는 것이다. 실제로 자신에게는 그를 보호해 줄 수 있는 힘이, 행복하게 해줄 수 있는 힘이 없다는 진실을.

"흥, 강우랑 만난 시간은 너보다 더 짧을지 몰라도 말이야."

우리엘은 거친 숨을 몰아 내쉬는 그녀에게, 씹어뱉듯 말했다.

"네가 강우에게 아무 도움도 줄 수 없는 인간이라는 사실은 잘 알고 있어."

쩌적.

그녀의 마음속의 무언가에, 급격히 균열이 생기기 시작했다.

한설아의 표정이 창백하게 질렸다.

"아……."

우리엘은 아차, 싶은 표정으로 그녀를 바라보았다. 욱한 심정에 말이 너무 심했다는 후회가 머릿속을 스쳤다.

'아이 씨.'

그라고 해서 강우의 연인과 척을 지고 싶은 생각은 없었다.

하지만 소중한 친구가, 이제는 친구 이상의 존재가 된 강우가 괴로워하는 모습을 보다 보니 순간적으로 이성을 잃어버렸다.

"미안해 이런 말까지 할 생각은 없었……."

뚜르르.

사과하려던 우리엘의 주머니 속에서 벨 소리가 흘러나왔다.

우리엘은 다급히 주머니 속에서 스마트폰을 꺼냈다. 그의 스마트폰 번호를 알고 있는 사람은 어차피 한 명밖에 없었다.

"어디서 뭘 하고 있어?"

우리엘은 따지듯 물었다.

하지만 이어지는 강우의 목소리에, 두 눈을 부릅떴다. 당장에라도 죽을 것처럼 뚝뚝 끊어지는 목소리.

"제길!"

우리엘은 다급히 몸을 돌려 밖으로 뛰쳐나갔다.

창틀을 박차고 밖으로 뛰어내린 우리엘은 여덟 장의 날개를
활짝 펼쳤다.

소년의 몸이 빠른 속도로 사라졌다.

그 모습을 가만히 지켜보고 있던 한설아는 멍하니 허공을
응시했다.

"하, 하하."

어딘가 일그러진 듯한 웃음소리가 그녀의 입가에서 흘러나
왔다.

"부탁해. 내가 괴물이 되기 전에… 날, 죽여줘."

"헛소리하지 마아아아아!!"

끔찍한 촉수가 돋아난 오른팔을 움켜쥔 채, 자신을 죽여달
라고 말하는 친구. 그를 보며 눈물을 흘리는 주인공.

지난 2주간 우리엘과 찍어온 감동과 눈물의 드라마는 강우
가 원하는 대로 극적인 최종장에 들어갔다.

그런데.

'뭐야.'

강우가 입에서 피를 토해내며 발작을 일으켜도.

'왜 퀘스트가 완료가 안 되는 거야.'

촉수로 뒤덮인 오른팔을 끌어안고 마기를 뿜어내도.

'이 새끼 왜 타락 안 해.'

클라이맥스에서 황금빛 기운을 각성해 촉수를 몰아내는 연출까지 했음에도.

"흐윽. 다행이다. 정말… 다행이야."

우리엘은 타천하지 않았다.

그는 여전히 여덟 장의 새하얀 날개를 가진 채, 강우의 몸을 끌어안고 펑펑 눈물을 흘리고 있었다.

강우는 딱딱하게 굳은 표정으로 우리엘을 내려다보았다.

'실패했다고?'

실패 자체는 낯설지 않았다. 자신이 무슨 전지전능한 신도 아니고 모든 일에 성공할 수는 없다.

알고 있다. 이해하고 있다. 하지만…….

'설마 이번 게 실패할 거라고는 진짜 생각 못 했는데.'

솔직히 말해서, 좀 당황스러웠다.

최근 들어, 아니, 지구에 온 이후 전체를 통틀어 이 정도로 철저하게 준비한 계획이 실패한 적은 처음이었다.

'뭐지?'

이해할 수 없었다.

'어디서 잘못한 거지?'

우리엘의 집착의 대상이 자신이라는 것은 명백했다. 그 증거로 지금 자신을 끌어안은 채 펑펑 눈물을 흘리고 있지 않은가.

타락의 씨앗의 성장이 멈춘 것도 아니었다. 메시지창으로 퀘스트 완료가 얼마 남지 않았다는 확답까지 받은 상황 아닌가.

'그렇다면 대체 어디서.'

무엇을 놓쳤단 말인가.

머릿속이 복잡했다. 허탈한 감각과 함께 지난 2주의 시간을 날렸다는 사실에 짜증이 확 치밀어 올랐다.

"왜, 왜 그래? 설마 아직 마기가⋯⋯."

우리엘이 그를 올려다보며 걱정스러운 표정으로 물었다.

강우는 고개를 저었다.

"아뇨. 일단 몸 안에 마기는 더 이상 느껴지지 않습니다."

일단, 계획을 중단했다. 이 정도까지 몰아붙여도 우리엘을 타천시킬 수 없다면 애초에 이 방법 자체가 틀렸다는 의미. 더 이상 마기 발작 코스프레를 고집할 이유가 없었다.

"정말이지?"

"예. 그 증거로⋯⋯."

강우는 품속에서 작은 과자 하나를 꺼내어 입에 넣었다.

그의 입가에 환한 미소가 지어졌다.

"미각도 원래대로 돌아왔습니다."

"아⋯⋯!"

우리엘의 얼굴에 환한 미소가 지어졌다.

강우는 그런 그를 내려다보며, 가늘게 눈을 떴다.

'아직 완전히 실패한 건 아니야.'

희망을 맛봤을 때, 다시 절망의 구렁텅이로 떨어지는 것만큼 끔찍한 일은 없다. 어차피 타락의 씨앗이 완전히 사라지지 않은 이상 몇 번이고 기회는 있었다.

'이거 자존심 좀 상하네.'

마음 잡고 준비한다면 마기 발작보다 훨씬 더 충격적이고 절망적인 경험을 우리엘에게 안겨줄 수 있었다.

'이 꼬맹이가 걱정이긴 하지만.'

과연 우리엘의 정신이 버틸지 알 수 없었다.

'그러게 이번에 굴복했어야지.'

다시금 짜증이 밀려왔다. 그냥 억지로 마기를 밀어 넣어 타락시킬까, 하는 생각이 들었다.

'가능만 했다면 벌써 했을 텐데.'

인간과 달리 천사는 마기를 강제적으로 흘려 넣는다고 해서 타락하지 않는다. 오로지 집착을 광기의 영역에 닿게 해야지만 완벽하게 타천시킬 수 있었다.

"다행이다. 정말… 다행이야."

우리엘이 눈물을 뚝뚝 흘리며 활짝 웃었다.

강한 죄책감과 함께 피로가 몰려왔다. 꼬맹이 하나를 죽기 살기로 괴롭히려는 어른이 된 듯한 기분. 현자 타임이라고 불리는 허탈감이 전신에 퍼졌다.

'하아, 시바 내가 지금 뭐 하는 짓이냐.'

강우는 고개를 절레절레 저었다. 일단 나중 일은 나중에 생각하고 지금은 아무 생각 없이 쉬고 싶었다.

"돌아가죠."

"응! 우리 집으로 갈 거지?"

"하하. 아뇨. 오늘은 너무 피곤해서 집에서 좀 쉬고 싶네요."

"아……."

우리엘의 표정이 일순 어두워졌지만, 이내 고개를 끄덕였다.

"그래. 나도 천계 쪽에 이번 일을 보고하려고. 슬슬 정기 회의를 통해 에르노어 쪽 얘기도 들어야 하고."

"우리엘 님의 부하들도 곧 지구에 오지 않습니까?"

"응! 다 좋은 애들이야. 이번에 오면 한번 소개해 줄게."

우리엘은 강우가 마기 발작에서 벗어났다는 사실에 전보다 집착 증상이 많이 완화되어 있었다.

"하하, 감사합니다."

강우는 우리엘과 헤어졌다.

우리엘은 강우가 마련해 준 집이 아닌, 아프리카 쪽에 있는 요새로 향했다.

"하아."

실패할 줄 예상하지 못했던 터라, 집으로 돌아가는 발걸음이 무거웠다.

'그래도 성장이 멈췄다는 메시지가 없는 거 보면 아직 기회는 있어.'

일단 다음 계획은 느긋이 쉬다가 짜야겠다고 생각하며 현관문을 열었다.

'오늘은 간만에 임자랑 같이 자야지.'

그 생각만으로 입가가 풀어지고 기분이 들떴다.

이 시간을 얼마나 고대했던가!

"응?"

집 안이 어둡다.

원래라면 에키드나나 할키온이 쪼르르 달려와야 하는데 어디 갔는지 보이지 않았다.

기억을 되짚던 강우는 아, 하고 고개를 끄덕였다.

'할키온이랑 에키드나는 요즘 발록이랑 특훈한다고 그랜드 캐니언으로 갔다고 했지.'

그렇다면 한설아 혼자 있다는 의미.

"임자~?"

조용히 그녀를 불러보지만 돌아오는 대답은 없었다.

'자나?'

강우는 굳게 닫힌 한설아의 방문을 바라보며, 고개를 갸웃거렸다.

'음. 무리해서 깨우는 건 좀 그러니까.'

아쉽지만 오늘은 혼자 자야 할 것 같다는 생각이 들었다.

'어차피 한동안 푹 쉴 생각이니까.'

설아와 함께 데이트도 하고 둘이서 느긋이 여유를 만끽하고 싶었다. 어딘가로 여행을 가보는 것도 좋으리라.

"오늘은 그냥 잘까."

강우는 아쉬움을 뒤로하고 방 안에 들어갔다. 지난 2주 동안 우리엘 때문에 한숨도 제대로 자지 못했으니, 자연스럽게 눈꺼풀이 무거워졌다.

'내일은 설아랑……'

이런저런 생각을 머릿속에 그리며 강우는 깊은 잠에 빠져들었다.

· 6장 ·
간다!

새벽.

"끄응."

강우는 창문 틈으로 흘러들어 오는 희미한 빛을 느끼며 천천히 눈을 떴다.

고작 4시간밖에 잠들지 못했지만, 이 정도로 피로를 회복하는 건 충분했다.

"임자는 아직 자려⋯⋯."

철컥.

"엉?"

몸이 움직이지 않는다.

고개를 돌리니 새하얀 쇠사슬이 자신의 몸을 휘감고 있는 것이 보였다.

정체를 알 수 없는 거대한 힘이 담긴 사슬은, 강우의 힘으로도 풀어지지 않았다.

'어라?'

뭐야 이건 또.

"뭐야, 이건……?"

강우는 이해할 수 없다는 표정으로 고개를 두리번거렸다.

팔다리에 힘을 줘 움직였다.

철컥, 철컥.

그를 구속한 쇠사슬이 잘박거리며 소리를 흘렸다.

'힘이… 안 들어가.'

강우의 표정이 딱딱하게 굳었다.

쇠사슬에 묶인 이후 마기가 원하는 대로 움직이지 않는다. 이제는 자신이 가지게 된 '봉쇄의 권능'에라도 당한 것 같은 감각.

"제길… 대체 뭐야."

눈살을 찌푸렸다.

예전 봉쇄의 권능에 당했을 때처럼 스스로 팔을 자르고 탈출할 수도 없었다. 정체를 알 수 없는 새하얀 쇠사슬은 말 그대로 온몸을 결박하고 있었으니까.

강우의 눈이 가늘어졌다.

사실, 방법이 없는 것은 아니다.

'개문을 사용하면…….'

만마전의 문을 열어 마기를 폭주시키면 이런 구속 따위 순식간에 박살 낼 수 있었다.

'침착해.'

강우는 깊게 숨을 들이쉬었다.

개문은 함부로 사용할 수 있는 기술이 아니다. 적어도 어떤 상황인지 파악은 하고 사용해야 했다.

철컥, 철컥!

"크읏. 제길… 뭔데 이렇게 두꺼워?"

아주 조금씩 움직이는 마기로, 칼날의 권능을 사용했다.

검은 칼날이 쇠사슬에 닿았다.

[천신(天神)의 신성(神聖)으로 만들어진 '마(魔)'를 구속하는 광휘'입니다. 물리력으로 파괴 불가합니다.]

"……뭐?"

눈앞에 떠오른 메시지창에, 강우는 두 눈을 부릅떴다.

물리력으로 파괴할 수 없다는 문장에 놀란 것이 아니다.

'천신의 신성으로 만들어졌다고?'

이건 또 무슨 개소리란 말인가.

생각이 이어지기 전에, 방문 앞에 기척이 느껴졌다.

끼이익.

"아, 강우 씨. 일어나셨군요."

"……설아야?"

어딘가 멍한 듯, 초점이 흐려진 한설아의 눈.

그녀는 비틀거리는 걸음으로 강우에게 다가와 침대에 걸터

앉더니, 사랑스럽다는 듯 그의 뺨을 조심스럽게 쓰다듬었다.

"이게 무……."

무언가를 말하려 하는 강우의 목을 당기며, 한설아의 입술이 포개졌다.

마치 굶주린 짐승이 먹잇감을 탐하듯, 한설아의 혀가 그의 입안 전체를 휘저었다.

'할렐루야.'

시바 뭐야 이거. 꿈인가? 몽정인가 뭔가 그건가? 허허허. 나이를 만 살을 처먹고 몽정이라니.

이때까지 그녀와 자주 키스를 나눴지만, 이 정도로 격렬하게 한 것은 처음이었다. 리리스랑도 이 정도는 아니었다.

"하아."

한설아는 몽롱하게 풀린 표정으로 숨을 토해내더니 방긋 미소를 지으며 천천히 고개를 기울였다.

"쪽."

그러더니 목덜미에서부터, 귀까지. 새가 모이를 쪼듯 가볍게 입을 맞췄다.

강우의 두 눈이 커지고 입이 쩍 벌어졌다.

'시바, 뭐야 이거.'

존나 좋잖아?

'아니, 아니지. 존나 좋은 게 아니라.'

자연스럽게 이어진 의식의 흐름을 억지로 끊어냈다.

좋은 것은 사실이지만, 지금 상황 자체는 전혀 좋지 않았다.

"……설아야. 이게 뭐 하는 짓이야."

낮은 목소리로 말했다.

지금 한설아의 모습은 명백히 이상했다. 그가 평소 알고 있는 상냥하고, 착하며, 숫기 없는 여인이 아니다.

'리리스랑 느낌이 달라.'

리리스는 남자를 유혹하는 방법을 정확히 알고(촉수 때문에 아무 의미 없지만) 그를 적절하게 계산해서 사용한다고 치면. 지금 한설아의 모습은 유혹이 아닌 대상의 발끝까지 자신의 것으로 만들겠다는 광기와 집착이 느껴졌다.

'잠깐.'

광기와 집착?

강우의 표정이 딱딱하게 굳었다.

"강우 씨……."

한설아가 떨리는 목소리로 입을 열었다.

"글쎄요, 그 건방진 꼬맹이 천사가 말이에요. 제가 강우 씨에 대해 아무것도 모르고 있다는 거 있죠? 어이없지 않나요?"

그녀의 손이 강우의 뺨을 덮었다.

"만약 리리스 씨가 그런 말을 했다면 이해하겠어요. 하지만 그것도 아니잖아요? 저보다 몇 배는 더 늦게 강우 씨를 만난 주제에, 함께 사는 것도 아니고 서로 사랑하는 사이도 아닌 주제에!"

서서히 광기를 띠기 시작하는 목소리. 강우를 응시하는 눈빛이 격렬하게 떨린다.

"그런데… 저보고 강우 씨에 대해 아무것도 모른다뇨. 후, 후후. 그것만이 아니에요. 저보고 강우 씨를 지킬 능력이 없다고… 행복하게 할 수 없다고 하지 뭐예요?"

까드득.

이가 갈리는 소리가 선명하게 울렸다.

쿠르르릉.

거대한 기운이 그녀의 몸에서 흘러나왔다. 강우조차 감당할 수 없는, 아득한 힘의 파동.

'이런 시바.'

강우의 표정이 창백하게 질렸다.

"강우 씨도… 말이 되지 않는다고 생각하시죠?"

"……."

"제가 강우 씨를 행복하게 해드리지 못한다니, 말이 안 되잖아요?"

그녀는 희미한 미소를 지으며 새하얀 쇠사슬에 결박된 강우의 머리를 끌어안았다. 강우의 머리에 푹신한 두 덩어리가 닿는다.

"자……."

유혹하듯 속삭인다.

"하고 싶은 대로 해도 좋아요, 강우 씨."

독처럼 퍼지는 유혹.

한설아는 꺄르르 웃었다.

"앞으로는 제가 강우 씨를 지켜 드릴게요."

입술을 핥으며 열기에 찬 숨을 내뱉었다.

"강우 씨는 앞으로 아무것도 하실 필요 없어요. 세계를 지켜야 한다는 중압감에 시달릴 필요 없어요."

"저… 그, 임자? 뭔가 오해가 있었던 것 같은데."

"가만히 누워 계세요."

"안 그래도 몸이 묶여서 못 일어나."

"후홋. 앞으로 계속 그렇게 있으시면 돼요. 제가 다… 모두 다 해드릴게요."

약에 취한 듯, 몽롱한 눈빛.

그녀의 등 뒤에 새하얀 빛을 뿌리는 열두 장의 날개가 나타났다. 고장 난 전등처럼, 검게 점멸하는 그녀의 날개.

강우의 얼굴이 파랗게 질렸다.

이제야, 모든 의문이 풀렸다.

'시바……'

× 됐다.

'타락의 씨앗이 심어진 건 우리엘이 아니었어.'

착각하고 있었다. 오해하고 있었다. 어쩐지, 철저하게 준비한 이번 계획이 실패했을 때부터 뭔가 이상하다고 생각했었다.

'셀아였어.'

강우는 어처구니없다는 듯 입을 쩍 벌렸다.

그녀를 아예 의심하지 않은 것은 아니다. 분명 처음 마기와 세라핌의 기운이 얽히면서 무슨 악영향이 없는지 확인했다.

'거기서 실수한 거야.'

'기운이 얽히는 것' 자체는 영향이 없는 게 사실이었다. 하지만 문제는 그를 통해 한설아의 몸 안에 자리 잡은 '세라핌'이 기운이 덩달아 커진 것. 즉, 한설아의 육체가 인간이 아닌 천사에 가깝게 변하고 있다는 것을 알아차리지 못했다는 것이다.

'그리고 천사의 육체는.'

악마와 마찬가지로, 영생의 시간을 견디기 위해 본질적인 결함이 발생한다.

'설아가 집착하는 대상은.'

생각할 것도 없다.

"후후. 강우 씨이~"

한설아가 그를 끌어안은 팔에 힘을 주고는 온몸을 밀착하며, 입술에 가볍게 입을 맞췄다.

'씨바아아아아아!'

강우는 마음속으로 절규했다.

머릿속이 이제까지 없을 정도로 복잡하다.

단순히 한설아가 타천하고 있다는 사실이 문제가 아니었다. 그의 머리를 더욱 복잡하게 만드는 근본적인 원인은.

'좋아해야 하는지 싫어해야 하는지 모르겠잖아!'

솔직히, 좋다. 만 년 동안 리리스를 제외하면 고자에 가까운 상태로 살았는데 당연히 이런 미친 판타지적인 상황에 쌍수를 들어 올리지 않을 수가 없었다.

'괜찮아? 이대로 전체 연령가 때려치워도 괜찮은 거야?'

응응행행 달나라로 가버려?

온갖 생각이 머릿속에 범람하고 본능적인 욕구와 이성적인 판단이 서로 대치했다.

서로의 논쟁이 귓가에 들리는 듯했다.

[자, 가는 거야! 만 년 참았으면 괜찮잖아!]

[침착해. 우선 깊게 숨을 들이쉬고, 바지부터 벗는 거야.]

'아니, ×발.'

뭐지, 둘 다 똑같은데.

"어때요… 강우 씨도 좋으시죠?"

"아, 예. 물론."

덜덜덜덜. 고개를 끄덕였다.

"그러면……."

다시 한번 한설아의 입술이 겹쳤다.

[선행 퀘스트가 완료되었습니다.]

[마해의 세 번째 열쇠, '나락'을 획득하였습니다.]

눈앞에 푸른 메시지창이 떠올랐다.

그와 함께 오른손 중지에 낀 반지에서 세 번째 빛이 떠올랐다.

"아……."

한설아의 눈이 반지를 향했다.

그녀의 표정이 일그러졌다.

"이 반지는 뭔가요?"

"엉?"

"혹시 그 건방진 꼬맹이가 준 건 아니겠죠? 그렇죠?"

신경질적으로 입술을 깨문다.

"빨리 대답해 주세요."

"이건 내가 만든 무기야. 여러 형태로 변할 수 있어."

직접 마해의 열쇠를 조종하자.

"아, 그, 그랬군요. 죄송해요… 강우 씨."

한설아가 뺨을 붉히며 고개를 푹 숙인다.

그녀는 방긋 미소를 지으며 고개를 끄덕였다.

"그래, 강우 씨가 다른 사람이 준 반지를 끼고 계실 리 없죠. 예. 절대… 절대로 안 될 일이에요."

"……."

"아, 그러고 보니 저희도 커, 커플링 같은 거 하나 맞출까요? 아니, 맞춰요. 제가 조금 있다가 바로 사 올게요."

대답할 틈도 없이 한설아가 말을 이었다.

강우의 표정이 조금씩 굳어갔다.

[타천(陀天)이 시작되었습니다. 지금 막지 못하면 영구적으로 타천하게 됩니다.]

눈앞의 경고창에 강우의 눈에 갈등이 서렸다.

이제, 선택의 시간이다.

'지금처럼 적극적이고, 광적인 모습의 설아와.'

상냥한 미소가 아름다운, 처음 만났을 때의 설아 사이에서.

"……하."

헛웃음이 흘러나왔다.

고민할 가치도 없는 일이다. 지금 보여주는 한설아의 모습 또한 마음에 든다. 무심코 환호성을 지를 뻔했을 정도.

'하지만.'

그가 만 년 만에 처음 만났던, 상냥하고 포근한 미소가 어울리는 여인은 '인간'인 한설아였다.

'타천을 막는다.'

결심은 섰다. 문제는 그 방법을 알 수 없다는 것.

강우는 찔끔찔끔 움직이는 마기를 간신히 사용해 리리스에게 구조 신호를 보냈다.

[리리스!]

[마왕님? 무슨 일이세요?]

강우는 다급히 지금 상황을 설명했다.

[하……. 설아 씨가요?]

[어서 여기 와서 도와줘.]

침묵이 흘렀다.

리리스의 목소리가 머릿속에 울려 퍼졌다.

[마왕님. 아마 제가 가도 도와 드리는 건 힘들 거예요. 마왕님을 구속할 정도의 힘이 있는데, 제가 가봤자 손짓 한 번에 나가떨어질걸요?]

[아……. 제길, 그러면.]

[개문을 사용하시는 것도 안 돼요.]

[그럼 어떻게 벗어나라고?]

[잘 들으세요, 마왕님. 천사의 집착이 광기의 영역에 닿아야 타천한다고 말씀하셨죠?]

[맞아.]

[그럼…….]

리리스의 말이 이어졌다.

[우선 그 집착을 완화시켜 주는 것부터 시작해야 해요.]

[무슨 수로 집착을 완화시킨다는 거야?]

[간단하죠.]

망설임 없이, 그녀가 말했다.

[설아 씨와 하는 거예요.]

[그래 그렇게 하면…….]

뭐? 뭘 한다고?

[에이, 아시면서 왜 그래요.]

뭘 아는데요.

[집착의 대상이 완전히 자신의 것이라는 생각이 들면, 자연스럽게 집착이 완화되겠죠.]

그래서 뭘 하라고?

[어서! 시간이 없어요, 마왕님!]

어? 어어?

[빨리 시작하세요!]

강우는 벙찐 표정으로 입을 쩍 벌렸다.

망가진 라디오처럼, 무언가를 계속 중얼거리는 한설아의 모습이 보였다.

'시작하라고?'

정말? 정말 그래도 되는 거야?

"후우."

깊게 숨을 들이쉬며 각오를 다진다.

'그래, 간다.'

사나이 오강우. 약 1만 살.

'간다! 시바! 그래!! 나라고 못 할쏘냐! 이미 사전 지식은 충분하다!!'

한설아 몰래 구한 1테라바이트 외장 하드가 무엇을 위함이라고 생각하는가.

'간다, 간다, 간다!!'

달나라로!

'일단, 침착해. 흥분하면 안 돼.'

덜덜덜 떨리는 가슴을 부여잡으며, 깊게 심호흡했다.

역사적인 순간. 만 년이라는 아득한 시간 만에 찾아온 기회였다.

물론, 이런 방식 말고 좀 더 로맨틱한 분위기에서 기회를 만끽하기를 기대했지만, 막상 기회가 눈앞에 닥치자 그딴 개똥 같은 생각은 깨끗하게 머릿속에서 지워진 지 오래였다.

뜨거운 열기가 전신에 퍼졌다.

'설아야.'

광기에 찬 눈으로 자신을 응시하는 한설아를 바라보았다.

이대로 가만히 있으면 그녀에게 알아서 잡아먹힐(?) 것 같았지만 그래서는 안 됐다.

'어디까지나 목적은 설아의 타천을 막는 거다.'

이것을 기회로 한설아와 달나라로 가겠다는 음흉한 생각은 조금도 생각하고 있지 않았다.

'그래, 이건 인공호흡이야.'

타천하는 한설아를 막기 위한, 의료 행위. 그녀를 구하기 위해서 어쩔 수 없는 선택이다. 환자를 구하는 의사의 마음으로, 신에게 기도하는 신도의 마음으로 경건하게 이번 일을 행할 것이다.

"강우 씨, 무슨 좋은 일 있으신가요?"

"어? 아, 음."

자기도 모르게 입가가 올라간 모양. 강우는 크흠, 헛기침을 흘리며 시선을 피했다.

머릿속이 빠른 속도로 돌아갔다.

'여기서 바로 본격적인 행동으로 나서서는 안 돼.'

모든 일에도 단계가 있지 않은가. 냅다 행동부터 옮긴다고 될 일이 아니다.

'우선은 달콤한 말로 설아의 욕심을 채운다.'

그녀의 육체가 천사에 가까워졌다는 것을 알고, 그 집착의 대상이 자신이라는 것을 안 이상. 한설아가 지닌 욕망이 무엇인지 해석하는 것은 어렵지 않았다.

'우리엘 때처럼······.'

아니, 오히려 우리엘 때보다 더 쉽다.

우리엘의 '정'에 대한 집착은 결국 타천을 할 정도로까지 발전하지는 않았으니까.

강우는 천천히 입을 열었다.

"……설아야."

"예, 강우 씨."

"최근에 같이 있지 못해서 외로웠지?"

따듯한 목소리로 입을 열었다.

한설아는 고개를 끄덕이며 강우의 머리를 끌어안았다.

"네… 정말 너무 외로웠어요. 하지만 이제 걱정하지 마세요. 앞으로 다시는, 그럴 일은 없을 테니까요."

짙은 미소를 지으며, 검게 점멸하고 있는 열두 장의 날개로 강우를 덮었다.

"앞으로는 계속… 영원히 함께예요."

녹아내리듯 달콤한 목소리로 속삭인다.

강우는 덤덤한 표정으로 고개를 끄덕였다.

"응, 앞으로는 계속 같이 있자."

"아, 아아!"

한설아의 몸이 떨렸다.

"강우 씨도 그걸 바라고 계셨군요!"

부르르. 환희에 찬 그녀가 외쳤다. 강우는 쇠사슬에 묶인 양팔을 들어 올리며 말했다.

"미안한데 이것 좀 풀어줄 수 있어?"

"그, 그건……."

"설아 널 만지고 싶어서 그래."

"지금 바로 풀어드릴게요."

철컥. 양팔을 구속하고 있는 쇠사슬이 풀린다.

강우는 설아의 등을 쓰다듬으며 살며시 팔에 힘을 줬다.

"헤헤헤."

한설아의 입가에 미소가 피어난다. 아주 조금이지만, 날개가 검게 점멸하는 속도가 늦춰진 것이 보였다.

'좋았어.'

일단 효과가 있다는 것은 증명됐다. 그렇다면.

배시시 웃고 있는 한설아를 끌어안아 입을 맞췄다. 그녀가 한 것처럼 격렬하진 않았지만, 서로의 감정은 충분히 전달되고도 남을 만큼 깊은 키스.

한설아가 날개를 퍼덕이며 즐거워하는 것이 보였다.

"설아야."

"예, 예, 강우 씨."

"우리엘에게 무슨 말을 들은 거야?"

우리엘의 이름이 나오자 한설아의 표정이 거칠게 일그러졌다. 그녀는 살기 어린 목소리로 말했다.

"제게… 강우 씨를 보호할 수 있는 힘이 없다고… 행복하게 해드릴 수 없다고 그랬어요."

입술을 짓씹는다.

"어이없지 않나요? 자기가 무슨 강우 씨의 애인처럼 말하더라고요. 강우 씨의 애인은 저, 전데 말이죠. 강우 씨도 그렇게 생각하시죠?"

광기를 띤 눈빛이 강우를 향했다.

강우는 막힘없이 답했다.

"응. 그 꼬맹이 자식이 나랑 설아 사이에 대해 잘 알지도 못하면서 헛소리를 했네."

우리엘이 무슨 의미로 그런 말을 했는지는 이해할 수 있었다. 하지만, 그렇다고 여기서 우리엘의 변호를 해줄 수는 없는 노릇. 무조건적으로 한설아의 편을 들어주는 것이 옳다.

"마, 맞아요!! 저랑 강우 씨에 대해 아무것도 모르는 꼬맹이가 그렇게 말하더라고요!"

한설아의 표정이 확 밝아졌다.

그녀는 과할 정도로 격하게 고개를 끄덕였다.

'좋아.'

일단 첫 단추는 잘 끼웠다.

'이제는.'

헛바닥에 기름칠을 할 때였다.

"난 일단 왜 설아가 날 보호해 주지 못하는 게 행복하게 만들어주지 못한다는 건지 이해할 수가 없는데?"

"그건… 강우 씨가 그만큼 위험하셔서……."

"아니지."

단호하게 고개를 저었다.

여기서 '사실 난 전혀 위험하지 않아, 우리엘이 잘못 알고 있는 거야'라고 말하는 것은 의미 없다. 그녀가 진정으로 원하는 대답은 그것이 아닐 테니까.

"내가 위험한 거랑, 설아가 날 행복하게 만들어주지 못한다는 건 아무 연관이 없어."

지옥에서 마왕으로 군림했을 때, 광기에 찬 존재는 질리도록 다뤄봤다.

"내가 안전하지 않다는 건 사실이야. 언제 죽을지도 모르는 상황이라는 것도 사실이지."

"그, 그렇다면……."

"하지만."

그들을 다루는 방법은 간단하다.

"난 아무리 내가 위태로운 삶을 살고 있다고 해도, 행복하지 않다고 생각한 적은 단 한 번도 없어."

보고 싶은 것을 보여주면 된다. 듣고 싶은 말을 들려주면 된다.

"설아야."

그녀의 뺨을 쓰다듬는다.

손발이 찌그러질 듯한 오글거림을 견뎌내며, 말을 잇는다.

"난 너와 같이 있는 것만으로 행복해."

"아……."

"네가 날 지켜줄 필요는 없어. 그냥… 그냥 곁에 있어주기만 하면 돼."

"거, 거짓말!! 강우 씨는 저 말고 그 꼬맹이 천사랑 더 같이 있고 싶어 하셨잖아요!"

한설아가 신경질적으로 중얼거렸다.

"매일 저녁 늦게까지… 새벽까지 강우 씨를 기다려도 돌아오지 않았는걸요. 하루도 빼놓지 않고 계속 기다렸는데. 한 번도 오지 않아놓고……! 저, 저랑 같이 있는 것만으로 행복하다고 말씀하셨으면서!"

쿠르릉!

천둥이 치는 것 같은 굉음이 터져 나오고, 아파트 전체가 무너지는 게 아닐까 싶을 정도로 격렬하게 흔들렸다. 아니, 서울이라는 도시 자체가 힘의 영향으로 흔들리는 것이 느껴졌다.

강우의 표정이 창백하게 질렸다.

'시바. 대체 얼마나 힘이 강한 거야.'

도시 하나를 뒤흔들 힘이라니. 세라핌의 힘에 절로 탄성이 흘러나왔다.

한설아가 강우의 어깨에 손을 올리며 말을 이었다.

"앞으로 강우 씨는 저만 봐야 해요. 저만 사랑하고, 저랑만 얘기하고, 저만 만져야 해요. 아시겠죠?"

"설아야."

"걱정하지 마세요."

광기에 찬 눈빛이 강우를 향한다.

한설아는 강우의 몸을 침대에 쓰러뜨리고는, 그 위에 걸터앉으며 말했다.

"강우 씨가 원하는 건 제가 뭐든 해드릴게요. 강우 씨는 아무것도 하지 않고 여기 계시기만 해도 괜찮아요. 그러면……."

한설아가 천천히 강우의 뺨을 쓰다듬었다.

"매일 강우 씨가 좋아하시는 김치찌개를 해서 직접 먹여 드릴게요. 옷도 제가 갈아입혀 드릴게요. 화장실도 가실 필요 없어요. 아, 심심하시지 않게 TV도 이쪽으로 옮겨 드릴게요. 침대용 테이블을 사면 컴퓨터도 사용하실 수 있을 거예요. 그리고, 그리고, 그리고."

몸을 숙여 강우의 귓가에 입을 가져다 댄 그녀가, 달콤한 목소리로 속삭였다.

"애인 사이에 하는 기분 좋은 일도… 원하시면 언제든지, 얼마든지 잔뜩 해드릴게요. 후훗. 저 이래 보여도 강우 씨 몰래 열심히 연습했답니다? 강우 씨는 가만히 누워계셔도 잘할 수 있어요."

강우는 굳게 입을 다물었다.

무수한 번뇌가 머릿속에 끓어올랐다.

'이거 그냥 타천한 채로 둬도 괜찮지 않을까? 응? 마신이랑 타락한 천신. 뭔가 잉꼬부부 같은 느낌도 나고 그러지 않아?'

검은 날개건 하얀 날개건, 그 본질이 한설아면 괜찮지 않을까? 응? 그렇지?

강우는 미쳐 날뛰는 욕망을 필사적으로 제어하며, 깊게 가라앉은 눈빛으로 한설아의 등 뒤를 바라보았다. 날개가 검게 점멸하는 속도가 다시 빨라져 있었다.

'침착해, 침착해.'

한설아의 상태가 생각 이상으로 심각하다는 건 알았다.

'그렇다면.'

이쪽에서도 더욱 큰 떡밥을 던지면 될 뿐이다.

"미안해, 설아야. 네가 이 정도로 힘들어하고 있을 줄은 몰랐어."

"흐윽, 흑……."

"인정할게. 너랑 같이 있는 것보다… 우리엘에게 더 신경 썼던 건 사실이야."

"이익."

설아의 표정이 거칠게 일그러졌다.

강우는 억지로 몸을 일으키며, 발버둥 치는 그녀를 끌어안았다.

"하지만, 내가 왜 그랬는지는 설아 너도 알고 있잖아."

"저, 저보다 그 꼬맹이랑 같이 있는 게 더 좋아……."

"정말, 그렇게 생각해?"

깊게 가라앉은 목소리로 물었다.

그럴 리 없다는 것을, 그녀 자신 또한 잘 알고 있을 것이다. 강우를 속박해 자신의 것으로 만들고 싶다는 집착에 외면하고 있을 뿐이다.

"내가 정말 너보다 우리엘이 좋아서 널 혼자 놔뒀다고 생각해?"

"그게 아니라면……."

"만약 그렇게 생각한다면."

단호한 태도로 말을 끊었다. 여기서 한 번, 강하게 나가야 할 타이밍이었다.

"좀 많이… 실망스러울 것 같은데."

"아, 아니에요! 그렇게 생각하지 않았어요!"

한설아가 창백하게 질린 얼굴로 고개를 저었다.

눈부신 태세 전환이었지만, 뭐 어쩌랴. 강우는 방긋 웃으며 말을 이었다.

"그래도 그런 말도 안 되는 생각을 했을 만큼 설아 네가 불안에 떤 건 내 책임이라고 생각해. 조금 더… 네게 신뢰를 줘야 했어."

"아니에요. 이게 다 그 꼬, 꼬맹이가 잘못한 거예요. 강우 씨는 아무 잘못 없……."

"아냐. 내가 잘못한 거야. 나를 믿을 수 있도록, 미리 말해뒀어야 했어."

"예? 무슨 말… 말씀이신가요?"

강우는 품속에 손을 집어넣었다.

오른손 중지에 낀 마해의 반지에서 검은 어둠이 살짝 떨어져 나오고 눈 깜짝할 사이에, 새하얀 반지가 만들어졌다.

반지에는 한설아의 이름이 검은 글씨로 아름답게 새겨져 있었다.

"사실 한 달 정도 전부터 이걸 준비했었는데… 말할 타이밍을 놓쳐서 건네주지 못했어."

"……예?"

새하얀 반지를 꺼내, 한설아의 앞에 내밀었다.

"설아야."

지금 상황을 반전시킬 수 있는, 비장의 카드.

"결혼하자."

쿠구구구구궁!

정신 나간 힘의 격류가, 사방을 뒤흔들었다.

한설아는 이래도 되나 싶을 정도로 붉어진 얼굴로 말을 더 듬었다.

"아, 예? 겨? 결혼? 예?"

당황하는 그녀의 모습.

강우는 통했다는 생각에 씨익 미소를 지었다.

'하지만 이걸로는 부족하지.'

결국 말로만 하는 것에는 한계가 있다. 결혼하자는 말만으로 그녀의 타천(陀天)을 막을 수 있을 리가 없다.

'이제부터, 말이 아닌……!'

육체의 대화를 시작해야 할 때. 불신과 광기로 찌든 그녀의 마음을 육체의 온기로 녹여내야 할 타이밍이었다.

'간다, 간다, 간다!! 이제 진짜 간다!!'

이 순간을 얼마나 고대했던가. 이 시간을 얼마나 갈망했던가. 드디어, 드디어. 만 년 만에, 아니, 태어나서 처음으로.

'리리스랑은! 리리스랑은 다르다!!'

고름을 줄줄 흩뿌리는 촉수 괴물에게 습격당한 것을 경험으로 치기에는, 너무 마음이 아프지 않은가.

'촉수도 없어! 눈도 두 개야!'

고름도 없어! 신기해!

강우는 흘러나오는 눈물을 참으며, 그녀를 향해 천천히 손을 뻗었다.

그때였다.

"흐윽, 흑……."

한설아가 눈물을 터뜨림과 동시에.

[타천(陀天)의 기운이 약해지고 있습니다.]

[곧, 타천(陀天)이 취소됩니다.]

'어?'

뭔 소리야?

"강우 씨……!"

아직 안 했는데?

"예, 예……! 저, 저도 좋아요!"

아니, 잠깐만. 시바 이건 아니지. 왜 그러는 거야. 설아야. 아직 우리에겐 육체의 대화가 필요하잖아. 말로 해결될 정도로 간단한 문제가 아니잖아.

'아, 안 돼.'

강우는 절박하게 손을 뻗었다. 무언가, 무언가 잘못되어가고 있었다.

'벌써 성공하면 안 돼……!'

말밖에 안 나눴는데! 이제 응응항항 달나라에 갈 시간인데!!

'실패해! 다시 실패하란 말이다!'

아직 성공해서는 안 된다아아아!!

[타락의 씨앗이 사라지고 있습니다.]

'씨바아아아아아아알!!! 안 돼에에에에에에!'

"저희……."
한설아의 뺨을 타고, 투명한 눈물 한줄기가 떨어졌다.
"결혼, 해요."
"아……."
짧은 탄성이 흘러나왔다.
등 뒤에 돋아난 열두 장의 날개가 새하얗게 빛나는 것을 바라보며. 강우는 울었다.
"흐윽… 흐어엉."

[타천(陀天)을 막는 데 성공했습니다.]

'아니야… 이게 아니야… 이런 걸 바란 게 아니라고.'
서로 부둥켜안은 강우와 설아는 그렇게 계속해서 눈물을 흘렸다.
달이 지고 태양이 떠오를 때까지.

7장

균열 안으로

"카흑… 하악!"

"가이아 님!!"

새하얀 빛으로 차올라 있는 공간에 만들어진, 거대한 성.

성의 중심, 제단에 누워 있는 여인의 얼굴이 고통에 일그러진다.

땀에 젖은 기다란 갈색 머리칼이 제단 아래로 흘러내리고 그녀의 몸에서 흘러나오는 은은한 빛이 크게 흔들렸다.

"지금 당장 소집령을 내려라! 신성이… 신성이 필요하다!"

사자의 갈기와 같은 적색 머리칼을 가진 사내, 우라노스가 다급히 소리쳤다.

그의 호령에 주변에 빙 둘러 서 있는 시녀들이 고개를 조아렸다.

"죄, 죄송합니다. 올림푸스, 발할라, 다카마노하라… 모든 소속 신들의 신성이 한계에 도달했습니다. 더 이상 신성을 빌리게 되면 그들 또한……."

"제길! 그러면 가이아 님이 소멸하는 것을 보고 있으란 말인가! 가이아 님이 사라지는 순간 이 세계는 끝이다!"

우라노스는 성난 표정으로 일갈했다.

주신이 없는 세계. 그것은 지구에 주어진 섭리(攝理)의 일부, 가이아 시스템을 다룰 존재가 없어진다는 의미다. 그렇게 되면 모든 외계(外界)의 침입이 허용되며, 신들을 속박하고 있는 제약이 모조리 사라진다. 그 뒤에 있는 것은 종말뿐. 가이아와 맞먹는 최상(最上)급 신격을 가진 존재가 대신 시스템을 다루지 않은 이상, 세계는 멸망을 피할 수 없다.

"쿨럭! 쿨럭! 흥분, 하지 마라… 나의, 아이야"

그때, 제단 위에 누워 있던 가이아가 천천히 몸을 일으켰다.

우라노스의 눈이 커졌다.

"가, 가이아시여!"

그는 한쪽 무릎을 꿇은 채 고개를 숙였다.

가이아가 힘겨운 표정으로 가슴을 움켜쥐었다.

"나의 화신(化身)에게… 연락, 하거라."

그녀는 무겁게 가라앉은 목소리로 말을 이었다.

"나의 아이들에게… 전해줄 말이 있다."

"끄응."

창문 사이로 비치는 햇살을 느끼며, 강우는 몸을 일으켰다.

'오늘따라 더 많이 생겼네.'

강우는 자신의 몸에 생겨난 붉은 자국을 바라보며 고개를 갸웃거렸다.

한설아의 타천(墮天)을 막은 지 3일. 그 후로 아직 불안정한 한설아의 정신을 케어하기 위해 온종일 그녀와 붙어 있었다.

물론 잠도 같이 잤다.

처음에는 자신의 마기가 그녀에게 어떤 영향을 줄지 모르는 상황이었기 때문에 잠을 자는 것을 피할까 생각했었다.

하지만 그 말을 꺼내자마자 한설아의 표정이 급격히 우울해지는 것을 보자마자 바로 생각을 고쳤다. 있을지 없을지 모를 위기를 피하기 위해 지금 당장 눈앞의 위기에 뛰어들 수는 없었다.

"오늘도 마기 제어력이 빵빵하게 올랐구만."

강우의 입가에 미소가 지어졌다.

한설아와 함께 자는 것은 여러 의미로 포기하기 힘들 정도로 얻을 수 있는 이득이 많았다.

'체력이 빠지는 건 감수해야 하지만.'

그래도 이 정도 대가로 마기 제어력이 올릴 수 있는 게 어디인가.

"임자~"

"아, 강우 씨 일어나셨나요?"

방문을 열고 나가자 한설아가 환한 미소를 지으며 다가왔다.

도도도 빠른 걸음으로 달려오던 그녀는 무언가 생각났는지 발걸음을 멈추고는, 우울한 표정으로 고개를 숙였다.

"그… 저, 전에는 정말 죄송해요. 아직도 제가 왜 그랬는지 모르겠어요……."

"하하. 벌써 몇 번을 말하는 거야. 괜찮다니까."

"그래도요……."

한설아는 얼굴을 붉혔다.

강우의 몸을 쇠사슬로 구속하다니, 지금 생각해도 무슨 생각으로 그런 짓을 했는지 이해할 수 없었다.

'아무리 강우 씨랑 같이 있고 싶었다고 해도 그렇지.'

너무 과했다는 후회가 밀려왔다.

강우가 이해해 줘서 그렇지 만약 그 일로 인해 자신을 꺼리게 됐다면 평생을 두고 후회했을 것이다.

'그래도 덕분에…….'

한설아는 왼손 약지에 낀 새하얀 반지를 쓰다듬었다.

"헤헤헤."

이미 수백 번이 넘도록 만지고 쓰다듬고 핥았지만, 볼 때마다 입가에 미소가 지어지는 것은 어쩔 수 없었다.

'아이는 셋이 좋을 것 같아요.'

강우와 처음 만났을 때, 그가 자신의 손을 잡으며 했던 말을 떠올린다.

한설아는 의욕에 불타는 눈빛으로 주먹을 불끈 쥐었다.

"강우 씨, 저 힘낼게요."

"응? 뭘?"

"열심히 연습하고 있으니까요!"

"……?"

강우가 고개를 갸웃거렸다.

한설아는 그의 입에 가볍게 입을 맞춘 후, 콧노래를 흥얼거리며 몸을 돌렸다.

"아 참, 설아야 그… 힘을 다루는 건 좀 어때? 막 세라핌의 의식이나 의지가 느껴지지는 않았어?"

강우는 걱정스러운 표정으로 물었다.

"아뇨. 아무 문제 없었어요."

그녀는 그렇게 말하며 가볍게 손을 들어 올렸다.

우웅. 무시무시한 힘이 퍼지며 열두 장의 날개가 그녀의 등 뒤에 나타났다.

타천했을 때에 비하면 많이 약한 힘이지만, 어지간한 대공은 그냥 힘으로 찍어누를 수도 있을 것 같은 막대한 힘이 설아에게서 흘러나왔다.

"이게… 세라핌 님의 힘이죠?"

"응."

"아직도 믿기지 않아요. 제 안에 세라핌 님의 영혼이 들어 있다니……."

"좋아할 일은 아니야. 언제 의식이 세라핌에게 넘어갈지 모르니까. 되도록 힘을 사용하면 안 돼."

강우가 걱정스럽게 말하자, 한설아는 천천히 고개를 저었다.

"아뇨. 전 이 힘을 다루고 싶어요."

굳은 의지가 담긴 목소리.

"언제나 강우 씨에게 보호받기만 했잖아요. 더 이상… 그러고 싶지 않아요."

방긋, 한설아의 입가에 환한 미소가 지어졌다.

"이제는 제가 강우 씨를 지켜 드릴 거예요."

강우는 침음을 삼키며 굳게 입을 다물었다.

사실 한설아가 세라핌의 힘을 다룰 수 있게 되면서 얻는 이득은 가늠할 수 없을 정도였다.

'가이아와 동급의 신이 전력에 추가되는 거니까.'

아직 그 힘을 온전히 다루기 위해서는 갈 길이 멀어 보였지만, 지금만 하더라도 발록과 김시훈에 뒤지지 않는 엄청난 전력이었다.

'게다가 우리에겐 없는 지원형 스타일이야.'

발록, 김시훈처럼 전면에 나서서 싸우는 건 그다지 강하지 않았지만, 한설아의 힘은 뒤에서 지원했을 때 그 힘을 발휘했다. 회복 능력 상승과 마력, 내공 등 힘의 소모율 감소, 사고를 가속시켜 주는 버프와 정신을 단단하게 만들어주는 버프. 그 밖에 근력, 체력, 민첩. 안 올려주는 스탯이 없었다.

'시훈이도 깜짝 놀랐지.'

한설아의 힘을 테스트하기 위해 노 버프 상태의 김시훈과 버프를 받은 상태의 김시훈을 발록과 대련시킨 적이 있었다.

결과는 충격적일 정도.

버프가 없는 상황에서는 아슬아슬한 차이로 발록에게 패배한 김시훈이 버프를 받자마자 5분도 걸리지 않고 발록을 압도했다.

김시훈과 발록의 경지를 생각한다면, 버프의 유무로 인해 이 정도 차이가 있다는 것 자체가 말이 되지 않았다.

'위험하다는 걸 알아도 포기하기 아까울 정도야.'

만약 한설아가 아닌 다른 존재가 이런 능력을 가지고 있었다면 무슨 수를 써서라도 권속으로 만들었을 것이다. 그 정도로 그녀가 지닌 가치는 엄청났다.

그리고.

'이게 힘을 각성한 지 고작 3일 차란 말이지.'

앞으로는 더욱 버프의 효과가 뛰어나질 가능성이 큰 상황.

그도 그럴 것이.

"강우 씨와 같이 잠을 잘 때마다 뭔가 점점 이 힘을 다루는 데 익숙해지는 기분이에요."

한설아는 신기하다는 듯 자신의 손에서 흘러나오는 새하얀 빛을 이리저리 조종했다.

강우는 고개를 끄덕이며 말했다.

그건 그도 궁금한 점이었다.

"그치? 분명 같이 잠만 자는 건데 왜 그럴까."

순간, 기묘할 정도로 갑작스러운 침묵이 내려앉았다.

멈칫하던 한설아의 입가에 어색한 미소가 지어졌다.

"호, 호호. 그러게요. 분명 잠만 같이 자는 건데 왜 그런 걸까요?"

"……임자?"

"자자, 강우 씨. 빨리 오세요. 식사 준비 끝났어요."

"아, 응."

한설아는 강우의 팔을 잡아끌었다.

식탁으로 가니 김이 모락모락 피어오르는 김치찌개와 수저 세 세트가 놓여 있었다.

"응? 에키드나랑 할키온 오늘 돌아오기로 했어?"

그래도 짝이 맞지 않는다.

"아뇨. 리리스 씨가 조금 있다가 오기로 했어요."

띵동.

말하기가 무섭게, 벨이 울렸다.

"네~ 지금 나가요~"

한설아가 현관을 열자 리리스가 걸어 들어왔다. 강우와의 계약대로, 쿠로사키 유리에의 모습의 리리스.

'그렇지!'

강우는 주먹을 불끈 쥐었다. 저 모습이라면, 오히려 이쪽에서 환영하는 바였다.

"안녕하세요, 설아 씨. 어젯밤을 잘 주무셨나요?"

"아, 네. 아주 행복했어요."

"호호호. 너무 그렇게 마왕님을 독점하시면 안 돼요. 가끔은 저도……."

"물론이죠. 아, 대신 전에 말씀해 주신 기술을 제게……."

"어머 어머, 벌써요?"

강우가 모르는 사이, 두 여인 사이에서 모종의 거래가 이루어졌다.

강우는 크게 신경 쓰지 않고 리리스에게 물었다.

"밥 먹으러 온 거야?"

"아, 참. 그럴 생각이었는데요. 조금 급한 일이 생겼어요."

"무슨 일?"

"가면서 설명해 드릴게요. 지금 바로 가셔야 할 것 같아요."

리리스는 거실 안에 수호의 전당으로 통하는 게이트를 활성화시키며 말했다.

"가이아 씨의 상태가 이상해요."

단조로울 정도로 가구가 적은 방. 새하얀 침대 위에 갈색 머리칼의 여인이 누워 있었다.

한눈에 봐도 상태가 좋지 않을 정도로 야윈 여인의 이마에는 식은땀이 가득했고, 거친 숨을 토해내고 있었다.

"하아, 하아, 하아."

"가이아 씨……."

침대 옆, 김시훈은 가늘게 떨리는 가이아의 손을 붙잡은 채

기도하듯 고개를 숙였다.

가이아의 상태가 갑작스럽게 나빠지기 시작한 지 30여 분. 일분일초가 지나갈 때마다 가슴이 타들어 갈 듯한 초조함이 느껴졌다.

그는 고개를 들어 자신의 반대편에 있는 중년 여인을 바라보았다. 그레이스 맥커빈. 표면적인 가디언즈의 수장이자, 김시훈이 그 역할을 넘겨받기 전까지 가이아의 보호자로 있던 여인이었다.

"그레이스 씨, 어떻게 하면……."

"저희가 할 수 있는 건 없어요. 이랬던 적이… 한 번이 아니니까요."

"……전에도 이런 일이 있었습니까?"

"예."

그녀는 땀에 젖은 가이아의 머리칼을 쓸어주며, 나지막이 말했다.

"예언의 악마에 대한 계시를 받았을 때와… 정확히 똑같아요."

예언의 악마. 그 단어를 들은 김시훈의 표정이 거칠게 일그러지고, 날카로운 살기가 뿜어져 나왔다.

쾅!

"시훈아!"

"……형님."

문이 열리며, 강우가 방 안으로 들어왔다.

"야! 무슨 일 생긴 거야!"

"연락을 받고 바로 왔네만, 무슨 일인가?"

곧이어 차연주와 천무진이 다급한 표정으로 도착했다.

그리고.

"……얘기 듣고 왔어. 가이아 님의 화신이 상태가 이상하다며?"

우리엘 또한 방 안으로 들어왔다.

가디언즈의 최정예와 대천사가 한자리에 모이자 팽팽한 긴장이 흘렀다.

"하아, 하아."

"가이아 씨, 괜찮으십니까?"

강우가 그녀에게 다가가며 물었다.

가이아가 힘겹게 고개를 끄덕이며 몸을 일으켰다.

휘청.

그녀의 옆으로 쓰러졌다.

"가이아 씨!"

김시훈이 다급히 그녀를 부축했다.

"……고마워요. 김시훈 수호자님."

가이아가 희미한 미소를 지으며 다시 몸을 일으켰다.

"새로운 계시가… 내려왔습니다."

무거운 침묵이 내려앉았다.

강우는 긴장에 찬 표정으로 그녀의 말에 귀를 기울였다.

'대체 무슨 내용이기에'

이토록 가이아의 표정이 어둡단 말인가.

"정확한 시기는 알 수 없지만……."

가이아는 눈을 질끈 감으며, 입술을 짓씹었다.

긴장감이 한층 팽팽해졌다.

"세라핌 님의 영혼이… 어둠의 손에… 넘어갔다고 합니다."

콰앙!!

그녀의 말이 끝나자마자, 강우가 거칠게 주먹을 내려찍었다.

그는 이글거리는 눈빛으로 가이아를 바라보며 망설임 없이 말했다.

"라키엘이 한 짓입니까?"

천신 세라핌을 타락시킬 수 있는 존재. 아무리 생각해도, 그 일이 가능한 존재는 라키엘 외에는 없었다.

"그건… 저도 잘 모르겠습니다."

가이아가 힘겹게 고개를 저었다.

"하지만, 어떤 식으로든 예언의 악마가 연관되어 있는 것만큼은 확실합니다."

"그렇다면 더 생각할 것도 없겠군요."

강우는 딱딱하게 굳은 표정으로 말을 이었다.

"세라핌 님을 타락시킨 범인은, 라키엘입니다."

생각할 것도 없다. 그는 예언의 악마의 충실한 부하였고, 타락의 성좌라고 불리는 존재였으니까.

"자, 잠깐만. 그게 무슨 소리야?"

우리엘은 혼란스러운 표정으로 고개를 두리번거렸다.

악의 성좌를 봉인하고 있는, 세라핌의 기운이 점점 약해지고 있다는 것은 익히 알고 있는 사실이었다. 그 힘을 되돌리기 위해서는 몇 년 전 흔적도 없이 사라져 버린 세라핌의 영혼을 찾아야 한다는 것도. 실제로 세라핌의 영혼을 찾아 다른 천사들이 백방으로 에르노어 대륙을 뒤지고 있었다.

그런데.

'세라핌 님의 영혼이… 예언의 악마 손에 넘어갔다고?'

우리엘의 표정이 창백하게 질렸다.

그 말이 사실이라면, 보통 일이 아니었다.

"제길, 제기랄! 이건 말도 안 돼… 세라핌 님이 예언의 악마 손에 넘어갈 리가 없다고!"

거친 목소리로 소리쳤다.

파지직!

푸른 뇌전이 튀어 올랐다.

"진정하세요, 우리엘 님."

"아⋯⋯."

강우가 그의 어깨를 잡는다.

우리엘은 방금 자신의 모습이 부끄럽다는 듯 얼굴을 붉히며 고개를 푹 숙이더니, 이내 작은 목소리로 답했다.

"⋯⋯미안."

"아뇨. 지금 저도 혼란스러운 건 마찬가지니까요."

강우 또한 이해할 수 없다는 표정으로 머리를 쓸어 올렸다.

가만히 얘기를 듣고 있던 가이아가 입을 열었다.

"제가 가이아 님의 계시를 잘 전달해 드리지 못했네요. 세라핌 님의 영혼이 타락한 것은 아닙니다."

"······뭐라고?"

우리엘의 두 눈이 커졌다.

"그럼 타락하지 않았는데도 예언의 악마 편에 섰다는 말이야?"

"······예, 일단 가이아 님은 그렇게 말씀하셨습니다."

"개소리!"

쾅!

거칠게 발을 구른다.

"그분은 악의 성좌를 봉인하기 위해 소멸까지 각오하신 분이야! 그런데 멀쩡한 정신으로 세계를 파멸시키려는 악마에게 가담한다고? 그게 말이 되는 소리라고 생각하는 거야?"

이글거리는 눈빛으로 가이아를 쏘아본다.

김시훈이 가이아의 앞을 막아섰다.

"진정하세요, 우리엘 님. 가이아 씨는 신에게 내려온 계시를 전달해 드린 것밖에 없습니다. 그 이유에 대해서 가이아 씨에게 따진다고 해서 어떻게 알 수 있겠습니까?"

"웃······."

"괜찮아요, 시훈 씨."

가이아가 깊은 한숨을 내쉬며 말을 이었다.

"저도 자세한 사정에 대해선 듣지 못했어요. 아마 가이아 님도 모르실 가능성이 크고요."

"······."

"중요한 것은, 이로 인해 가이아 님이 결단을 내리셨다는 거예요."

"……결단이요?"

강우는 눈살을 찌푸리며 물었다.

'그 무능한 신이 뭔 결단?'

괜한 불안감이 엄습해 오는 것은 당연지사.

'제발 아무것도 하지 마.'

그냥 좀 가만히 있어.

안 그래도 라키엘에 대한 문제로 머리가 뻐근해지는데 또 무슨 짓을 하려 한다는 말인가.

"예, 가이아 님께서는… 망가진 가이아 시스템을 복구하셔야 한다고 말씀하셨어요."

뭐?

"자, 잠깐만요."

강우는 손을 들어 올렸다.

"애초에 회복시킬 방법이 있었던 겁니까?"

머릿속에 열불이 튀어 올랐다.

'아니, 시바. 이게 뭔 개소리야.'

가이아 시스템을 회복시킬 방법이 있었다니. 대체 자신이 해왔던 눈물의 똥꼬 쇼는 무엇을 위함이란 말인가.

'야, 이 미친년아.'

악마교의 태동. 구천지옥의 난입. 에르노어 대륙과의 연결. 그 밖에 무수한 외계(外界)의 간섭까지.

애초에 이 모든 일이 일어난 근본적인 원흉은 예언의 악마에 의해 망가진 가이아 시스템을 복구할 방법이 없었기 때문에 벌어진 일이다.

'그런데 지금 와서.'

가이아 시스템을 회복시킬 방법이 있다고?

'이런 씨발! 방법이 있었으면 그 방법부터 알려줬어야 할 거 아냐!'

차오르는 분노에 머릿속이 터질 것만 같았다.

물론 자신은 예언의 악마가 아니지만, 만약 예언의 악마라고 한다면 이 세계를 깔끔하게 멸망시켜 버리고 싶다는 생각이 들 정도.

"예, 하지만 영구적인 방법은 아닙니다."

"아……."

강우의 입에서 안타까움에 찬 탄성이 흘러나왔다.

'하지만 그래도 먼저 알려줬어야지.'

지금 상황이 영구적이고 일시적이고를 따질 상황인가. 집이 불에 활활 타고 있는데 오줌이라도 싸서 불을 끌 시도라도 해야 하지 않은가.

"아니, 대체 왜 그 방법을 알고 있으면서 이제까지 안 알려준 거야?"

'그래, 연주야. 말 한번 잘했다.'

차연주 또한 어처구니가 없는지 오만상을 찌푸리며 물었다.

김시훈이나 천무진, 그레이스의 표정 또한 마찬가지. 입으로 내뱉지는 않았지만 그들의 표정 또한 이해할 수 없다는 듯 일그러져 있었다.

가이아가 깊은 한숨을 내쉬었다.

"저도 그 부분에 대해서는 가이아 님에게 물어봤습니다. 이제까지 가이아 님께선 지구의 수호를 복구할 방법이 없다고 말씀하셨거든요."

"뭐라고 합니까?"

가이아가 굳게 입을 다물었다.

그녀는 가녀린 주먹을 움켜쥐며, 천천히 입을 열었다.

"모든 설명을 듣고 나서는… 왜 그런 말씀을 이제까지 하시지 않았는지 저도 이해했습니다."

"그러니까, 그 방법이 대체 뭔데?"

"예언의 악마가 지구의 수호를 뚫고 넘어왔을 때."

가이아의 말이 이어졌다.

"지구의 수호에 큰 균열이 생겼다고 합니다. 일종의 상처… 같은 거죠. 그 균열 안으로 들어가 그 균열을 이루는 핵을 파괴하면, 일시적이지만 균열이 닫힌다고 말씀하셨습니다."

"……말만 들어서는 왜 이제까지 그 말을 안 해줬는지 알 수 없는데."

차연주가 가늘게 눈을 뜨며 물었다.

균열 안으로 들어가 핵을 파괴한다느니, 위험천만한 느낌이 나는 것은 사실이나 지구의 수호가 그 균열로 인해 계속 망가져 가고 있는데도 이야기하지 않았다는 것은 이해하기 힘들었다.

"뭐, 설마 그 균열의 핵을 파괴한 사람은 돌아올 수 없다거나 그런 겁니까? 그것 때문에 말하지 않은 거고?"

강우가 가늘게 눈을 뜨며 물었다.

만약 그 이유 때문에 이제까지 말을 하지 않았던 거라면.

'가이아 년 머리통부터 터뜨려야겠는데?'

가장 위협적인 적은 외부가 아닌 내부에 있다고 하지 않은가. 정말로 '희생'을 강요하는 것을 피하기 위해 아무런 방법이 없다는 식으로 숨기고 있었다면, 진지하게 가이아를 처리하는 것을 고민해야 했다.

'적당히 무능해야지.'

이건 진짜 도움이 되고 안 되고를 떠나서 민폐 그 자체다.

"아뇨, 그런 이유 때문은 아니에요. 균열의 핵을 파괴하면 균열이 닫히기까지 어느 정도 시간이 남아, 빠져나올 수 있다고 합니다. 물론… 그전까지 빠져나오지 못하면 영영 차원의 틈에 갇히게 되지만요."

고개를 젓는 가이아.

강우의 입에서 안도의 한숨이 흘러나왔다.

'일단 그 정도로 멍청하지는 않다는 건가.'

그렇다면 왜.

'왜 알려주지 않았던 거야?'

의문에 찬 시선이 가이아를 향했다.

가이아는 무거운 목소리로 입을 열었다.

"이 균열은 일반적인 상황에서는 나타나지 않는다고 합니다. 지구의 수호가 필사적으로 균열을 봉쇄하고 있기 때문에 게이트처럼 들어가는 게 불가능하죠."

"그렇다면."

"예, 이 균열로 들어가기 위해서는⋯⋯."

가이아의 목소리가 떨렸다.

"지구의 수호 자체를 일시적으로 정지시켜야 한다고 합니다."

무거운 침묵이 내려앉았다.

강우는 이마에 손을 올렸다.

"이런 씨발⋯⋯."

다행인 점은, 가이아가 걱정했던 것처럼 무능하지 않았다는 것 정도.

'이거 진짜 × 될 수도 있잖아.'

간단하게 비유하면 환자를 구하기 위해 수술을 하려고 하는데, 그 환자의 심장을 정지시켜야만 수술을 할 수 있다는 것이다.

'미친.'

실패하면 그걸로 끝. 설사 성공한다고 해도 시간에 맞추지 못하면 온갖 외계(外界)의 존재들이 지구에 범람할 것이다.

가이아 시스템을 정지시키자마자 바로 균열 안으로 튀어 들어가서 균열의 핵을 파괴하고, 최대한 빠르게 돌아와 다시 가이아 시스템을 가동시켜야 한다. 심지어 그런 미친 리스크를 짊어짐에도 '영구적인 복구'는 불가능하다.

"⋯⋯왜 이제까지 말은 안 하셨는지는 잘 알겠네요."

제정신이 박혀 있다면 할 수 있는 선택이 아니다. 위험하고 아니고를 떠나서, 리스크가 도저히 감당할 수 없는 수준으로 크다.

"예, 하지만… 세라핌 님까지 예언의 악마 손에 넘어간 이상, 지금 그를 저지하기 위해서는 가이아 시스템을 복구하는 방법 외에는 없다고 말씀하셨어요."

강우는 가늘게 눈을 떴다.

선택권은, 자신에게 있다.

'사실 지금이 가이아가 경계하는 상황은 아니야.'

세라핌이 타락하지 않았음에도 불구하고 어둠에 가담하는 이유. 그 진실에 대해 알고 있는 것은 여기서 자신밖에 없다. 그건 가이아가 걱정할 만한 상황이 아니다.

'하지만.'

결국, 늦고 빠르고의 문제였다. 가이아 시스템이 계속해서 힘을 잃어가고 있는 이상, 가이아가 걱정하는 종말(終末)은 필연적으로 다가온다.

원래 계획은 강우 자신이 힘을 쌓고, 가디언즈를 키워 모든 외계의 간섭에서 지구를 지키는 거였지만.

'이번 작전이 성공한다면.'

그 종말이 도래할 시간을 뒤로 늦추는 것이 가능했다.

강우는 지그시 눈을 감았다. 어떤 선택을 해야 하는가.

사고(思考)의 추가 쉽게 움직이지 않았다.

"그 지구의 수호라는 걸 정지시키는 게 그렇게 큰일이야? 그냥 잠깐 정지시켰다가 다시 가동시키면 안 돼?"

차연주가 고개를 갸웃거리며 물었다. 그녀는 지금 지구가 어떤 상황인지, 가이아 시스템이라는 것이 정확히 무엇인지 잘 알지 못한다.

"지구의 수호란 건……."

"제가 설명해 드릴게요."

설명하려는 김시훈의 말을 자르며, 가이아가 입을 열었다.

그녀의 입에서 지금 지구의 상황과 지구의 수호가 사라졌을 때 닥칠 외계의 간섭에 대한 설명이 이어졌다.

"뭐, 뭐라고?"

설명이 이어질수록 차연주의 표정이 급격히 굳어갔다.

"잠깐, 그 말대로면 이거 그냥 미친 짓 아냐? 만약 그 지구의 수호인가 뭐 시간가를 정지시켰을 때 빠르게 균열을 닫지 못하면……."

"최악의 경우, 지구 전체에 외계의 무리가 들끓을 수도 있어요."

차연주는 굳게 입을 다물었다.

지구 전체에 외계의 무리가 범람하는 것. 그녀는 그때 펼쳐질 지옥을 이미 경험한 적 있었다.

"격변의 날 때와 같은 일이… 다시 일어날 수 있다는 말이지?"

"……예."

가이아가 고개를 끄덕이자, 다시 한번 무거운 침묵이 내려앉았다.

"사실 가장 큰 문제는 따로 있어요."

"……뭔데."

"가이아 님조차 그 균열의 위치를 모르신다는 거예요."

"뭐, 뭐라고? 그러면 아무것도 할 수가 없잖아!"

심장을 정지시키고 아니고의 문제가 아니었다. 애초에 상처가 난 곳을 모르는데, 무슨 수로 수술을 하라는 말인가.

"가이아 님께서는… 3일 정도가 한계라고 말씀하셨어요. 그 안에 균열의 위치를 찾고, 균열의 핵을 파괴하고 나오지 않으면 격변의 날 때와 같은 대혼란이 일어날 거예요."

"3일 안에 무슨 수로 찾아!"

지구 어디에 있는지도 모를 균열을 3일 안에 찾으라니. 말이 되지 않는 소리였다.

"……가이아 씨. 저도 차연주 씨와 같은 의견입니다. 이번 작전은 너무 무모해요."

김시훈 또한 고개를 저었다.

가이아는 씁쓸한 미소를 지으며 고개를 끄덕였다.

"예, 저도 그렇게 생각해요. 가이아 님에게는 제가 어떻게든 얘기 드려볼게요. 오늘 얘기는 잊으시고 돌아……."

"잠시만요."

강우가 가이아의 말을 끊었다.

"만약 그 균열의 위치를 알 수 있다면… 성공 확률은 훨씬 높아지는 거죠?"

"아, 예. 물론이죠."

강우의 주먹이 불끈 쥐어졌다.

어느 쪽으로도 기울지 않았던 사고의 추가, 단숨에 기울어졌다.

'예언의 악마가 지구로 들어오면서 생긴 균열.'

자신은. 그곳이 어딘지 알고 있다.

"하죠, 이번 작전."

계속해서 망가져 가는 가이아 시스템을 복구할 방법이, 손에 쥐어졌다.

"뭐? 이걸 하자고?"

차연주가 어처구니없다는 듯 그를 바라보았다.

미친 짓에도 정도가 있었다. 지구 어디서 나타날지도 알 수 없는 균열을 3일 안에 찾아서 닫아야 한다니. 아무리 가디언즈가 세계의 여러 국가를 통제할 권력이 있다지만 성공 가능성이 너무 희박했다. 사막에서 바늘 찾는 격인데 단순히 동원할 수 있는 사람이 많다고 찾을 수 있을 리가.

"내 생각이 맞는다면, 균열의 장소를 어느 정도 특정할 수 있어."

강우는 침착한 목소리로 말했다.

물론, 어느 정도 특정할 수 있는 정도가 아니라 그냥 균열의 위치 자체를 알고 있다.

'처음 설아를 만난 E급 게이트.'

고블린들이 주로 서식하는 그 게이트야말로 균열이 생겨난 위치가 분명했다.

'그걸 대놓고 말할 수는 없으니.'

어떻게 게이트의 위치를 알았냐는 질문에 '내가 사실 예언의 악마거든'이라고 답할 수는 없는 노릇 아닌가.

'균열은 내가 찾으면 안 돼.'

다른 사람의 손에 찾아져야 한다. 그래야지만 완전히 의심에서 벗어날 수 있다.

"형님, 어떻게 균열의 장소를 특정하실 수 있다는 겁니까?"

김시훈이 고개를 갸웃거리며 물었다.

강우는 잠시 뜸을 들이더니, 천천히 입을 열었다.

"시훈이, 너도 게이트에서 마물이 나타나고 있다는 건 알고 있지?"

"아… 예, 물론입니다."

몸속에 마석(魔石)을 품고 있는 몬스터와는 달리, 마기의 힘으로 움직이는 괴물들. 그 괴물들은 게이트 내에서 변종 몬스터라고 불리며 일종의 '재해' 취급을 받고 있다.

마물들은 기본적으로 그 게이트 등급과 상관없이 나타난다. 즉, C급 게이트에 오천, 육천 지옥급 마물들이 아무렇지도 않게 나타난다는 것. 심지어 어렵게 잡아도 값비싼 에너지원인 마석조차 떨어뜨리지 않으니, 자연스럽게 플레이어들이 가장 기피하는 존재가 되었다. 마물이 나타났다는 보고가 들어온 게이트는 설사 그 마물이 토벌됐다 해도 일부러 가지 않을 정도.

"예언의 악마가 지옥에서 지구로 넘어왔기 때문에 마물이 나타났다고 가정하면, 그 균열이란 것의 영향일 가능성이 커."

"아, 그렇다면."

김시훈은 강우가 무슨 말을 하려고 하는지 눈치챈 듯 눈을 빛냈다.

"마물 출현 보고가 있었던 게이트 중 하나에 균열이 있겠군요."

"그렇지."

강우는 고개를 끄덕였다.

사실 둘 사이에 확실한 연관성이 있는지는 강우 자신도 잘 모른다. 중요한 것은 '그럴듯해 보이는' 논리를 마치 진실처럼 포장해서 밀고 나가는 것.

물론, 허점이 없는 것은 아니다.

"하지만 마물 출현이 확인되지 않은 게이트도 많잖아. 지구에 있는 게이트를 모두 확인한 것도 아니고."

차연주가 그 허점을 정확히 찔렀다.

그녀의 말대로, 마물 출현이 확인된 게이트는 플레이어의 왕래가 자주 있는 게이트에 불과했다. 아직 지구는 격변의 날 이후 몬스터에게 잃어버린 영토를 모두 복구하지 못했고, 플레이어의 출입이 전혀 없는 게이트 또한 수백 개가 넘었다. 리스크가 큰 작전인 이상, 단순한 확률에 기댄 작전을 진행하는 것은 자살행위였다.

"그래서 제안하고 싶은 게 있어."

예상했던 반박이었던 듯, 막힘없이 말을 이었다.

가이아를 향해 시선을 옮긴다.

"가이아 씨, 그 지구의 수호라는 것을 3일이 아닌 3시간만 작동해 달라고 말씀해 주실 수 있나요?"

"아… 그건 아마 가능할 거라고 생각해요."

"만약 그 3시간 안에 균열을 찾지 못하면, 이 작전은 포기하는 거로 하죠."

침묵이 내려앉았다.

김시훈과 차연주, 우리엘은 고민에 잠겼다.

"3시간 정도라면 외계(外界)의 간섭에도 어느 정도 버틸 수 있지 않습니까?"

"처음에 말씀하신 기한이 3일이니, 3시간 정도라면… 아예 영향은 없지 않겠지만 그래도 충분히 가능하다고 생각해요."

하지만.

가이아가 걱정스러운 목소리로 말을 이었다.

"고작 3시간 안에… 찾을 수 있을까요?"

"찾아야죠."

담담히 답했다.

"예언의 악마와 그 수하들이 점점 몸을 키우는 동안, 손 빨며 구경할 수는 없는 노릇이지 않습니까."

"그건……."

"나도 강우 말에 찬성이야."

청발의 소년이 손을 올리며 말했다.

"세라핌 님이 무슨 이유로 예언의 악마 편을 들었는지는 모르겠지만… 그게 그들의 의도되고 있는 거라면, 이건 가만히 내버려 둬서는 안 돼."

아직 세라핌이 악마의 편으로 돌아섰다는 말이 믿기지 않았다.

하지만, 다른 누구도 아닌 최상급 신격을 지닌 여신의 계시. 아무런 이유도 없이 그런 말을 했을 거라고는 생각하지 않는다.

'시간을 벌어야 해.'

지금 이 상황을 미카엘에게 전달하고, 대책을 세우기까지 시간이 필요하다. 지구의 수호가 복구되어 가이아의 힘이 어느 정도 돌아온다면 그 시간을 벌기는 충분할 것이다.

가이아는 굳게 입을 다문 채, 가녀린 주먹을 움켜쥐었다.

그녀는 작게 고개를 끄덕이며 말했다.

"……알겠습니다. 대신, 3시간이 넘으면 무슨 일이 있더라도 다시 지구의 수호를 가동시켜 달라고 가이아 님에게 말씀드려 놓겠습니다."

"예."

강우는 고개를 끄덕였다.

천천히 몸을 일으킨 후, 몸을 돌렸다.

'그럼.'

작전을 준비할 시간이다.

이번 작전을 준비함에 있어 딱히 강우가 직접 움직여야 할 일은 많지 않았다.

현재까지 마물이 나타났다는 보고가 들어온 게이트들을 대상으로 가이언즈의 플레이어들이 파티를 나눠 파견되었다

그리고 균열을 발견하는 즉시 지원이 가능하도록 수호의 전당으로 통하는 게이트를 활성화시킬 수 있는 마도구를 파티마다 지급했다.

물론, 강우가 처음 도착했던 E급 게이트에도 파티가 파견된 상태. 굳이 강우가 말하지 않아도 그 E급 게이트는 마물이 5번 이상 출현한 위험 게이트로 지정되어 있어 김시훈이 직접 그 게이트로 향하기로 했다.

'시훈이라면 균열을 찾지 못하고 헤맬 일도 없으니.'

게이트마다 넓이 차이가 있기 때문에 균열이 나타나도 찾지 못할 경우가 있었으나, 김시훈이라면 그런 걱정은 없었다. 이기어검을 활용해 제한적이지만 공중까지 날 수 있는 게 김시훈이었으니까.

"자, 그럼."

강우는 작전의 개시 시간을 기다리기에 앞서 오른손을 들어 올렸다. 중지에 끼워져 있는 검은색 반지에는 다섯 개의 기하학적인 문양이 새겨져 있었고, 그중 세 개 희미하게 빛을 뿜어내고 있었다.

'네 번째 열쇠를 얻기 위해서는……'

강우는 한설아가 타천했을 때 떠올랐던 메시지들을 떠올렸다.

그때는 정신이 없어서 확인하지 못했지만, 나중에 상태창에서 다시 확인하는 것이 가능했다.

[마해의 네 번째 열쇠 '탐욕(貪慾)'을 획득하기 위해선 선행 퀘스트를 완료해야 합니다.]

['마해의 열쇠' 선행 퀘스트-'빛을 탐하는 악마']

[성력과 마기를 조합한 기술을 한 개 이상 만드시오.]

"와, 시바. 퀘스트 이름 봐라, 진짜."

몇 번을 봐도 오금이 저리고 손발이 찌그러져 사라질 것 같은 퀘스트의 내용을 보자 강우의 입에서 깊은 한숨이 흘러나왔다.

"하아."

처음 퀘스트를 봤을 때, 두 번째와 세 번째 열쇠를 얻었을 때보다 오히려 간단하다고 생각했다. 그것이 성력이든 마기이든, 몸 안에 자리 잡은 기운을 제어하는 능력만큼은 자신을 따라올 존재가 없을 거라고 자신했기 때문이다.

틀린 말은 아니다. 마신조차 그의 어처구니없는 마기 제어력에 다시 마해의 심연으로 처박혔을 정도로 기운을 제어하는 그의 능력은 경이 그 자체였다.

심지어 그 제어력은 한설아와의 동침을 통해 나날이 성장하고 있는 도중.

'그런데.'

막상 직접 해보니 예상과는 전혀 달랐다.

성력과 마기를 조합하는 일은 애초에 '불가능'하다. 차가운 불꽃을 만들라는 급의 개소리였다.

'이 정도일 줄은 몰랐는데.'

서로 충돌하지 않도록 동시에 다루는 것은 가능하다.

마기 따로, 성력 따로 기술까지 사용할 수 있다. 하지만.

'이 두 개를 합쳐 기술을 만들라는 건.'

불가능하다.

위력이 어쩌고를 떠나 둘이 섞으려고 하는 순간 서로 강하게 반발하는 데 뭐 어쩌란 말인가.

"짜증 나네, 이거."

대체 깨라고 만든 퀘스트인지 조차 알 수 없었다.

'한 가지… 활용법이 있긴 한데.'

딱 한 가지. 두 개의 기운을 합쳐 활용할 수 있는 방법이 있긴 했다.

두 기운을 섞지 않고, 그냥 강하게 충돌시키는 것. 그러면 어처구니없을 정도의 폭발력을 가진 공격을 할 수 있었다.

'문제는 이게 기술이냐는 거지.'

말만 번지르르했지 그냥 서로 상극인 화학 약품을 한 곳에 쏟아놓고 집어 던지는 것과 비슷하다.

그리고 그의 생각처럼, 시스템은 이것을 '기술'이라고 인정해주지 않았다.

"……일단 접어두는 방법 외에는 없나."

솔직히, 방법을 모르겠다.

마기 제어력을 더 올리면 방법이 있을지도 모르겠지만, 애초에 마기 제어력이 그렇게 쉽게 오른다면 탈태라는 눈물의 똥꼬쇼를 펼치지도 않았을 것이다.

"음… 그러고 보니 탈태랑 좀 증상이 비슷하네?"

마기와 성력을 억지로 섞으려고 했을 때. 탈태를 했을 때처럼 온몸의 피부가 벗겨지며 끔찍한 고통이 전신에 휘몰아쳤다. 한설아가 그 모습을 봤다면 바로 다시 타천하지 않았을까 걱정될 정도로 끔찍한 모습.

'마기와 성력을 섞을 때 나오는 게… 탈태랑 비슷하다.'

강우는 팔짱을 낀 채 곰곰이 생각에 잠겼다. 무언가 떠오를 것처럼 떠오르지 않는, 답답한 감각.

"쯧."

강우는 혀를 차며 몸을 일으켰다. 지금 이러고 있을 때가 아니었다.

그는 마지막으로 작전을 검토하면서, 가이아의 연락을 기다렸다.

끼익.

"강우 씨."

"응, 임자."

"거실에 다 모였어요."

"알았어."

강우는 몸을 일으켜 방문을 열고 나왔다.

원래 강우가 맡은 역할은 중동에 있는 SS급 게이트 안에서 균열이 나타나는지를 조사하는 것.

당연한 얘기지만, 강우는 그쪽에 가지 않았다.

'어차피 균열은.'

김시훈이 있는 E급 게이트에서 발견될 테니까.

"왕이시여. 부름을 받고 이 발록, 왕의 검이 되기 위해 이 자리에 왔……."

"강우!"

"강우 니이이이임!!"

한쪽 무릎을 꿇은 채, 진지한 표정으로 말하고 있던 발록의 말을 자르며 한 소녀와 (여)인이 달려들었다.

"오랜만이네. 다들 수련은 잘했어?"

"강우, 나 정말 열심히 수련했어."

에키드나가 초롱초롱 눈을 빛내며 그를 올려다보았다.

강우는 픽 웃으며 그녀의 머리칼을 쓰다듬었다.

"흐아아앙! 보고 싶었어요, 강우 님!"

"어, 어어."

부담스럽게 달려드는 할키온을 슬쩍 밀어냈으나, 할키온은 아랑곳하지 않고 높게 뛰어 강우의 목에 대롱대롱 달라붙었다.

강우는 다급히 고개를 돌렸다.

'시바.'

한설아의 눈에서 빛이 사라져 가는 것이 보인다.

"끄윽… 끅. 가, 강우 님도 저, 저 보고 싶었죠?"

'아니.'

"헤, 헤헤헤. 오, 오랜만에 저, 저랑 주무실래요?"

'너 그러다 죽어.'

나 말고 저기 식칼을 쥐러 간 임자한테.

"크흠."

강우는 달라붙는 할키온을 떼어내며 헛기침했다.

한설아의 눈에 빛이 점차 돌아왔다.

그녀는 손에 쥔 식칼을 다시 내려놓았다.

"그럼… 곧 작전이 시작할 상황이네. 다들 모여봐. 설명해 줄게 있으니까."

강우는 소파에 앉으며 말했다.

그의 앞에 한설아와 발록, 에키드나와 할키온이 섰다.

김시훈을 비롯한 가디언즈와는 달리, 강우의 '진실'에 대해서 어느 정도 알고 있는 존재들. 이번 균열을 닫는 작전을 수행할 멤버였다.

"리리스랑 발자하크는?"

"수호의 전당 쪽에서 정보 통제를 하고 있습니다. 발자하크는 루시스를 감시 중입니다."

강우는 고개를 끄덕였다.

"발록, 넌 전에 말한 거 성공했어?"

"예, 이제 인간의 몸에 거의 완벽하게 적응했습니다."

그는 오른손에 검은 갑주, 패왕갑을 만들어내며 말했다.

강우는 고개를 끄덕이며 말을 이었다.

"일단 너희는……."

이번 작전의 개요에 대해 천천히 설명을 이어갔다.

우우웅!

강우의 통신 수정이 울렸다. 김시훈에게 온 통신이었다.

[형님! 이제까지 본 적 없는 보라색 균열이 나타났습니다!]

"알았어."

강우는 짧게 답한 후, 고개를 돌렸다.

"출발하자."

· 8장 ·
위성 세계

서울 근교에 위치한 E급 게이트.

원래는 성인 남성만 되도 무기만 있다면 어렵지 않게 사냥
이 가능한, 고블린이 주로 등장하는 게이트로 초보 플레이어
에게 큰 인기가 있는 게이트였다.

하지만 그것도 몇 년 전 이야기.

변종 몬스터라고 불리는, 마물이 등장하면서 E급 게이트는
단숨에 위험 수위 S급의 게이트로 지정됐다. 변종 몬스터의 출
연율도 문제지만, 그 게이트에 등장한 마물들이 하나같이 월
드 랭커가 직접 나서야 할 정도로 괴물이라는 것. 심지어 월드
랭커의 반열을 아득히 뛰어넘었다고 평가받는 인류 최강, 검
룡 김시훈이 출동한 적도 있었다.

"형님! 여기입니다!"

부하를 끌고 간 강우에게 김시훈이 소리쳤다.

강우는 소리가 들리는 방향으로 발걸음을 옮겼다.

아니, 굳이 김시훈의 목소리를 따라 찾아갈 필요도 없었다.

'3년쯤 지났나.'

아련한 향수가 퍼졌다.

처음 지구에 왔을 때, 눈앞에 떠오른 메시지창과 고블린들을 바라보며 좌절했던 기억. 한설아의 비명 소리를 듣고 미친 듯이 달려갔던 기억. 만 년 만에 만난 여자의 아름다움에 눈물을 흘리며 결혼하자고 말했던 기억들. 지구에 온 이후 있었던 수많은 일이 머릿속을 스쳤다.

"강우 씨, 여긴……."

한설아 또한 이곳을 기억해 냈는지 작은 목소리로 말했다.

강우는 작게 고개를 끄덕였다.

"맞아. 우리가 처음 만난 곳이야."

"아."

한설아의 뺨이 붉어졌다.

배시시, 미소를 짓는다.

"헤헤, 그때는 강우 씨랑 이런 사이가 될 줄은 상상도 못 했어요."

"그래?"

강우는 픽 웃었다.

"그러고 보니 처음 날 봤을 땐 어땠어? 첫인상 같은 거 말이야."

"으음."

한설아는 오른손 검지를 입술에 살포시 올려놓으며, 고민에 잠겼다. 처음 강우를 만났을 때의 기억을 떠올린 모양.

"처음에는 좀 엉뚱한 사람이라고 생각했어요."

"……."

"그런데 그때… 강우 씨가 옷을 찢어서 제 상처를 감싸주셨잖아요?"

"아, 응. 그랬지."

다리에 상처 입은 그녀를 보고 그랬던 기억이 어렴풋이 떠올랐다.

"그때부터였어요."

"뭐가?"

그녀의 입가에 화사한 꽃이 만개했다.

"그때부터… 강우 씨에게 반했어요."

"임자……!"

강우의 광대가 승천했다. 사실 그때 자신을 되돌아 생각해 보면 절로 얼굴이 화끈거린다.

'아이는 셋이 좋겠다니.'

적어도 다섯 이상은 낳아야 하지 않겠는가.

'나나 설아나 질리도록 오래 살 테니까 말이야.'

방실방실. 핑크빛 미래를 떠올리자 입가가 절로 풀어졌다.

게이트 입구에서 만나, 같이 합류했던 차연주가 그 모습을 뚫어져라 바라보았다.

잠시 후, 그녀는 오만상을 찌푸리며 캬학 퉤, 침을 뱉었다.

"씨발."

커플 죽어라. 죽창에 꽂혀 죽어라. 불에 타버려라.

파지지직! 파직!

"……확실히, 본 적 없는 색의 균열이네."

"예. 보라색 균열은 처음 봅니다."

처음 강우가 고블린을 만났던 장소에 도착하자, 보랏빛 균열이 허공을 찢듯 나타나 있었다.

강우는 조심스럽게 그 균열에 다가가 근처에 굴러다니는 돌멩이를 주워, 보랏빛 균열 안으로 던졌다.

돌멩이가 보랏빛 균열 안으로 빨려 들어가듯 사라졌다.

"음."

"아무것도… 일어나지 않네요."

김시훈이 보랏빛 균열을 바라보며 중얼거렸다.

그러더니 손목에 찬 시계를 내려다보고는 말했다.

"형님, 남은 시간이 많지 않습니다."

균열을 바로 찾기는 했지만, 작전의 제한 시간은 고작 3시간. 빨리 찾은 만큼 빨리 균열을 닫아야 그만큼 외계(外界)의 영향을 줄일 수 있었다.

"지금 바로……."

"기다려."

초조한 표정으로 균열에 다가서려는 김시훈의 어깨를 잡았다.

"다들 떨어져 있어."

고개를 돌리며 말했다.

김시훈을 비롯한 사람들을 모두 뒤로 물러나게 한 뒤, 조심스럽게 보랏빛 균열에 다가갔다.

'겉으로 보기엔 그냥 일반 균열이랑 차이점은 없는데.'

그냥 색만 다른 것인가. 아니면 본질적인 무언가가 다른 것인가. 확인할 필요가 있었다.

'무슨 기운으로 이뤄져 있는 거지.'

검은 균열의 경우 마기로 이루어져 있었다.

강우는 천천히 손을 뻗어 보랏빛 균열에 손을 가져다 대었다.

그때.

우우웅!

보랏빛 균열이 일렁이며 강렬한 흡입력이 그를 빨아들였다.

"크읏!"

강우는 입술을 짓씹으며 팔을 빼내려 했다. 빠지지 않는다.

칼날의 권능을 사용한다. 검은 칼날이 만들어졌다. 망설임 없이, 내려찍었다.

촤악!

팔이 잘리고 검은 피가 쏟아졌다.

슬쩍 고개를 돌렸지만, 다행히 우리엘은 아직 도착하지 않은 상태.

강우는 팔을 타고 전해지는 통증에 살짝 표정을 일그러뜨렸다.

"형님!"

김시훈이 외침이 들렸다.

"아, 괜찮……."

아, 라고 말하기 직전. 폭발하듯 팽창한 보랏빛 균열이 그를 집어삼켰다.

"제기랄, 강우 형!"

김시훈이 뒤를 이어 몸을 던졌다.

"왕이시여!"

"강우 씨!"

한설아와 발록이 다급한 균열로 다가갔다.

"이건… 뭐야."

차연주의 중얼거림이 들렸다.

하지만 경악이 가시기도 전에, 어마어마한 기세로 몸을 키운 보랏빛 균열이 주변 모든 것을 집어삼키기 시작했다.

E급 게이트. 한때는 초보 플레이어의 성지로 꼽히던 그 게이트 전체가 보랏빛 균열 안에 집어삼켜졌다.

"크읏."

천천히 눈을 뜬다.

팔을 타고 전해지는 통증에 눈살이 찌푸려졌다.

강우는 바닥에서 몸을 일으키며 주변을 살폈다.

"여긴……."

삭막한 공간이다. 하늘은 잿빛이었고, 땅은 말라비틀어져 쩍쩍 갈라져 있고, 무너진 잔해처럼 보이는 거대한 암석들이 사방에 널브러져 있었다.

[삼원(三元)의 위성 세계(衛星世界), '셰이드'에 진입하였습니다.]

"이건 또 뭔 개소리야."

눈앞에 떠오른 메시지창에, 강우의 입에서 낮은 욕설이 흘러나왔다.

일단.

'재생의 권능.'

강우는 근처에 나뒹굴고 있는 자신의 팔을 잡아 단면에 붙였다. 부글부글 거품이 끓어오르더니 이내 말끔히 상처가 재생됐다.

"자, 그럼."

강우는 다시 한번 천천히 눈앞에 떠오른 메시지창을 읽었다.

눈살이 찌푸려졌다.

'뭔 말이야 이게.'

삼원은 뭐고 위성 세계는 또 무엇인가. 괜히 허세에 차서 똥폼 잡는 작가가 만든 듯한 기묘한 이름들.

'삼원은 진짜 뭔 말인지 모르겠고, 위성 세계는… 단어 그대로 태양 주변을 도는 위성을 말하는 건가?'

솔직히 뭔 말인지 하나도 모르겠지만. 대충 추측을 해보면 삼원이라는 중심 세계가 있고, 그 주변을 도는 위성 세계 중 하나에 진입했다는 내용처럼 보였다.

"시바, 스케일 한번 기가 막히네. 아주 뭐 대서사시를 쓰겠어."

절로 헛웃음이 흘러나왔다.

과거 지구에 있던 시절, 무려 10년 동안 천 편이 넘도록 연재됐던 소설이 머릿속에 떠올랐다.

'그런 그렇고.'

강우의 눈이 가늘어졌다.

고개를 돌려 주변을 살폈다. 분명 자신과 같이 집어삼켜졌을 다른 동료들의 모습이 보이지 않는다.

'주시자의 권능.'

김시훈과 발록, 에키드나, 할키온. 영혼 단계에서 이어진 그들의 흔적을 쫓았다.

"······제길."

하지만, 무언가 화면에 노이즈가 낀 것처럼 그들의 위치가 정확히 느껴지지 않는다. 느낄 수 있는 건 그들이 아직 살아있다는 것 정도.

'설아도 문제없고.'

한설아에게 건네준 반지에는 보호의 권능을 비롯한 여러 권능을 욱여넣었다. 생명에 이상이 없다는 것 정도는 떨어져 있어도 확인이 가능했다.

"······직접 찾아야겠네."

그것 외에도 이번 작전의 핵심, 균열의 핵을 파괴해야 한다.

강우는 시간이 많지 않음을 깨닫고 창공의 권능을 사용해 공중으로 날아오르려 했다.

그때였다.

"강우 씨……?"

사방에 널브러진 암벽 틈에서, 한설아가 모습을 보였다.

강우를 발견한 그녀는 활짝 미소를 지으며 그에게 다가왔다.

"여기 계셨군요!"

"임자?"

"휴우. 강우 씨랑 떨어지게 돼서 너무 무서웠어요."

강우에게 다가온 한설아가 팔을 끌어안았다. 물컹한 감촉이 팔을 타고 전해졌다.

일순, 강우의 표정이 굳었다.

하지만 그것도 잠시. 곧 그의 표정이 평소의 여유를 되찾았다.

"다른 사람들은 보셨나요?"

"아니, 못 봤어."

"아……."

한설아는 안타까운 듯 한숨을 흘렸다.

"설아 너는? 다른 사람 못 봤어?"

"예. 저도 못 봤어요."

"눈을 뜬 지는 얼마 정도 지난 거야?"

"저도 방금 깼어요. 저 바위 뒤쪽에서요. 당황해서 주변을 둘러보던 중에 강우 씨를 발견한 거예요."

한설아가 암석 뒤쪽을 손으로 가리켰다.

"흠."

강우가 고개를 끄덕이고는 고개를 들어 다시 한번 주변을 세세하게 살폈다.

그는 한설아가 가리켰던 암석과, 이쪽 사이의 거리를 확인했다.

"……그렇단 말이지."

무언가를 골똘히 생각하는 듯, 작은 목소리로 고개를 끄덕였다.

"저기, 강우 씨."

한설아가 그를 끌어안은 팔에 힘을 더하며, 떨리는 목소리로 그를 불렀다.

비비적, 비비적. 마치 오줌이라도 마려운 것처럼, 열띤 숨을 토해내며 그녀가 몸을 기댔다.

"저… 강우 씨와 떨어져서 있어서 그런지 좀 무서웠어요."

유혹하는 듯한 목소리.

강우의 옷 사이로 그녀의 손이 파고들었다.

"다른 사람들을 찾기 전에… 잠시 어때요?"

"지, 지금? 여기서?"

강우의 표정이 당황에 물들었다.

한설아가 고개를 끄덕인다.

"네. 저… 더 이상 참기 힘들 것 같아요."

달뜬 목소리에 강우는 꿀꺽 침을 삼켰다.

그는 주변을 이리저리 살펴보더니, 이내 한설아의 양어깨를 잡았다.

"그럼."

천천히 두 사람의 입술이 가까워졌다.

"강우 씨⋯⋯."

한설아가 눈을 감은 채 가슴을 밀착시키며, 강우의 목에 팔을 둘렀다. 그리고.

스윽.

그녀가 발을 디딘 땅을 타고, 그림자가 살아 있는 생물처럼 움직였다. 점차 가까워지는 강우의 몸을 타고 올라간 그림자가 강우의 뒤통수를 향해 천천히 뻗어졌다. 그림자에서 뻗어 나온 날카로운 칼날이, 그의 뒤통수를 노렸다.

"그런데 말이야."

"아, 예. 무슨 일이세요, 강우 씨?"

그때, 얼굴을 기울이던 강우가 갑작스럽게 입을 열었다. 한설아의 표정에 당황이 서렸다.

그런 그녀를 바라보며 강우의 입가가 비틀어 올라갔다.

"할 거면 제대로 하지 그랬어."

"예?"

"이렇게 작지 않거든."

"그게 갑자기 무슨 말⋯⋯."

우득.

"커헉!"

설아의 어깨 위에 올려진 손이 순식간의 그녀의 목을 틀어쥐었다.

강우가 밀착했던 몸을 떼어내고는 피식, 비웃음을 흘리며 말을 이었다.

"내 임자는 이렇게 작지 않다고, 인마."

"커헉! 컥!"

목을 붙잡힌 한설아가 고통스러운 표정으로 발버둥 쳤다. 아니, 정확히는 한설아의 모습을 한 '무언가'가 통증에 몸을 비틀고 있었다.

피부가 녹아내리며 일렁거리는 어둠이 나타났다. 마치 그림자로 이루어져 있는 듯한, 독특하고 기괴한 생명체.

강우는 픽 웃었다.

'코난 범인이냐?'

생긴 것만 보면 딱 그와 비슷했다.

"ஔஓ.ቃቅሥሓራል!!"

알 수 없는 언어가 흘러나왔다.

통언의 권능을 사용하자 외계어에 가까웠던 언어가 해석되어 귓가에 들어왔다.

"놔, 놔랏! 크읏……!"

"뭐, 일단 어느 정도 지성은 있는 것 같네."

그렇다면 이쪽이 편했다.

강우는 검은 그림자를 끌어당기며, 가늘게 눈을 떴다.

"너흰 뭐냐? 여긴 또 어디고."

"크읏……!"

검은 그림자가 시선을 피했다.

강우는 사납게 이를 드러냈다. 광포한 살기가, 감히 필멸(必滅)의 존재 따위가 견딜 수 없는 무시무시한 기운이 흘러나왔다.

"히, 히익!"

검은 그림자의 입에서 공포에 질린 신음이 흘러나왔다.

파르르 몸이 떨린다. 거품이 흘러나오듯, 그의 입에서 검은 그림자가 꿀렁꿀렁 흘러나왔다.

'조금 조절해야 하나.'

거의 완벽하게 한설아의 모습으로 변한 것과는 별개로, 검은 그림자의 순수한 무력은 보잘것없는 수준이었다. 기껏해야 오천 지옥의 악마, 아니, 그 이하. 대공조차 싱겁게 느껴지는, 신격(神格)을 지닌 존재가 아니면 감히 대적할 수 없는 아득한 경지에 도달한 강우의 기운을 이 검은 그림자가 버틸 수 있을 리가 없었다.

강우는 뿜어내는 기운을 거둬들였다.

"허업! 하악! 하악!"

"자, 이제 말해봐. 너흰 누구지?"

검은 그림자가 일렁거리더니, 짙은 분노가 서린 목소리로 입을 열었다.

"그건 내가 하고 싶은 말이다. 네놈도 '그것'들과 같은 존재냐?"

"그게 뭔지는 모르겠고, 질문을 하는 건 나였을 텐데?"

우득.

목을 쥔 손에 힘을 더하자 그림자의 입에서 고통스러운 신음이 토해졌다.

"으, 으……."

"괜히 시간 끌기 귀찮으니까 빨리 말해."

강우의 몸에서 흘러나온 검은 마기가 그림자의 몸을 휘감았다.

그는 공포의 권능까지 사용하며 강제적으로 그림자를 굴복시켰다.

곧이어, 그림자의 입이 열렸다.

"우, 우린… 이 세계의… 주민이다."

"주민이라고?"

강우는 가늘게 눈을 떴다.

위성 세계 셰이드. 이 세계에 살고 있던 원주민이라는 의미.

'여기 살고 있다고?'

주변을 둘러보았다.

잿빛 하늘과 메마른 대지. 구천지옥을 연상시키는 끔찍한 환경. 설마 이곳에 살고 있는 존재가 있을 거라고는 생각지 못했다.

"이런 세계에 살고 있다니, 생명력 하나는 끝내주나 보네."

흠칫. 검은 그림자의 몸이 굳더니, 이내 짙은 살기가 그에게서 뿜어져 나왔다.

"네놈들이… 네놈들이 이 세계를 이렇게 만들지 않았는가! 아름다웠던 우리의 터전을 짓밟아놓고 생명력이 질기다고? 이, 이… 쓰레기 새끼들이……!"

"그건 또 뭔 헛소리야."

애초에 이런 세계가 있다는 사실조차 모르고 있었다. 그런데 무슨 엉뚱한 소리란 말인가?

"제길… 제길! 네놈들의 뜻대로 되도록 둘 것 같으냐!"

검은 그림자는 악에 받친 목소리로 외쳤다.

"모든 외계(外界)에 멸망을!"

발작처럼 외친 그의 두 눈이 부릅떠졌다.

목을 움켜쥔 그림자의 몸이 미친 듯이 떨리기 시작했다.

"이런 씨……!"

강우가 뭔가 손을 써보기도 전에, 발작을 일으킨 그림자의 몸이 축 늘어졌다.

다급히 엄지를 물어뜯어 피를 흘린 후, 재생의 권능을 사용했지만 축 늘어진 그림자의 몸은 회복되지 않았다.

'무슨 방법으로 자살을 한 거야.'

처음 보는 존재다 보니 어떻게 대비를 할 수가 없었다.

강우는 인상을 팍 찡그린 후 축 늘어진 그림자의 몸을 바닥에 눕혔다.

"제길."

정보가 부족했다. 이 세계가 셰이드라는 세계고, 저 검은 그림자들이 살고 있는 세계라는 사실까지는 알았지만. 그것뿐.

'말을 들어보면 이 세계가 외계의 존재에게 습격받은 것 같긴 한데.'

그게 누군지, 무슨 목적으로 습격한 건지조차 알 수 없었다.

강우는 고개를 들어 올렸다.

잿빛으로 물든 황량한 세계. 셰이드의 원래 모습이 어땠는지는 모르겠지만 적어도 생물이 살 수 있는 환경이었을 가능성이 크다.

'누구지.'

한 세계를, 이 정도까지 처참하게 멸망시키다니. 누가 그런 짓을 했는지 짐작이 가지 않았다.

"쯧."

가볍게 혀를 찼다.

어차피 여기서 생각을 이어나가도 시간만 낭비될 뿐이다.

'일단.'

바닥에 쓰러진 그림자를 향해 손을 뻗었다.

'포식의 권능'

검은 연기가 뿜어져 나가 그림자의 몸을 집어삼켰다.

우득, 우드득. 포식의 권능이 그림자를 남김없이 먹어치웠다.

[셰이드 종족의 고유 능력 '의태(擬態)'를 획득하였습니다.]
[제한적인 시간 동안 다른 존재의 모습으로 변할 수 있습니다.]

'이건.'

강우의 눈이 커졌다. 생각지도 않았던 수확이 생겼다.

'활용할 방법이 많겠는데?'

이 능력만 있다면 귀찮게 분장을 할 필요가 없었다. 마기나 성력, 마력이 오른 것은 아니었지만 그 이상의 가치 있는 능력.

강우는 '의태'의 능력을 사용해 김시훈의 모습으로 변해보았다.

"와우."

절로 감탄사가 나올 정도로 완벽한 변신. 김시훈 본인이 봐도 헷갈릴 정도로 똑같은 모습이었다.

강우는 의태를 해제했다.

'이럴 때가 아니지.'

지금은 뿔뿔이 흩어진 동료들을 찾는 것이 먼저였다.

"큰일은 없을 것 같은데⋯⋯."

아마 셰이드(이렇게 부르기로 했다)의 위장을 간파할 수 있는 사람은 거의 없을 것이다.

하지만. 아무리 절체절명의 상황이라고 해도 셰이드들의 기본 무력 자체가 너무 보잘것없다. 솜으로 만들어진 칼로 암살을 하려는 것과 마찬가지. 지금 균열 속에 들어온 멤버의 무력을 생각하면 기습을 한다고 해도 오히려 그 셰이드가 제압당했을 가능성이 컸다.

'그래도 빨리 찾아봐야지.'

강우는 천공의 권능을 사용해 날아올랐다. 다행히 멀리 떨어진 것은 아닌지 얼마 떨어지지 않은 장소에 익숙한 사람의 모습이 보였다.

한설아였다.

'아직 확실하진 않지만.'

셰이드의 고유 능력을 생각하면 섣부르게 판단할 수 없다.

강우는 한설아를 향해 빠른 속도로 날아갔다. 그곳에는.

"⋯⋯강우 씨?"

한 손에 잘려 나간 자신의 머리를 대롱대롱 들고 있는, 한설아가 있었다.

잘린 머리의 단면을 따라 검은 그림자가 피처럼 흘러내렸다.

'엄마, 시바.'

그녀의 손에 들린 자신과 똑같이 생긴 존재의 머리를 바라보며 강우는 흠칫 몸을 떨었다. 왠지 모르게 그녀의 등 뒤로 황혼이 내려앉은 바다의 모습이 보였다.

강우는 본능적으로 자신의 머리가 잘 붙어 있는지 목에 손을 대었다.

"정말 강우 씨가 맞나요?"

한설아가 의심스럽다는 목소리로 물었다. 아마도 그녀도 자신의 모습에 의태한 셰이드에게 습격당한 모양.

조심스럽게 강우에게 다가온 그녀는 그의 셔츠를 풀어 헤쳤다.

"아……."

강우의 가슴에 난 붉은 자국을 확인한 한설아의 입에 환한 미소가 지어졌다.

"강우 씨!"

그녀는 강우를 와락 끌어안았다.

'아, 진짜 임자 맞네.'

각자 다른 방법으로 서로를 확인한 두 사람은 잠시 아무 말 없이 서로를 끌어안다가 입을 열었다.

"다른 사람은?"

"못 봤어요. 정신을 차리자마자 감히 강우 씨의 모습을 한 이상한 괴물이 나타나서……."

수줍은 목소리로 말을 이었다.

"괘씸해서 머리를 잘라 버렸어요."

"……어, 응."

강우는 복잡한 시선으로 그녀를 바라보았다. 타천은 어찌 막긴 했지만, 그 영향이 완전히 사라지진 않은 모양.

'천사의 육체에 익숙해지는 걸 바라야지.'

이미 세라핌의 영향으로 육체가 천사에 가까워진 이상, 그녀 스스로가 집착을 제어하는 방법을 터득하길 바라는 방법 외에는 없다. 종족적인 특성을 인위적으로 조절할 수 있는 방법은 그도 알지 못하니까.

"일단 다른 사람부터 찾자."

"네."

강우는 한설아를 데리고 다른 동료들을 찾아 나섰다.

멀리 떨어지지 않은 것은 한설아만이 아닌지 본격적으로 찾기 시작하자 어렵지 않게 동료들을 찾을 수 있었다.

"이씨, 뭐야 이것들은? 진짜 소름 돋네."

"못 알아봤어?"

"이렇게 똑같이 생겼는데 무슨 수로 알아봐? 갑자기 살기가 느껴졌을 땐 진짜 식겁했잖아."

차연주가 불쾌하다는 듯 표정을 일그러뜨렸다.

그녀 또한 강우의 모습을 한 셰이드에게 습격받았다. 물론, 어렵지 않게 공격을 막고 역으로 강우의 모습으로 의태한 셰이드를 갈기갈기 찢어버렸지만.

"히히, 그래도 뭔가 쌓였던 게 확 풀리는 기분이네."

차연주는 강우의 모습을 한 셰이드를 찢어 죽인 것이 개운하다는 듯 기지개를 켰다.

강우는 바닥에 널브러진 자신의 모습을 한 시체들을 바라보며 눈살을 찌푸렸다.

'아니, 근데 왜 다 내 모습으로 나타난 거야.'

발록과 에키드나, 할키온, 김시훈까지. 모두 다 자신의 모습을 한 셰이드가 나타났다.

"흐윽. 강우, 강우……."

에키드나가 강우의 옷자락을 잡은 채, 펑펑 눈물을 흘렸다. 강우의 모습을 의태한 셰이드의 공격에 많이 놀란 모양.

강우는 그녀의 머리를 쓰다듬었다.

"많이 놀랐어?"

"응. 강우가 날 버리는 줄 알았어. 또… 혼자가 되는 줄 알았어."

"쯧."

한심하다는 듯 혀를 차며, 에키드나의 이마를 향해 가볍게 중지를 튕겼다.

딱.

"아흑."

"그럴 리가 없잖아."

"……응."

에키드나가 배시시 미소를 지었다.

"형님, 그런데 이… 셰이드들의 행동이 좀 이상하지 않았습니까?"

"나도 그렇게 생각했다. 마치 포식자에게 쫓기는 사냥감마 냥 절박해 보이더군."

발록의 말에 김시훈이 고개를 끄덕였다.

확실히, 셰이드의 행동은 의문점이 많았다.

"그 정도로 완벽한 위장술을 가졌는데… 접근하자마자 바로 공격하려 들었어요. 그것도 꽤나 다급하게."

"기회를 만들려면 더 확실한 기회를 만들 수 있었을 텐데 말이지."

발록과 김시훈의 대화에 강우 또한 고개를 끄덕였다.

"아무래도 이 세계에 무슨 일이 일어나고 있는 것 같은데."

"음……."

"어쨌든, 이러고 있을 시간 없어."

한시라도 빠르게 균열의 핵을 파괴해야 했다.

동료들과 합류한 강우는 바로 균열의 핵을 찾기 위해 움직였다.

핵 자체를 찾는 것은 어렵지 않았다.

"가이아 씨가 준 거야?"

"예. 이걸 사용하면 핵이 있는 장소로 안내해 준다고 합니다."

김시훈은 가이아에게 받은 새하얀 수정 구슬을 사용했다.

수정 구슬에서 새하얀 빛이 뿜어져 나오며 어느 한쪽을 가리켰고, 빛을 따라가자 보라색 기운이 둥그렇게 뭉쳐 있는 것이 보였다.

'저게 균열의 핵.'

크기는 대략 30여 미터. 거대한 구체 주변에는 보랏빛이 공간 전체를 일그러뜨리고 있었다.

"저걸 파괴하면 된다는 말이지."

어려울 것은 없었다.

강우는 마해의 열쇠를 사용해 인페르노를 만들어냈다.

화염으로 휘감긴 검을 쥔 채, 천천히 위로 들어 올렸다.

"황혼."

세상 전체를 불태워 버릴 듯한 무시무시한 열기가 검에서 뿜어져 나왔다.

망설임 없이 내리긋는다.

쩌적.

그때였다. 보랏빛 구체가 갈라지며 거대한 마수(魔獸)의 팔이 화염을 튕겨냈다.

생김새는 사람과 흡사한 팔이 달린 거대한 황소.

사자와 같은 검은 갈기가 휘날렸다. 30미터에 달하는 균열의 핵이 비좁아 보일 정도로 거대한 몸집을 가지고 있는 괴물은 인페르노의 화염을 가볍게 튕겨낸 채, 거친 콧김을 뿜었다.

화르르륵!

검은 화염이 콧구멍에서 뿜어져 나왔다.

"이건 또 뭔……."

강우의 표정이 일그러졌다.

무시무시한 마기. 강우조차 움츠러들 정도로 짙은 마기가 괴물의 몸에서 뿜어져 나왔다.

"저, 저건……!"

발록의 두 눈이 부릅떠졌다.

강우는 그에게 시선을 옮겼다.

"저게 뭔데."

발록은 창백하게 질린 표정으로 굳게 입을 닫았다.

그는 거대한 산과 같은 크기를 가진 괴물을 올려다보며, 나지막이 말했다.

"베히모스, 입니다."

"뭐?"

베히모스. 일곱 대공 중 레비아탄의 아버지이자, 마물의 왕. 그의 서식지에 발을 디디는 것은 대공에게조차 자살행위라고 알려진 지옥 최강의 괴물.

"베히모스가… 왜 여기 있는 거야."

구천지옥에 있어야 할 존재가 뜬금없이 이곳에 나타나다니. 강우의 눈이 가늘어졌다.

'그러고 보니.'

예전 발록에게 베히모스가 서식지 밖으로 움직이고 있다는 소식을 들은 기억이 떠올랐다.

'제기랄.'

여기서 뜬금없이 마물의 왕이 등장하다니, 상상치도 못했던 상황.

'싸워?'

강우는 거대한 크기를 가진 마수를 올려다보았다.

아마 구천지옥에 있었을 당시 강우였다면 감히 베히모스를 상대할 생각을 하지 못했을 것이다.

그만큼 베히모스라는 이름은 지옥에서 '죽음'과 같은 의미로 쓰였다. 만약 그에게 서식지라는 개념이 없었다면 지옥의 모든 악마가 그에게 죽었을 것이라는 소문까지 있을 정도로.

'하지만 지금이라면.'

강우의 주먹이 쥐어졌다.

피가 끓어오른다. 신화 속 괴물과도 같은 취급을 받는 베히모스. 그와의 전투를 떠올리자 악마의 본능이 요동쳤다.

"쓰읍."

입가에 흐르는 침을 닦았다. 지금 그를 잠식하는 본능은 강자와의 투쟁(鬪爭)이 아니다.

'소고기가 그렇게 맛있던데.'

강우의 눈이 욕망에 이글거렸다.

베히모스가 뿜어내는 마기만으로 등골이 오싹해질 정도였지만, 오히려 그렇기 때문에 더욱 욕심이 끓어올랐다.

'한우… 아니지 한우는 아니고… 어쨌든 비싸고 맛있는 거……'

저걸 통째로 뜯어 먹으면 얼마나 맛있을까. 지옥의 최강이라 불리는 괴물이니 배가 터질 듯이 찰 것은 분명했다.

'이거 지금 느껴지는 마기만 해도 아주 기냥.'

지금 154에 머물러 있는 마기 스텟이 폭발적으로 늘어날 것은 당연지사. 160은 기본이고 170까지 바라볼 수도 있을 정도의 양이었다.

"가, 강우 님."

그때, 강우에게 다가온 할키온이 그의 옷자락을 잡아당겼다.

"어, 응?"

할키온의 부름에 정신을 차린 강우는 고개를 돌렸다.

"왜?"

"도, 도망쳐야 해요."

할키온은 창백하게 질린 표정으로 말했다. 마치 귀신이라도 본 것처럼, 절박하게 그의 옷자락을 잡아당겼다.

"지, 지금 빨리! 빨리 도망쳐야 한다고요!"

절규에 가까운 외침에 강우의 눈살이 찌푸려졌다.

베히모스를 향해 시선을 옮겼다.

균열의 핵에서 빠져나온 베히모스가 천천히 고개를 들어 올렸다. 잿빛 하늘을 응시하던 마물은 깊게 숨을 들이쉬었다.

그리고.

"―――――――――!!!"

그것은. 소리라고 부르기엔 너무 거대했다. 고막의 한계치를 아득히 초과할 정도로 거대한 괴성이 세계를 뒤흔들었다.

"꺄아아아악!"

"아악!!"

차연주가 귀를 막으며 비명을 질렀다.

귀에서 피가 흐른다.

다른 사람들도 마찬가지. 에키드나는 자리에 주저앉아 몸을 떨었고, 김시훈과 발록은 귀를 막으며 몸을 웅크렸다.

그나마 멀쩡히 서 있는 사람은 강우와 한설아 정도, 아니, 강우와 한설아도 멀쩡한 것은 아니었다.

"이런 씨, 발."

강우의 표정이 딱딱하게 굳었다.

전신에서 마기가 들끓었다. 순간적이지만, 마기 제어가 흐트러졌을 정도로 거대한 충격이 그를 후려쳤다.

단순히 괴성을 내지른 것만으로 이 정도. 제대로 싸우기 시작한다면 얼마나 강할지 상상조차 가지 않았다.

'뭐야 이건.'

강우는 경악에 찬 눈으로 베히모스를 올려다보았다.

착각하고 있었다. 과거보다 압도적으로 강해졌기 때문에, 자만하고 있었다.

'이건 뭐 먹고 아니고의 문제가 아니잖아.'

마물의 왕. 그 이름을 너무도 가볍게 생각하고 있었다. 대공조차 이제는 싱겁게 느껴졌기에 무시하고 있었다.

베히모스는.

"제기랄!"

그가 상대할 수 없는 괴물이다.

'저런 괴물이 지옥에 있었다고?'

베히모스에 대한 전설은 수도 없이 들었지만, 이 정도라고는 생각한 적 없었다. 신격(神格)을 지닌 신조차 그를 상대할 수 있을까 의심스러운 괴물.

그 괴물의 시선이 강우를 향했다.

"크르르르르르."

타오르는 듯한 강렬한 눈빛. 지옥 최상위 포식자의 눈이 강우를 응시했다.

'개문을 사용하면.'

순간적으로 그런 생각이 스쳤다.

정상적인 방법으로 싸워 이기는 것은 불가능하다.

하지만 만마전의 문을 연다면. 마해를 틀어막고 있는 봉인을 해제한다면.

'아니야.'

고개를 저었다.

애초에 이곳에 온 목적을 다시금 떠올렸다. 베히모스를 잡기 위해 균열 속에 몸을 던진 것이 아니다. 그가 이곳에 온 목적은 균열을 닫아 망가진 가이아 시스템을 복구하기 위해서였다.

"튀어!!"

판단은 빨랐다.

강우는 바닥에 주저앉은 에키드나와 차연주의 팔을 붙잡은 채 망설임 없이 몸을 돌렸다.

등을 돌려 도망치는 것에 대한 거부감은 없었다. 도망치는 것은 익숙했다. 그의 지옥에서의 삶은 대부분 도주와 은신이었다. 비참하고, 꼴사납고, 처절하게. 그는 그렇게 살아남았다.

'그리고.'

결국에는 이겼다. 그를 도망치게 만들었던 모든 존재를 짓밟고, 뜯어 먹었다.

강우의 눈이 가늘어졌다.

그를 바라보는 마물의 왕과 시선이 교차했다.

마물의 왕과 악마의 왕. 두 존재는 서로의 모습을 머릿속에 새겼다.

'딱 기다리고 있어라, 소고기.'

언젠가는.

'김치찌개에 넣어서 먹어주마.'

강우는 고개를 돌렸다.

"처음 왔던 곳으로 뛰어!"

셰이드에서 처음 눈을 뜬 장소. 그곳에 다시 지구로 통하는 입구가 있을 것이다.

"하지만 형님, 아직 균열의 핵이……."

"그건 이제 상관없으니까 뛰라고!"

김시훈이 무슨 소리를 하냐는 듯 고개를 돌렸다.

"아."

그의 입에서 짧은 탄성이 흘러나왔다.

30여 미터에 달하던 균열의 핵. 그 균열의 핵은 베히모스가 빠져나오며 갈가리 찢겨 있었다.

쿠웅! 크그그그궁!!

대지가 무너진다.

"크아아아아아아아!!"

베히모스가 괴성을 지르며 강우를 향해 달려들었다.

"빨리!"

"예!"

강우가 김시훈을 재촉했다.

"광휘의 날개!"

한설아가 팔을 뻗었다. 그러자 눈 부신 빛이 그녀의 몸에서 쏟아지며 파티원의 몸속으로 흘러 들어가고, 파티원들의 움직임이 대폭 빨라졌다.

"고마워, 임자!"

"강우 씨, 저기 보세요!"

뒤도 돌아보지 않고 도망치던 중, 한설아가 손으로 어딘가를 가리켰다. 강우의 시선이 한설아의 손을 따라 움직였다.

그녀가 가리킨 곳에는 수백, 수천에 달하는 마물 무리가 있었다. 마물의 무리가 사방으로 날뛰며 검은 그림자를 씹어 먹었다.

'네놈도 '그것'들과 같은 존재냐?'

'그게 이 뜻이었나.'

아무래도 셰이드는 강우가 오기 전부터 마물의 습격을 받고 있던 모양. 왜 셰이드의 모습이 지옥과 비슷했는지 이해할 수 있었다.

'이 세계는.'

구천지옥의 영향에 들어와 버린 것이다.

'제기랄, 이래서 게이트에서 마물들이 튀어나왔던 거구나.'

이제야 이해할 수 있었다. 삼원(三元)이 무엇인지, 위성 세계(衛星世界)가 무슨 의미인지.

'삼원이 지구랑 에르노어, 환 대륙을 의미한다면.'

위성 세계는 그 주변에 위치한 작은 세계였던 것. 그리고 그 세계가 구천지옥의 마물들에게 점령당했다는 의미는.

'지구가……'

구천지옥과 합쳐질 날도 머지않았다는 의미였다.

'제기랄.'

강우의 표정이 초조해졌다.

우려했던 일이, 실제로 일어났다. 머릿속으로 생각만 하고 있던 일이 실제 눈앞에 펼쳐지자 머릿속이 복잡하게 엉켰다.

'이번에 온 게 다행이었네.'

만약 가이아 시스템을 정지해야 한다는 리스크 때문에 균열 속으로 진입하지 않았더라면 머지않아 대참사가 일어날 뻔했다.

"크르르르르르!"

"혀, 형님!"

"크읏. 먼저 가십시오! 여긴 제가 막겠습니다!"

발록이 몸을 돌렸다.

차연주와 에키드나를 양팔에 끼고 질주하던 강우가 땅을 박차고 뛰어올라 발록의 머리를 걷어찼다.

뻐억!

"커헉!"

"깝치지 말고 튀어 이 새끼야! 어디서 드라마 찍고 지랄이야!"

강우가 버럭 소리쳤다.

발록은 얼얼한 뺨을 만지며 멍하니 그를 바라보다가, 이내 픽 웃으며 고개를 끄덕였다.

"왕의 뜻대로."

이내 그도 베히모스를 피해 도망치기 시작했다.

"형님, 저기 균열이 보입니다!"

김시훈이 외쳤다.

처음 눈을 떴던 곳에 가까워지자, 보라색 균열이 보였다.

균열의 핵이 박살 난 탓일까, 10여 미터에 달했던 보라색 균열은 눈에 띄는 속도로 그 크기가 줄어들고 있었다.

'제길.'

김시훈의 눈이 비정상적으로 좋을 뿐, 아직 거리가 꽤 많이 남았다.

강우는 무시무시한 속도로 쫓아오는 베히모스를 돌아보았다. 베히모스가 한 발자국 내딛을 때마다 천지가 개벽하는 듯 대지가 흔들렸다.

'이런 썅.'

속도가 빨라도 너무 빠르다.

애초에 육체의 크기 자체가 차원이 달랐다. 개미가 아무리 빠르게 발을 움직여도 사람보다 느리듯, 백여 미터에 가까운 베히모스의 육체는 한 걸음 움직일 때마다 무서운 속도로 가까워지고 있었다.

"아니 저 새끼 대체 무슨 방법으로 레비아탄을 낳은 거야?"

베히모스의 배우자였을 악마가 누구였는지 궁금할 지경.

강우는 거친 욕설을 내뱉으며 질주했다.

"키에에에엑!"

"크르르르!"

그때, 사방에서 쏟아진 마물들이 파티원들의 앞을 가로막았다.

강우의 표정이 일그러졌다.

'그냥 도망치는 건 무리다.'

베히모스에게 쫓기는 것도 모자라 마물들이 튀어나와 방해까지 한다면 가망이 없다.

"시훈아! 발록!"

"예, 형님!"

"여긴 저희에게 맡기십시오!"

김시훈과 발록이 마물의 무리를 향해 달려들었다.

양 떼 사이에 들어간 굶주린 맹수처럼 두 전사가 날뛰기 시작했다.

"설아야, 나 말고 시훈이랑 발록에게 버프를 집중해!"

"네, 강우 씨!"

"연주, 할키온, 에키드나! 너희는 균열까지 퇴로를 만들어!"

"너는 어쩌게?"

"나는……."

강우가 몸을 돌렸다. 대지를 뒤흔들며 돌진하는 거대한 황소의 모습이 보였다.

강우의 눈이 날카롭게 빛났다.

"저놈을 막을 거야."

"미, 미쳤어?"

"이게 최선이니까 조용히 하고 길부터 뚫어!"

밖으로 나가는 균열까지 아직 거리가 좀 남아 있었다. 여기서 베히모스를 막지 못하면, 마수의 공격에 타이밍을 놓치게 돼버린다.

"크르르르르르"

"후우."

강우는 깊은숨을 토해냈다.

긴장에 찬 몸을 푼다.

베히모스의 흉포한 울음소리가 점점 가까워진다.

'막는다.'

무슨 수를 써서라도.

강우가 오른손을 높게 들자 한기를 내뿜는 도끼가 만들어졌다.

'리바이어던.'

도끼의 자루를 잡는다. 거칠게 발을 구르고, 손을 뒤로 젖혔다.

'절멸의 권능.'

사탄의 권능을 담자 리바이어던의 도끼날에 검은 빛무리가 맺혔다.

몸을 반바퀴 회전시키며, 던진다.

쿠구구구궁!

리바이어던의 궤적을 따라 공간이 찢어발겨진다.

'부족해.'

이걸로는 턱도 없다는 것을 알고 있다.

강우는 마해의 열쇠를 통해 미친 듯이 스킬을 쏟아부었다.

하지만.

카앙! 카아앙!

"크아아아아아!!"

그 어떤 공격도 베히모스의 단단한 피부를 뚫지 못했다.

강우는 거칠게 입술을 짓씹었다.

'화력이 부족해.'

미쳤다는 말밖에 나오지 않는 압도적인 육체 스펙.

베히모스의 피부는 인페르노를 활용한 황혼까지 튕겨냈다. 아무리 공격을 쏟아붓는다고 해도 베히모스의 무식한 방어력을 뚫을 수 있을 리가 없다.

"제길."

강우의 표정이 일그러졌다. 점점 선택지가 '개문'을 사용하는 것으로 좁혀지고 있었다.

'그건 최악이야.'

개문을 사용하게 되면 이성을 유지하기 힘들었다. 점점 작아지는 균열을 통과하지 않고, 베히모스와 전투를 할 가능성이 높다는 의미.

'그러면 이 세계에 갇혀 버려.'

그거야말로 최악이었다.

강우는 두 눈을 질끈 감았다. 정상적인 방법으로는 베히모스를 타격할 수 있는 방법이 없었다.

'결국은.'

개문을 사용해야 하나.

갈등이 끓어올랐다.

'잠깐.'

그때, 머릿속에 번뜩이는 생각이 스쳤다.

"……시발."

자연스럽게 헛웃음이 흘러나왔다.

사실 이런 도박은 좋아하지 않는다. 하지만, 지금 이것 외에 다른 방법이 없다는 직감이 들었다.

'제길, 이런 거 별로 안 좋아하는데.'

강우는 깊게 숨을 들이쉬고 양팔을 넓게 펼쳤다.

"후우."

깊게 들이쉰 숨을, 토해낸다.

우우우우웅!!

왼손에는 새하얀 빛이 오른손에는 검은빛이 뿜어져 나온다.

"그래, 씨발. 한번 해보자고."

지금 아니면 언제 해보겠는가.

강우는 두 눈을 감았다.

불확실한 추측. 단순한 감각의 의존한, 도박수.

'탈태.'

만마전의 문을 살짝 연다.

동시에.

콰드드드드드득!!

두 손을 겹친다.

[띠링.]

[선행 퀘스트가 성공적으로 이뤄졌습니다.]

[마해의 네 번째 열쇠, '탐욕'을 획득하였습니다.]

['혼돈(混沌)'의 최하(最下)급 스킬, '혼돈-폭(爆)'을 습득하였습니다.]

겹쳐진 두 손에서 회색빛 기운이 만들어졌다.

"와봐, 이 소 새끼야."

마블링 좀 보자.

두 손이 겹친다.

서로 미친 듯이 반발하는 두 기운을 억지로 찍어 누르며, 한 곳에 모은다. 그리고.

'탈태.'

아주, 살짝. 만마전의 문을 연다.

반응은 빨랐다.

우드드득! 우득!

"카흑, 학!"

무시무시한 고통과 함께 시야가 점멸한다. 뼈가 어긋나는 섬뜩한 소리와 함께 피부가 짓이겨 벗겨진다.

'씨이이발.'

도저히 익숙해지지 않는 극한의 고통.

죽음의 문턱에 선 육체가 미친 듯이 발버둥 치기 시작했다.

'제발 맞기를.'

마기와 성력을 합칠 때 느꼈던 반발력. 그것이 탈태를 사용했을 때와 비슷하다는 사실을 얼마 전에 깨달았다.

"크윽, 카아!"

몸을 비튼다.

사실 탈태는 '기술'이라고 볼 수 없다. 간단하게 표현하면 실패작. 어떠한 긍정적인 효과도, 파괴력도, 완성도도 없는 그냥 실패한 기술이다.

그가 마기 제어력을 올릴 때 탈태를 활용한 이유는 단순하게 탈태가 워낙 병신 같은 기술이라 사용자를 죽음 직전까지 몰아넣기 때문이었다. 비유하자면 독의 내성을 올리기 위해 맹독을 생으로 씹어 먹는 머저리 행위. 그게 '탈태'였다.

'하지만.'

탈태는 실패한 기술이 맞다.

정확히는 탈태 자체가 실패한 기술이 아닌, 강우가 한 번도 성공시키지 못한 기술이다.

"하아, 하아, 하아."

거친 숨이 토해졌다. 만마전의 마기가 들끓었다.

미친 듯이 요동치는 마기에, 성력을 더한다.

무한에 가까운 마기에 비해 성력의 양은 비참할 정도로 적다. 거대한 바다 위에 물 한 바가지 쏟아 넣은 정도. 하지만 거기서 얻어지는 결과는, 강우가 상상했던 것 이상이었다.

[''혼돈(混沌)'의 최하(最下)급 스킬, '혼돈-폭(爆)'을 습득하였습니다.]

메시지가 떠오른다.

입가가 비틀어 올라갔다.

"크아아아아아!!"

쿵! 쿵! 쿵!

지축을 울리며 거대한 황소가 질주했다. 무슨 건물 한 채만한 크기를 가진 무식한 두 개의 뿔이 강우를 노린다. 거대한 뿔은 활활 타오르는 검은 화염으로 휩싸여 있었다.

"쓰읍."

깊게 숨을 들이쉰다.

양손을 겹쳐 만들어진 잿빛 기운을 오른 주먹에 담았다. 이제까지 느껴보지 못한, 이질적인 감각이 전신에 휘몰아쳤다. 난폭하고, 무질서하며, 난잡한 잿빛 기운이 날뛴다. 말 그대로 혼돈.

'마기보다 지랄 맞은 기운이 있을 줄이야.'

피식 웃음이 흘러나온다.

성력과 마기가 합쳐진 기운은 펄펄 끓는 기름에 물을 쏟아버린 듯이 서로 밀쳐내려 난동을 피우고 있었다.

'뭐, 그래도.'

강우는 가늘게 눈을 떴다.

그의 눈에 묘한 희열이 차올랐다.

'이 새끼 이거 묘하게 자존심을 자극하네.'

오른손에 맺힌 잿빛 기운을 바라보며 씨익 입가를 올렸다.

당장에라도 터질 것처럼 미친 듯이 날뛰는 기운을 조종하는 것. 아주 익숙한 일이다. 질릴 정도로 겪어온 일이다. 만 년이라는 아득한 시간 동안 단 한 순간도 쉬지 않고 해왔던 일들이다.

크그그그긍!

"혀, 형님!!"

"꺄아아악! 가, 강우 님!"

"왕이시여!"

김시훈과 할키온, 발록의 외침이 들려왔다.

'집중해.'

무시한다.

깊게 숨을 들이쉰 후, 자세를 낮춘다.

잿빛 기운이 서린 오른 주먹을 뒤로 당긴다. 자세를 살짝 비튼 것만으로도 온몸에 전해지는 부담이 배가 되었다.

'여기서.'

쿵!

거칠게 진각을 밟는다.

무술(武術)이라는 측면에서 보면 보잘것없는 실력을 지닌 강우가 그나마 무인(武人) 가까운 자세로 펼칠 수 있는 일격.

'하늘 부수기.'

왼발을 거칠게 내디디며, 허리를 비튼다. 뒤로 당긴 오른 주먹을 있는 힘껏 앞으로 내질렀다.

"크아아아아아아!!"

백여 미터에 달하는 괴물. 거대한 산이 움직이는 듯한 압도적인 크기의 마물의 왕과 고작해야 2미터도 채 되지 않는 악마의 왕이 격돌했다.

"——————!!"

소리가 사라진다. 지반이 수백 미터 깊이로 무너져 내리며 대기가 미친 듯이 끓어오른다. 무시무시한 반탄력이 강우의 몸을 포탄처럼 튕겨냈다.

"커헉!"

투두두두두두!

대지게 깊은 상흔을 남기며 뒤로 튕겨져 나갔다.

"형님!"

김시훈이 다급히 달려와 튕겨져 나가는 강우의 몸을 받아냈다.

두 사람의 몸이 겹친다.

"크읏."

강우는 오른팔을 쥔 채 몸을 웅크렸다. 잿빛 기운이 서려 있던 그의 오른팔은 흔적도 남기지 않고 산산이 박살 나 있었다.

본능적으로 재생의 권능을 사용했다.

"제기, 랄."

상처가 재생되지 않는다.

강우는 입술을 짓씹으며 몸을 일으키려다, 이내 크게 휘청거렸다.

"괘, 괜찮으십니까, 형님?"

김시훈이 끌어안은 팔에 힘을 더하며 소리쳤다.

강우의 상처는 오른팔만이 아니었다. 가슴에 베히모스의 뿔 조각이 박혀 있었다.

김시훈이 다급히 뿔 조각을 잡아 뽑았다. 검은 피가 분수처럼 쏟아졌다.

부욱!

김시훈은 망설임 없이 자신의 옷을 찢어 강우의 상처를 감싸 압박했다.

"하아, 하아."

가슴에 박힌 뿔 조각이 뽑히자 재생의 권능이 다시 효과를 발휘하며 산산이 터져 나갔던 오른팔이 빠른 속도로 재생되기 시작했다.

하지만, 아직 가슴에 새겨진 깊은 상처는 재생되지 않고 있었다.

"쿨럭, 쿨럭!"

"형님!"

검은 피를 토해낸 강우는 김시훈의 부축을 받고 몸을 일으켰다.

큰 상처를 입은 것은 강우만이 아니었다.

"크아아아아아아!!"

베히모스의 거대한 육체를 비틀며 발버둥 쳤다. 베히모스의 왼쪽 뿔이 처참하게 쪼개져 있었다.

강우는 놀랍다는 듯 멀쩡하게 재생된 자신의 주먹을 내려다보았다.

'설마 뿔을 박살 낼 줄이야.'

베히모스에 대한 무수한 전설 중 그의 뿔에 대한 얘기는 질리도록 들었다. 신조차 격살(擊殺)할 수 있다고 전해지는 신살(神殺)의 뿔. 베히모스가 살아온 아득한 세월 동안 흠집 한 번 나지 않았던 거대한 뿔이 박살 났다.

"크르르륵! 크륵!"

베히모스는 이제까지 경험해 보지 못한 끔찍한 고통에 시달리는 듯 온몸을 비틀며 남은 오른쪽 뿔 하나를 바닥에 벅벅 긁었다. 그러자 거대 굴착기로 땅을 파는 것처럼 땅이 파였다.

강우의 눈이 반짝였다.

'기회다.'

여기서 조금 더 몰아치면 베히모스를 죽일 수도 있을 것 같았다.

"왕이시여, 퇴로가 확보되었습니다!"

"강우 씨! 균열이 점점 좁혀지고 있어요! 빨리 이쪽으로 오세요!"

그때, 발록과 한설아의 외침이 들렸다.

강우의 표정이 일그러졌다.

'제길.'

시간이 많지 않았다. 아니, 단순히 시간만 없는 것이 아니다.

"설아 씨! 혀, 형님의 상처가……!"

베히모스의 뿔이 박혔던 가슴. 재생의 권능으로도 회복되지 않는 깊은 상처에서 검은 피가 꿀렁꿀렁 쏟아진다.

'상처가 너무 심해.'

치명상을 입은 것은 베히모스만이 아니다. 지금 베히모스를 잡기 위해서는 다시 한번 '혼돈-폭(爆)'을 사용해야 하는데, 이 몸 상태로 그 짓을 하다간 기운을 제어하지 못할 가능성이 컸다.

"도망, 치자."

끓어오르는 갈망을, 베히모스를 뜯어 먹고 싶다는 강렬한 욕망을 짓밟았다. 여기서는 도망치는 것이 현명했다.

"쿨럭! 큭, 으윽."

강우는 가슴을 움켜쥐며 다시 한번 검은 피를 토해냈다.

[아, 으아.]

그때, 강우의 귓가에 끊어질 듯한 신음 소리가 들렸다. 하지만 그를 신경 쓸 여유는 없었다.

"시훈 씨! 강우 씨를 데리고 어서 이곳으로 오세요!"

강우의 상처를 본 한설아가 창백하게 질린 표정으로 소리쳤다.

김시훈이 고개를 끄덕였다.

"꽉 붙잡으세요, 형님."

김시훈이 강우의 등을 바치고 무릎 사이에 손을 넣어 들어 올렸다. 흔히 공주님 안기라고 부르는 자세.

강우를 안은 김시훈이 천룡신법을 극한으로 사용했다.

그때였다.

쿠르르르룽!

"크아아아아!!"

찌적. 갈라진 지반이 무너져 내리고, 그와 동시에 발버둥 치고 있던 베히모스가 이쪽을 향해 검은 화염을 쏘아냈다. 무시무시한 열기가 뒤를 바짝 쫓는 것이 느껴졌다.

'도망쳐야 해.'

여기서 저 화염을 맞았다가는, 강우가 죽는다.

"으아아아아아!!"

김시훈은 무너지는 지반을 밟고 질주했다.

앞으로는 쩍쩍 갈라지며 무너져 내리는 땅. 뒤로는 베히모스가 쏘아낸 무시무시한 화염.

'제길!'

김시훈이 초조한 표정으로 입술을 짓씹었다.

이기어검을 사용해 징검다리라도 만들고 싶었지만 지금은 이기어검을 사용할 만한 무기조차 없다.

쿠르르릉!

"크읏!"

"강우 씨!"

그리고, 결국 더 이상 발을 디딜 것이 사라졌다.

중력에 이끌려 몸이 아래로 떨어진다.

"제길, 제길, 제길!"

김시훈은 거친 욕설을 뱉었다.

여기서 이렇게 허망하게 끝날 수는 없었다.

"으아아아아아!!"

발작을 일으키듯 소리 질렀다.

'무기가 없다면.'

무기를 만들면 됐다.

내공을 움직인다. 형태는 검.

급하게 만들어낸 검은 그 형체도, 위력도 불안하기 짝이 없었지만 상관없었다. 어차피 지금 필요한 것은 무기가 아닌, 발을 디딜 수 있는 디딤대였으니까.

쿵! 쿵! 쿵!

허공에 만들어진 내공의 검을 밟고, 날아오른다.

겉으로 보면 허공을 질주하고 있는 듯한 모습.

[무신 천태황과의 동화율이 51.2%에서 60.8%로 상승합니다.]
[천룡신법의 성취가 상승합니다.]
[허공답보(虛空踏步)을 습득하였습니다.]
[무형검(無形劍)의 기초를 습득하였습니다.]

눈앞에 메시지가 떠오르지만 그를 신경을 쓸 시간은 없었다.

"빨리!!"

보랏빛 균열이 점점 좁아진다. 이제는 3미터 정도.

파티원들은 점점 좁아지는 균열 앞에 서서 초조한 표정으로 이쪽을 바라보고 있었다.

"모두 먼저 들어가세요!!"

김시훈이 소리쳤다.

지금처럼 입구가 좁아지고 있는데 우르르 모여 기다리는 것은 미련한 짓이다.

"……왕을 부탁한다, 인간."

발록은 질끈 눈을 감으며 균열 안으로 몸을 던졌다. 다른 사람들도 초조한 표정으로 뒤돌아보며 균열 안으로 들어갔다.

"하아, 하아!"

김시훈은 거친 숨을 토해냈다.

균열의 크기는 이제 2미터.

'할 수 있다.'

1미터 80센티미터.

'조금만 더.'

1미터 50센티미터.

'조금만 더 빨리!!'

1미터 11센티미터.

"크윽!"

좁은 균열 안으로 김시훈은 몸을 던졌다.

강우를 안은 김시훈의 몸이 균열 안으로 들어가고.

터억.

균열이 닫혔다.

쿠르르릉!

잿빛 하늘, 메마른 대지의 황폐한 세계가 무너지고 있었다.

[위성 세계, 셰이드의 종말(終末)이 시작되었습니다.]

"흐음."

무너져 가는 세계에서, 낮은 목소리가 흘러나왔다.

"설마 베히모스의 뿔을 파괴할 줄이야… 하, 역시 그분은 감히 가늠하실 수 없는 분이군요."

거적때기 같은 낡은 로브. 곱추처럼 굽혀진 허리. 검은빛이 흘러나오는 지팡이를 쥔 그 존재는 천천히 무너져 가는 세계를 걸었다.

터벅, 터벅.

미친 듯이 흔들리는 대지를 여유롭게 걸어간 그는 이내 어느 한 곳에서 발걸음을 멈췄다. 강우가 검은 피를 토해냈던 장소였다.

"호오."

낡은 로브 안의 눈이 반짝인다.

"하하하! 이거 참, 마왕님도 마왕님이지만… 당신도 정말 대단하시군요."

그는 한쪽 무릎을 꿇어 강우가 쏟아낸 검은 피에 손을 댔다.

형편없이 녹아내린 마기의 결정체. 손톱만 한 검은 보석을 쥐었다.

[아, 아으.]

검은 보석에서 신음이 흘러났다.

[나, 나는…….]

"당신이 누군지는 말씀하지 않으셔도 알고 있습니다."

낄낄, 쇠를 긁는 듯한 불쾌한 웃음소리가 흘러나왔다.

"다시 뵙게 되어 반갑습니다, 사탄 님."

·10장·
눈을 뜬 여신

[균열을 닫는 데 성공하였습니다.]
[가이아 시스템이 일부 복구되었습니다.]

"하아, 하아."
균열 밖으로 나온 김시훈이 거친 숨을 토해냈다.
아슬아슬하게, 균열이 닫히기 직전 빠져나오는 데 성공했다.
"강우 씨!"
밖으로 나오자 한설아가 창백하게 질린 표정으로 달려왔다.
그녀는 검은 피가 흘러나오는 강우의 가슴에 손을 올렸다.
우우우우웅!!
눈 부신 빛이 뿜어져 나오며 재생의 권능으로도 회복되지 않았던 상처가 그녀의 빛이 닿자 빠른 속도로 회복되기 시작했다.

고통에 일그러졌던 강우의 표정이 점차 편해져 갔다.

"하아."

강우가 숨을 토해냈다.

그의 뺨을 붙잡으며 한설아가 소리쳤다.

"강우 씨!"

"이제 괜찮아."

강우는 가볍게 웃으며 몸을 일으켰다. 아직 몸 이곳저곳에 통증이 남아 있지만, 충분히 견딜 수 있는 수준이다.

강우는 자신의 가슴에 박혀 있던 베히모스의 뿔 조각을 쥐었다.

'신살(神殺)의 힘이 담긴 뿔.'

나중에 쓸 일이 있을 것 같아 품속에 집어넣었다.

고개를 돌려 주변을 살폈다.

"게이트 밖이네."

"예. 아마 그 보랏빛 균열이 E급 게이트 전체를 집어삼킨 다음… 게이트 자체가 사라진 것 같아요."

"이제까지 게이트 자체가 사라진 적은 이번이 처음 아냐?"

"네, 맞습니다."

김시훈이 고개를 끄덕였다.

강우는 흔적도 없이 사라진 게이트를 잠시 떠올리며 눈앞에 떠오른 메시지창을 바라보았다.

'성공했네.'

베히모스라는 예상치 못한 변수가 있었지만, 다행히 균열의 핵을 파괴하는 데 성공했다.

메시지를 읽던 강우의 표정이 굳었다.

'결국, 일부 복구밖에 하지 못한 건가.'

이것도 가이아의 말에 따르면 일시적인 방책일 뿐, 계속되지는 않는다고 했다.

'균열의 핵.'

처음 지구에 도착했을 때, 그 단어를 들은 기억이 있다.

'아마 이번에 파괴한 균열의 핵은 곁가지에 불과하겠지.'

자신이 가이아 시스템에 갈리면서 떨어진 부산물이라는 느낌이 들었다.

결국, 현재 가이아 시스템을 완전히 복구할 수 있는 방법은 하나.

'내가 뒤지는 것뿐인가.'

강우는 헛웃음을 흘렸다.

진정한 균열의 핵은 자신이다. 가이아 시스템의 영구적인 복구를 위해서는, 결국 자신이 죽어야 모든 것이 해결된다.

'안 될 말이지.'

고려할 가치도 없다.

세계의 평화? 지구의 구원?

'× 까라고 해.'

얼마나 악착같이 만 년을 버텨왔던가. 그런데 이제 와서 자신이 죽어야만 세계의 평화가 지켜진다니. 개소리에도 정도가 있다.

'난 살아남을 거다.'

언제나 그랬던 것처럼.

"강우, 강우⋯⋯."

에키드나가 눈물범벅이 된 얼굴로 그를 끌어안았다.

강우는 픽 웃으며 그녀의 머리칼을 쓰다듬었다.

"걱정 많이 했어?"

"응⋯⋯."

"이제 괜찮아. 말했잖아. 혼자 두고 가지 않을 거라고."

에키드나가 입술을 삐쭉 내밀었다.

"강우는 거짓말쟁이야."

"어? 뭐가?"

"발록이 혼자 남겠다고 했을 때는 막 욕하면서 때렸으면서 맨날 자기 혼자 남으려고 해."

"어⋯⋯. 음."

생각해 보니 그랬던 적이 꽤 많았던 것 같다.

"예전부터 그래왔으니 새삼스러운 일도 아니다, 어린 용이여."

발록이 다가왔다.

그는 강우를 일으켜 세워 부축하며 말을 이었다.

"항상 그랬지. 말로는 그런 쓸데없는 짓 하지 말라고 하시면서 결국 혼자 모든 짐을 짊어지셨다."

발록이 약간 화가 난 목소리로 말했다.

에키드나가 손뼉을 쳤다.

"아, 그럼 강우는 그거야?"

"그거?"

"입으로는 거짓말을 하지만 아래쪽은 솔직하군, 후후후. 같은 거?"

"뭐? 그런 말 어디서 배웠어?"

"강우 방에 있는 외장 하……."

콰앙!

검은 빛살이 쏘아진다.

신속의 권능을 사용한 강우는 대지를 박차며 에키드나에게 달려들어 다이빙을 하듯 그녀의 몸을 끌어안은 채 바닥을 굴렀다.

콰드드드득!

순식간에 20여 미터의 거리를 구른다.

"허억, 허억."

거친 숨이 흘러나온다. 식은땀이 목덜미를 타고 옷을 적셨다.

그의 품에 안긴 에키드나가 동그란 눈으로 그를 올려다보았다.

"너, 너너너너."

설마 그 금단의 폴더를. '직박구리'를 열어본 거냐.

"대, 대체 어, 언제."

사실 의심 가는 날은 많았다. 방을 비운 적이 한두 번이 아니었으니까.

강우는 베히모스를 상대했을 때보다 오히려 창백하게 질린 표정으로 에키드나를 내려다보았다.

"응?"

에키드나는 고개를 갸웃거리며 강우를 올려다보았다.

"강우, 들키면 곤란한 거였어?"

"……아니."

"들키면 곤란한 거구나."

흐응! 에키드나가 힘차게 콧김을 뿜었다.

그녀는 히죽 미소를 지으며 강우의 옷자락을 잡아당겼다.

"강우. 나, 강우랑 같이 일본에 아키하바라라는 곳에 놀러 가고 싶어."

"……."

"같이… 가줄 거지? 물론 강우랑 나랑 둘이서만 가야 해."

강우는 입술을 짓씹었다.

'그렇게 순수하고 착했던 아이가.'

어느새 이렇게 요물이 되어버렸단 말인가. 500살 소녀(?)의 사춘기에 강우의 가슴이 철렁 내려앉았다.

'여기선 강하게 나가야 돼.'

오냐오냐해서는 답이 없다. 누가 위인지, 주인을 입맛대로 조종하려고 하면 어떤 일이 일어나는지 확실하게 알려줘야 했다.

강우는 에키드나의 어깨를 잡고 깊게 가라앉은 눈빛으로 입을 열었다.

"에키드나."

"아니면 설아랑 리리스한테 알려줄까?"

"비행기는 오전 비행기가 좋겠지?"

여권 꼭 챙기고.

"강우! 성공한 거야?"

수호의 전당으로 들어가자마자 우리엘이 달려왔다.

그는 걱정스러운 표정으로 강우를 바라보더니 이내 고개를 푹 숙였다.

"미안해. 연락을 받자마자 갔는데… 이미 게이트가 닫혀 버렸어."

"괜찮습니다. 저희도 기다리지 않고 바로 출발했으니까요."

우리엘이 참전했다면 오히려 골치 아팠을 상황이 많았다.

"계획은 잘 성공했어? 안에서 무슨 일이 있던 거야?"

"그건 안에 가서 설명드리겠습니다."

강우는 파티원을 이끌고 우리엘과 함께 수호의 전당 내부로 향했다. 그가 향한 곳은 말할 것도 없이 가이아가 머물고 있는 방.

방문을 열자 가이아가 그들을 반겼다.

"성공하셨군요!"

그러더니 이내 얼굴을 굳힌다.

"호, 혹시 사상자는……."

"강우 형님이 크게 다치긴 했지만 설아 씨의 도움으로 위기 상황은 넘겼습니다. 모두 무사해요."

"아……."

그녀의 눈을 타고 투명한 눈물이 흘러내렸다.

"흐윽……. 여러분을… 믿고, 있었습니다. 정말… 정말 다행이에요."

가이아 또한 이번 작전이 얼마나 위험한지 잘 알고 있었다. 그럼에도 한 명의 사상자도 없이 복귀했다는 소식을 들었으니 절로 눈물이 흘러나오겠지.

"울지 마세요, 가이아 씨."

김시훈이 다가가 그녀의 눈물을 닦았다.

강우는 쓴웃음을 지으며 가이아 옆에 앉았다.

"지금 지구의 수호의 상태는 어떻습니까?"

가장 중요한 질문이었다.

"일시적이긴 하지만… 많이 복구되었습니다. 앞으로 한동안은 가이아 님의 힘도 어느 정도 돌아오고, 마물이 게이트에 등장하는 일도 없을 거예요."

"다행이군요."

정말 다행이었다.

근본적인 해결책은 아니었지만, 어쨌든 지구가 셰이드처럼 구천지옥에 집어삼켜지는 시간을 늦추는 데 성공한 거니까.

"그럼, 균열 안에 있었던 일들을 보고드리겠습니다."

강우는 이번에 있었던 일들을 남김없이 설명했다.

베히모스가 등장했다는 말에 가이아는 크게 놀라더니, 이내 강우가 그를 홀로 막아섰다는 부분에선 거의 울먹거렸다.

"정말… 정말 모두 고마워요."

가이아는 고맙다는 말을 계속 반복하더니, 갑자기 멍한 표정으로 말을 끊었다.

아마 그녀를 통해 신이 계시를 내리고 있는 모양.

"가이아 님이 지금 몸을 회복하신 직후라 나중에 따로 인사를 드리시겠데요."

"아, 예."

강우는 떨떠름한 표정을 지었다.

'무능한 트롤러랑 할 얘기는 없지만.'

그래도 꼴에 신이 아닌가.

강우는 쯧, 혀를 차며 고개를 끄덕였다.

그때였다.

우우우우웅!!

"어?"

"가, 가이아 씨!"

가이아의 몸에서 새하얀 빛이 흘러나왔다. 세라핌과는 또 다른, 광활하게 펼쳐진 대지를 연상케 하는 포근한 빛이었다.

그리고.

"아."

가이아의 눈이 뜨였다.

"가이아 씨……?"

"아, 아으?"

가이아는 믿어지지 않는다는 듯이 자신의 눈을 만졌다.

그녀는 덜덜 떨리는 몸으로 휠체어에서 천천히 몸을 일으켰다. 두 발이 굳건히 대지를 딛는다.

무거운 침묵이 내려앉았다.

가이아는 멀쩡히 움직이는 자신의 두 다리를 내려다보며,

갈색빛 눈으로 김시훈을 바라보았다.

"시훈… 씨?"

"가이아 씨."

"아, 아아."

그녀는 덜덜 떨리는 손으로 김시훈의 뺨을 쓰다듬었다.

뺨을 타고 투명한 눈물이 흘러내렸다.

"흐윽. 흐으윽."

가이아는 차오르는 감정을 주체하지 못하고 자리에 주저앉
았다.

"흐아아아아아아아앙!!"

서러움에 찬 눈물이 흐른다.

화신이 되기 전, 그저 평범한 소녀였을 가이아. 그녀는 자신
의 이름도 버린 채 세계를 지키기 위해 숙명을 받아들였다.

그리고 두 눈과 다리를 잃었다.

그녀가 느꼈을 미칠 듯한 고독과 부담. 눈과 다리를 상실했
을 때의 절망감. 그것을 감히 상상하긴 어려웠다.

"시훈아."

강우는 김시훈의 어깨에 손을 올렸다.

그는 멍한 표정으로 주저앉아 우는 가이아를 내려다보고
있었다.

"우린 이만 가볼 테니까, 잘 위로해 줘."

김시훈은 답하지 않았다.

강우는 방 안에 있던 사람들을 데리고 밖으로 나왔다.

"흐윽… 흐으윽."

"가이아 씨."

김시훈은 한쪽 무릎을 꿇고, 그녀의 야윈 몸을 끌어안았다. 더 이상 대화는 의미 없었다.

김시훈은 그녀의 턱을 잡아, 조심스럽게 들어 올렸다.

"아……."

당황에 물든 가이아의 입술에 김시훈은 조심스럽게 입을 겹쳤다.

가이아가 눈을 뜬 지 3일.

김시훈은 그녀가 다시 생활에 적응할 수 있도록 여러 물건을 그녀의 방 안에 들여놓았다.

책상에 의자, 각종 화장품들과 개인용 컴퓨터까지. 황량했던 가이아의 방은 김시훈이 선물해 준 각종 가구들로 가득 찼다.

"후우."

그리고 야심한 밤. 김시훈은 손에 작은 상자를 꼭 쥔 채로 굳게 닫힌 가이아의 방 앞에 섰다.

'지금 시간에 갑자기 들어가는 건 좀 그런가?'

이미 새벽에 가까운 시간. 하지만 그녀를 위해 몰래 준비한 선물을 꼭 전해주고 싶었다.

김시훈은 조심스럽게 상자를 열었다. 상자 안에는 가이아에게 어울리는 새하얀 구두가 들어 있었다.

"크, 크흠."

상자를 내려다보니 괜히 얼굴이 화끈거렸다.

김시훈은 다시 한번 깊게 숨을 들이쉬었다.

'그래, 깜짝 선물이니까.'

이제까지 이것저것 가구를 준비해 주긴 했지만, 어디까지나 생활에 필요한 물건을 들여놓은 것에 불과했다. 이런 본격적인, 마친 '연인' 사이에 주고받을 것 같은 선물은 이 구두가 처음. 김시훈의 가슴이 쿵쿵 뛰었다.

'놀래켜 드려야지.'

노크를 할까 생각했지만, 이내 생각을 접었다.

김시훈은 조심스럽게 가이아의 방문을 열었다.

그리고.

"얏호!"

의자에 앉아, 컴퓨터 화면을 바라보며 번쩍 손을 들어 올리는 가이아. 그녀의 컴퓨터 화면에는.

"히토미 만세!"

화면에는…….

"에로 망가 만세!!"

턱.

김시훈의 손에 쥔 상자가 바닥에 떨어졌다.

소리를 들은 가이아가 다급히 고개를 뒤로 돌린다.

"어?"

그녀의 표정이, 창백하게 질린다.

"시, 시훈 씨?"

죽음과도 같은 침묵이 흘렀다.

침대에 앉은 가이아와 김시훈. 두 사람은 서로 입을 열면 죽는 병이라도 걸린 듯 굳게 입술을 다문 채 허공을 응시하고 있었다.

영원히 이어질 것 같은 침묵을 먼저 깬 것은 가이아였다.

탁.

"역시."

그녀는 자리에서 일어선 후, 책상 앞으로 걸어갔다.

그리고 호신용으로 그레이스가 선물해 준 단검을 손에 쥔 채 말했다.

"죽어야겠어요."

"가이아 씨!!"

빛살 같은 속도로 김시훈이 움직였다.

그는 가이아의 몸을 뒤에서 끌어안으며 단검을 쥔 손을 붙잡았다.

"놔, 놔요! 이, 이런 수치를 겪고 더 이상 살아갈 자신이 없어요!!"

"크윽!"

김시훈의 입에서 침음이 흘렀다.

그는 뒤로 끌어안은 팔에 필사적으로 힘을 더하며 경악한 눈으로 그녀를 바라보았다.

'무슨 힘이?'

은은한 빛으로 빛나는 가이아의 완력은 무식할 정도로 강했다. 무신과의 동화율이 60프로를 넘어선 김시훈을 순수한 완력으로는 압도할 정도.

김시훈은 초조한 표정으로 입술을 짓씹었다.

'가이아 님의 힘이 회복됐기 때문인가.'

아마 그럴 가능성이 컸다.

그녀는 가이아의 선택을 받은 화신(化神)이었으니까. 가이아가 힘을 회복하면서 화신으로서의 힘이 돌아온 것이다.

'제길.'

결국, 그녀를 말로 설득하는 것 외에 다른 방법이 없었다.

"저, 저는 아무렇지도 않습니다!"

"거짓말하지 마세요!!"

가이아는 새빨갛게 달아오른 얼굴로 외쳤다.

"흐윽…… 왜, 왜 이런 일이…….'

눈물까지 글썽인다.

그러더니 이내 날카로운 눈으로 김시훈을 쩨려보았다.

"이, 이게 다 시훈 씨가 노크도 하지 않고 들어온 게 잘못한 거예요."

"예, 다 제 잘못입니다."

"이익!"

가이아가 팡팡 그의 가슴을 때린다. 실핏줄이 보일 만큼 야윈 주먹이었지만, 그 안에 담긴 거력(鉅力)은 무시할 수 없는 수준이었다.

'커헉!'

김시훈은 가슴을 부여잡은 채 몸을 웅크렸다.

가이아는 펑펑 눈물을 흘리며 그를 복날의 개처럼 두들겨 패는 중.

'이대로 있다가는.'

진짜로 죽을 것만 같았다.

김시훈은 휘둘러지는 가이아의 손목을 잡고 자기 쪽으로 잡아당겼다.

"진정하세요, 가이아 씨. 정말로 아무렇지도 않습니다."

"……"

"오히려… 가이아 씨의 이런 모습을 알게 돼서 좋네요."

"조, 좋다고요?"

가이아의 눈썹이 크게 올라갔다.

김시훈은 피식 웃으며 고개를 끄덕였다.

"예. 사실… 이제까지 가이아 씨의 이런 모습은 상상도 못했거든요."

"으, 으으."

가이아가 풀 죽은 표정으로 고개를 숙였다.

"시, 실망하셨나요?"

"아뇨."

김시훈은 가볍게 웃음을 터뜨렸다.

"말하지 않았습니까. 이런 가이아 씨의 모습을 봐서 오히려 더 기쁘다고요."

가이아는 입술을 삐쭉 내민 채 침대 위에 다시 걸터앉았다. 이미 바닥까지 다 보여줬다고 생각한 탓일까, 그녀의 표정은 평소와 달리 한결 편해 보였다.

"저, 저도 가이아 님의 화신이 되기 전까진 평범하게 살고 있었다고요."

'그게 평범⋯⋯?'

하고 싶은 얘기는 많지만 하면 안 될 것 같았다.

김시훈은 의자를 끌어와 가이아의 앞에 앉았다.

희미하게 방 안을 밝히는 등, 붉은빛으로 달아오른 가이아의 모습은 어딘가 요염하게까지 느껴졌다. 김시훈은 그녀를 바라보며, 깊은 생각에 잠겼다.

'그러고 보니⋯⋯.'

그녀에 대해 잘 아는 것이 없었다. 화신이 되기 전 어떻게 살아왔는지, 무엇을 좋아했는지, 어떤 취미가 있었는지. 아무것도 알지 못했다.

'하.'

무심코 헛웃음이 흘러나왔다.

김시훈은 깊게 가라앉은 눈빛으로 머리칼을 쓸어 넘겼다.

'첫눈에 반했다니 뭐니 지껄여 놓고선.'

정작 그녀에 대해 조금도 생각하지 않았다.

'형님이 아시면 한 대 맞겠는걸.'

강우를 떠올리며 그는 픽 웃었다.

"더 알고 싶습니다."

"……예?"

"가이아 씨에 대해, 더 알고 싶다고요."

가이아가 뺨을 붉히며 시선을 피했다.

"아, 아셔도 재미없을 거예요."

"그래도 알고 싶어요."

김시훈은 의자에서 일어나 가이아의 옆자리에 걸터앉았다.

조심스럽게 손을 뻗어 그녀의 가녀린 손을 잡았다.

"우선은, 가이아 씨의 진짜 이름부터 알고 싶어요."

가이아는 굳게 입을 다문 채, 고개를 숙였다.

자신의 이름. 가이아의 화신이 되기로 결심한 것과 동시에 스스로 버렸던 이름.

"제 이름은……."

여인의 목소리가 떨렸다.

지금 이 순간, 그녀는 여신의 화신이 아닌 한 인간으로서 입을 열었다. 오랫동안 숨겨온 비밀을 밝히듯 조심스럽게.

"레이라… 예요."

김시훈은 방긋 미소를 지었다.

가이아, 아니, 레이라의 뺨에 손을 올렸다.

"참 예쁜 이름이네요."

김시훈은 환한 미소를 지으며 고개를 숙였다.

두 사람의 입술이 겹친다.

"정말 다행이네요."

"응? 뭐가?"

"가이아 씨요."

한설아는 상냥한 미소를 지으며 두 손을 겹쳤다.

"눈이 안 보이고 다리도 움직이지 않았으니… 아주 괴로우셨을 거예요."

"그건 그렇지."

강우는 고개를 끄덕였다.

가이아가 펑펑 눈물을 흘리는 모습은 그의 가슴도 찡하게 울렸다. 진짜 가이아 말고 화신 쪽 가이아에는 꽤나 정이 들었으니까.

'우리 제수씨 행복하게 살아야지.'

그래야 김시훈도 괜히 한눈팔지 않고 그녀의 옆에 붙어 있을 것 아닌가.

"이제 그 지구의 수호… 라는 것도 회복됐으니 평화롭게 지낼 수 있겠죠?"

"좀 여유가 생긴 건 맞지."

강우는 고개를 끄덕였다.

영구적이지는 않지만, 시간을 버는 것에 성공했다. 지금 가이아가 가장 걱정하고 있는 '세라핌이 어둠의 편에 넘어간' 것의 진실 또한 알고 있으니 조급하게 움직일 필요 또한 없다.

'그렇다고 가만히 놀고 있을 수는 없지만.'

시간을 벌긴 했지만, 영원히 이어지는 것은 아니다. 결국 이대로 아무것도 하지 않은 채 시간이 흐른다면 다시 가이아 시스템이 붕괴하기 시작할 것이다.

'그리고.'

강우의 눈이 깊게 가라앉았다.

검은 화염을 내뿜는, 거대한 황소의 모습이 떠올랐다.

'언젠가 오겠지.'

지금부터 착실히 대비를 해둬야 할 필요가 있었다.

"우선……."

강우는 상태창을 열어 마해의 열쇠를 확인했다.

네 번째 열쇠 '탐욕'. 그를 얻음으로써 마지막 하나만을 남겨두게 되었다.

[마해의 다섯 번째 열쇠, '역천(逆天)'을 획득하기 위해선 선행 퀘스트를 완료해야 합니다.]

이번에도 역시 퀘스트가 생겼다.

['마해의 열쇠' 선행 퀘스트-'하늘에 올라선 악마']
[혼돈(渾沌)계열 하(下)급 이상의 기술을 터득하시오.]

"……끄응."

강우는 골치가 아프다는 듯 눈살을 찌푸렸다.

전에 운 좋게 도박이 성공해 최하(最下)급 기술을 터득하는 데 성공했지만, 그건 어디까지나 우연과 우연이 겹친 결과였다.

최하급 기술인 '혼돈-폭'만 해도 완전히 다루지 못해 오른손이 폭죽마냥 폭발해 버렸는데 그 상위에 단계의 기술을 터득하는 건 지금 당장은 어림도 없는 일.

'근데 진짜 그게 최하급 기술이었다고?'

뭔가 쉽게 믿어지지 않았다. 최하, 라는 이름이 붙은 기술이 신살(神殺)의 힘이 담긴 베히모스의 뿔을 산산이 박살 내버렸으니까.

'대체 이게 등급이 올라가면……'

무슨 일이 생기는지 상상하기 어려웠다.

"……일단 꾸준히 수련해 두는 방법 외에는 없나."

혼돈 계열 기술을 사용하기 위해서는 만마전의 약식 개방, 즉 '탈태'와 동시에 사용해야 한다는 점에서 리스크가 큰 것은 사실이다.

하지만 이 정도까지 경이로운 위력을 보았는데 가만히 방치해 둔다는 것은 어불성설. 어떤 리스크가 있다고 하더라도 이 기술만큼은 몸에 익혀야 했다.

'퀘스트도 있고.'

여러모로 혼돈 계열 기술은 필요했다.

'그나마 다행인 건 성력이 크게 필요 없다는 점인가.'

지금 그가 지닌 무한한 마기에 비해서 성력은 초라하기 짝이 없었다. 힘의 균형은커녕 자세히 들여다보지 않으면 성력이 있는지도 잘 알 수 없는 수준.

하지만 일단 '혼돈'이 만들어지기 시작하면 자동으로 주변 마기를 빨아들여 몸집을 키우기 때문에 성력과 마기의 불균형이라는 큰 걱정거리를 덜 수 있었다.

"그건 그렇고……."

강우의 입에서 깊은 한숨이 흘러나왔다.

옆자리에 앉아 고민하는 강우를 사랑스럽다는 표정으로 바라보던 한설아가 물었다.

"왜 그러세요, 강우 씨?"

"아니, 좀 짜증 나는 일이 있어서."

모든 일들이 좋게 풀리지는 않았다.

'절멸의 권능이 제대로 사용이 안 돼.'

가슴에 깊은 상처를 입은 후, 어째서인지 사탄의 권능이 불안정해졌다. 마치 통신이 끊기듯 권능을 사용하는 중간중간 갑작스럽게 권능이 멈췄다.

'베히모스에게 당한 상처 때문인가.'

그의 뿔에 가슴이 찔린 후로 이렇게 됐으니 그럴 가능성이 컸다.

'일단 당분간 절멸의 권능은 봉인해 둬야지.'

대공의 권능 하나를 잃는다는 것은 아쉬운 일이지만 그렇다고 해서 불안정한 권능을 사용할 수는 없었다.

'짜증 나네.'

다른 권능도 아니고 무려 대공의 권능을 잃었다는 생각이 드니 짜증이 확 솟구쳤다.

"강우 씨."

그때, 한설아가 다가와 강우의 머리를 끌어안았다.

믿기 힘든 부드러운 감촉이 뺨을 압박했다.

'세상에.'

치솟았던 짜증이 순식간에 눈 녹듯이 사라져 버렸다.

한설아가 쿡쿡 웃으며 말을 이었다.

"너무 그렇게 무서운 표정 짓지 마세요. 어려운 작전에 성공했잖아요."

"아, 응. 그렇지."

"오늘은 더 고민하지 마시고 즐기자고요."

한설아가 끌어안은 강우의 머리를 쓱쓱 쓰다듬으며 말했다.

"오늘 발록 씨랑 리리스 씨, 연주 씨까지 다 불러서 간단한 파티라도 해요. 괜찮죠?"

"메뉴는 소고기가 좋을 것 같아."

베히모스를 떠올리자 괜히 소고기가 땡겼다.

"호호호. 네. 강우 씨가 좋아하는 것 잔뜩 만들어 드릴게요. 아 참, 강우 씨. 에키드나랑 같이 나가서 맥주 좀 사 와주실 수 있나요? 발록 씨가 꼭 드시고 싶다고 하셔서요."

"그 자식, 술 마시면 안 되는데."

강우는 픽 웃으며 고개를 끄덕였다.

옷을 가지러 방문을 열자, 책상 위에 놓인 검은 물체가 보였다.

"아, 그러고 보니 이것도 있었지."

강우는 베히모스의 뿔 조각을 내려다보았다.

산산이 박살 난 조각 중 하나임에도 무려 1미터가 넘는 크기를 지닌 거대한 뿔 조각.

'이걸 어떻게 써먹을까.'

신살(神殺)의 힘이 담긴 뿔 조각. 이걸 가만히 내버려 두는 것도 아까웠다.

'그렇다고 내 무기로 쓰기도 좀 애매한데 말이야.'

자신에게는 베히모스의 뿔 조각과는 비교할 수 없는, '마해의 열쇠'라는 강력한 장비가 있지 않은가.

베히모스의 뿔 조각을 툭툭 건드리며 생각에 잠겼다.

'누구한테 줘야 하나.'

후보를 하나씩 떠올렸다.

고민은 길지 않았다.

"그래."

지금 이 물건이 가장 필요한 사람은, 한 명뿐이었다.

"나한테 무기를 만들어주겠다고?"

차연주가 동그랗게 눈을 떴다.

갑작스러운 제안. 생각지도 않았던 일에 고마움보다 당황스럽다는 감정이 앞섰다.

"갑자기 무슨 무기?"

"아니, 천천히 생각해 봤는데 말이야."

발록, 할키온, 에키드나, 김시훈. 당장 머릿속에 떠오르는 후보는 많았다.

하지만 이미 발록에게는 패왕갑이, 김시훈에게는 성검 루드비히가 있었다. 할키온만 하더라도 무기를 사용하는 스타일은 아니었고, 에키드나는 말할 것도 없다.

'결국 남은 건 천무진이랑 차연주 정도인데.'

아무래도 천무진보단 차연주에게 빚진 것도 많고, 더 친했다. 결정적으로 차연주는 이번 작전에 참여했다.

"네가 가지는 게 가장 좋을 것 같아서."

강우는 1미터에 달하는 베히모스의 뿔 조각을 들어 올렸다.

차연주는 두 눈을 크게 뜨더니, 이내 뺨을 붉히며 시선을 피했다.

"그, 그래?"

베히모스라는 이름을 지닌 괴수의 뿔이 얼마나 강력한지는 그녀 또한 잘 알고 있었다. 검은 화염에 휩싸인 황소가 저 뿔로 대지를 아작 내며 돌진하는 장면을 직접 목격하지 않았는가.

"응. 네가 사용하는 게 가장 좋을 것 같아."

"크흠. 그렇게까지 말하면 사용해 줘야지."

차연주는 기분 좋은 듯 콧노래까지 흥얼거리며 베히모스의 뿔 조각을 만졌다.

가볍게 쓰다듬는 것만으로 찌릿한 감각이 손끝을 자극한다. 그 뿔 안에 담긴 아득한 힘이 느껴졌다.

"그런데 이거 가공할 수는 있는 거야? 내 무기는 좀… 특이한데."

차연주가 곤란한 표정으로 물었다.

강우는 픽 웃으며 고개를 끄덕였다.

"그 정도는 내가 할 수 있어."

차연주의 무기는 사슬. 날카로운 가시가 달린 쇠사슬이었다.

'통짜로 만들기는 좀 양이 부족하지만.'

자신의 마기를 담아 코팅을 하는 식으로 베히모스의 뿔 조각을 입히는 것은 가능했다.

"그럼 일단 쇠사슬부터 전부 밖으로 꺼내줘."

"응."

차연주는 양손을 앞으로 뻗으며 살짝 손목을 비틀었다. 촤르륵 양 손목에 찬 팔찌에서 쇠사슬이 흘러내렸다.

강우는 신기하다는 듯 그녀의 손목을 바라보았다.

"그 팔찌의 기능이야?"

"아니, 이건 내 고유 특성. 장비 하나에 쇠사슬을 저장해서 마음대로 사용할 수 있어."

"아하."

강우는 고개를 끄덕이며 천천히 손을 뻗어 그녀의 손목을 살짝 잡았다.

"뭐, 뭐 하는 거야?"

차연주가 날카롭게 눈을 뜬다.

"가만히 있어."

강우는 그렇게 말하며 가늘게 눈을 떴다.

차연주의 몸 안에 흐르는 마력의 흐름을 읽는다.

'생각보다 잘 정제되어 있네.'

그녀의 성격상 야생마처럼 날뛰는 마력의 흐름을 상상했는데 생각 외로 점잖다.

'이 마력의 흐름에 맞춰.'

그녀의 무기를 구상했다.

다른 사람이 사용할 무기를 만드는 것은 처음이었지만 근본적인 기술 자체는 비슷했다.

'더욱 편하게, 더욱 강하게.'

무기란 편하고 쎈 것이 그냥 최고다. 괜히 복잡하고 어려운 기능을 넣을 필요가 없다.

차연주의 손을 잡아 손바닥을 천천히 주물렀다.

"야, 야 이 새끼야! 뭐, 뭐 하는 짓이냐고!"

차연주가 얼굴을 붉히며 소리쳤다. 무기를 만들어주겠다는 놈이 갑자기 손을 떡 주무르듯 주무르니 당황하지 않을 수가 없었다.

"가만히 있으라니까."

"이, 이……!"

강우는 차연주의 반항을 가볍게 무시하며, 그녀의 손을 천천히 살폈다.

'무게는 살짝 가벼운 정도가 적당하겠고… 완력이 아니라 마력으로 쇠사슬을 조종하니 마력 반응만큼은 최상으로 하는 게 좋겠어.'

대충 머릿속에 그림이 그려졌다.

강우는 수북이 쌓인 쇠사슬을 향해 손을 뻗었다. 한 손에 베히모스의 뿔 조각을 쥔 채, 눈을 감는다.

우우우우웅!!

거대한 기운이 움직였다. 신살(神殺)의 힘이 담긴 뿔을 샛노란 화염이 녹여내기 시작했다.

'불길의 권능.'

마몬의 권능이 다시 한번 빛을 발한다. 베히모스의 뿔 조각이 새빨갛게 달아오르더니 넓게 펼쳐졌다.

쇠사슬의 위에 베히모스의 뿔을 덮었다.

차연주는 바짝 집중한 표정으로 무기를 만들고 있는 강우의 얼굴을 빤히 바라보았다.

멍하니 그를 바라보더니, 이내 신경질적으로 입술을 짓씹는다. 화가 난 듯 표정을 일그러뜨린 것도 잠시, 곧 다시 멍하니 강우를 응시했다.

"다 됐다."

"……어?"

"다 끝났다고."

"아, 응."

차연주가 크흠, 헛기침하며 고개를 끄덕였다. 그러더니 이내 동그랗게 눈을 떴다. 눈앞에 떠오른 푸른 메시지창 때문.

"왜?"

"아, 아니 그게."

더듬거리며 말한다.

"장비 등급이… 전설에서 신화 등급으로 상승했대."

"신화 등급?"

강우는 눈살을 찌푸렸다.

'초월까진 힘든 건가.'

베히모스의 뿔 전체라면 몰라도 조각에 불과하니 기대한 만큼의 포텐셜이 나오지는 않았다.

"좀 아쉽네."

"아, 아쉽다고? 제정신이야? 이거 신화 등급 중에서도 거의 최상급이라고! 세, 세상에. 어떻게 뿔 조각 하나 펴 발랐다고 이런 일이……."

차연주는 믿기지 않는다는 듯 강우의 눈에는 보이지 않는 메시지창을 몇 번이고 들여다보았다.

강우는 픽 웃었다.

'고작 뿔 조각이라.'

베히모스에게 고작이라는 단어는 어딘가 낯설게 느껴졌다.

'하긴, 뿔 조각 하나 펴 바른 거로 이 정도 성과면 놀랍긴 하지.'

초월 등급이 아니라고 할지라도 베히모스의 뿔 안에 담긴 '신살'의 힘은 여전히 남아 있을 것이다.

"자, 잠깐 사용해 봐도 괜찮지?"

"얼마든지. 괜히 이곳에서 만난 게 아니니까."

강우가 수련 장소로 애용하는 서울 인근의 야산. 굳이 그녀를 이쪽으로 부른 이유는 그가 만들어준 무기의 힘이 어느 정도일지 확인하겠다는 목적도 있었다.

"좋아."

차연주는 흥분에 찬 목소리로 고개를 끄덕였다.

쇠사슬을 통해 흘러 들어가는 마력의 흐름이 전과는 차원이 달랐다. 마치 쇠사슬에 보이지 않는 날개라도 달린 듯한 감각.

'뭐야 이게.'

차연주의 두 눈이 커졌다.

그녀는 이번 10차 각성으로 얻은 특성을 떠올렸다.

"홍련(紅蓮) 1식."

촤르르륵!

"와, 와아."

차연주의 입에서 탄성이 흘러나왔다.

눈 앞에 펼쳐진 광경이 그녀를 짜릿하게 만들었다.

산 하나를 걸레 짝처럼 너덜너덜하게 만들어 버린 힘. 고작 무기를 바꿨을 뿐인데 전과는 차원이 다를 정도로 압도적인 경지에 도달할 수 있었다.

"뭐야 이게 대체……."

"어때, 마음에 들었어?"

"마음에 든 정도가 아니지! 이건 진짜 미쳤다고!"

벅차오르는 감격에 자기도 모르게 폴짝 뛰어 강우에게 안겨 들었다.

강우가 그녀를 받아냈다.

"홍련 1식도 제대로 못 사용했는데 3식까지 한 번에 사용할 수 있다니! 이런 게 진짜 어디 있냐고!"

밝은 웃음소리가 터져 나왔다.

강우를 끌어안은 차연주는 덩실덩실 몸을 흔들었다.

그리고.

"꺄아아아악!"

머지않아 이성이 되돌아온 그녀는 비명을 지르며 그에게서 떨어지고는 몸을 감싸며 날카롭게 강우를 노려보았다.

"어, 어딜 만지는 거야!"

아주 혼자 북 치고 장구 치고 다 한다.

"진정해 이 아가씨야."

강우가 어처구니없다는 듯 웃었다.

"그래도 다행이네. 뭐 부작용 같은 건 없지?"

"……응. 완전 좋아."

차연주는 절대로 놓지 않겠다는 듯 쇠사슬을 끌어안았다.

기뻐하는 그녀를 바라보며 강우는 만족스럽다는 듯 고개를 끄덕였다.

'역시 차연주에게 주는 게 정답이었네.'

저렇게 좋아하는 모습을 보니 절로 입가에 미소가 지어졌다.

"히히히."

차연주는 쇠사슬을 끌어안은 채 실실 웃었다.

강우는 굳게 입을 다물었다.

'뭐지.'

저렇게 기뻐하는 차연주의 모습을 보고 있자니.

몹시. 매우. 참기 힘들 정도로.

'골려주고 싶은데.'

이제까지 이런 기분이 든 적이 거의 없었기에 스스로도 좀 당황스럽다. 하지만 차오르는 욕망은 그에게 계속 차연주를 놀리라고 부추기고 있었다.

강우는 그 욕망에 거스르지 않았다.

"이 쇠사슬을 만들어주는 대신, 조건이 있어."

"뭐? 뭔 조건?"

차연주가 화들짝 놀라며 물었다.

"앞으로 날 부를 때는 귀여운 포즈로 '오빠~'라고 불러."

"뭐라고 이 개새끼야?"

차연주의 표정이 일그러졌다.

강우는 담담한 목소리로 말했다.

"꼬우면 다시 돌려주던지."

"이, 이 미친 자식이……!"

차연주의 눈에서 불이 튀었다.

그녀는 강우를 향해 거칠게 쇠사슬을 뿜었다.

턱.

하지만, 아무리 무기의 힘으로 경지가 몇 단계 상승했다고 해도 강우를 상대할 수는 없는 노릇.

강우는 가볍게 쇠사슬을 잡으며 씨익 웃었다.

"왜? 안 할 거야?"

"하, 할 리가 있냐, 씨발!"

"그러면 다시 가져가야지."

쇠사슬을 잡아당겼다.

꺄악, 차연주가 비명을 지르며 쇠사슬에 딸려왔다.

"야, 저, 정말 가져갈 거 아니지? 응? 괜히 미쳐서 한 소리 한 거지?"

"아니, 정말 가져갈 건데."

"아, 안 돼!"

차연주가 절박하게 쇠사슬을 끌어안았다. 맛을 보지 못했 다면 몰라도 이미 강우가 만들어준 무기의 힘을 맛봤으니 포 기할 수 있을 리가 없었다.

강우는 비릿하게 웃었다.

"그러면 어떻게 해야 하는지 알고 있잖아?"

"너, 너어……!"

차연주가 파들파들 몸을 떤다.

그녀는 붉으락푸르락 일그러진 표정으로 그를 노려보았다.

"자, 어떻게 할 거야?"

강우는 낄낄 웃으며 물었다.

"이, 이 악마 새끼!"

"악마 맞아."

"쓰레기! 개새끼! 대머리! 변태 새끼!"

"아니, 대머리는 뭔데."

그 말만은 참을 수 없다.

"어렵지 않잖아? 고작 이런 거로 신화 등급 무기를 얻을 수 있다면 쌍수를 들고 반길 사람이 쌔고 쌨을걸?"

차연주는 굳게 입을 다물었다. 파리하게 질린 표정으로 덜덜 몸을 떨었다.

그녀의 눈에 그렁그렁 눈물이 맺힌다.

"씨이, 씨이……!"

힘줄이 돋을 정도로 주먹을 움켜쥔 그녀가 거칠게 입술을 짓씹었다.

한 걸음 뒤로 떨어지더니 양손을 뺨에 가져다 댄다. 그러고는 V자를 만들며 한쪽 눈을 찡긋, 감았다.

"오빠~앙."

경악할 만한 비주얼. 차연주의 입에서 흘러나왔다고는 믿어지지 않는 간드러지는 목소리.

죽음과도 같은 정적이 흘렀다.

그리고.

"푸흡!!"

강우는 한쪽 입을 막은 채 몸을 웅크렸다.

"크흑! 크학학학!!"

폭소가 터져 나왔다.

배를 부여잡으며 바들바들 몸을 떤다.

"크학학학학학학!!!"

강우는 차오르는 전율에 주먹을 불끈 쥐었다.

기대했던 것 이상으로. 상상했던 것 이상으로.

'존나 재밌어!!'

개 재밌어! 이제까지 왜 안 했던 거지?

'이렇게 재밌는데!'

강우는 찔끔 눈물을 흘릴 정도로 웃었다.

차연주의 눈빛이 빛을 잃는다.

뻐억!

"커헉."

명치를 후려 처맞은 강우의 몸이 공중으로 붕 떠오르더니 바닥을 데굴데굴 구른다.

"……죽자."

차연주가 비틀거리는 걸음으로 다가왔다. 생기를 잃은 그녀의 눈빛이 뭔가 무섭다.

"이렇게 된 이상, 같이 뒤지는 거야."

광기에 찬 암사자가 달려들었다.

To Be Continued

밥만 먹고 레벨업

박민규 게임 판타지 장편소설

WISHBOOKS GAME FANTASY STORY

바사삭, 치킨. 새벽 1시에 먹는 라면!
그런데 먹기만 해도 생명이 위험하다고?

가상현실게임 아테네.
먹고 싶은 음식을 먹을 수 있는 유일한 방법!

[식신의 진가가 발동됩니다.]
[힘 1, 체력 1을 획득합니다.]

「밥만 먹고 레벨업」

"천년설삼으로 삼계탕 국물 내는 놈이 세상에 어디 있냐!"
"여기."

업어 키운 여포

유수流水 역사 판타지 장편소설
WISHBOOKS HISTORICAL FANTASY STORY

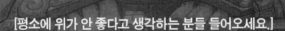

[평소에 위가 안 좋다고 생각하는 분들 들어오세요.]

'건강 팁이 아니라 삼국지 낚시였어?'
"에이, 잠이나 자자."

어라? 내가 잠이 덜 깬 건가?

"……어나십시오, 일어나셔야 합니다, 장군, 장군?"

잘 자고 일어났는데 삼국지 속.

뭐라고? 우리 형이 여포라고?

난세의 영웅은 무리지만 영웅의 보좌관이 되겠다.

업어 키운 여포